河出文庫

ゼロの日に叫ぶ

戦力外捜査官

似鳥鶏

河出書房新社

目次

[登場人物]

海月《うみづき》千波《ちなみ》……警視庁捜査一課火災犯捜査二係所属の新米警部。キャリア組。

設楽《したら》恭介《きようすけ》……巡査。捜査一課火災犯捜査二係所属。海月のお守役。

麻生《あそう》……巡査。捜査一課火災犯捜査二係所属。設楽の同期。

川萩《かわはぎ》……警部。捜査一課火災犯捜査二係の係長。海月、設楽の上司。

高宮《たかみや》……巡査部長。警視庁捜査一課、殺人犯捜査六係所属。

古森《ふるもり》……警部。捜査一課殺人犯捜査六係の係長。高宮の上司。

越前《えちぜん》憲正《のりまさ》……警視庁刑事部長。警視監。

三浦《みうら》……警部補。公安部公安総務課所属。

出良《でら》大介《だいすけ》……監察医。東京監察医務院所属。

ゼロの日に叫ぶ　戦力外捜査官

※

顔を乗せている床のタイルに二つのひびが入っているのを見つけ、それぞれに名前をつけることにした。左隅の大きなひびはジャック、右隅の小さなひびはアリス。何も考えずにつけたにしてはよく似合っているような気がし、ジャック、アリス、と声に出さずに呼んだ。もう一度呼ぼうとしたところで腹を蹴《け》られた。顔の位置がずれ、目のすぐ横にジャックが来る。タイルに頬《ほほ》をつける形になり、冷たい感触が伝わってくる。白いタイルだが、ジャックの周囲は表面がわずかに剝《は》がれ、灰色の内部を覗かせている。この床は市松模様だから、白の隣は黒だ。だがそちらのタイルも、ひびの周囲からは灰色の部分が見える。こういうバーの床に敷くタイルにどういうものが使われるのかについて、神崎《かんざき》には知識がない。もとから白い石と黒い石を切って表面に貼っているのだろうか。同じ材料の表面を白と黒に塗り分けているのだろうか。

そうやって目の前にあるもののことを考える以外、今の神崎にできることはなかった。

それ以外のことを考えてはならなかった。何度蹴られたか分からない胸の中では肋骨《ろっこつ》が何本か折れ、その下の腹の中では内臓が破れているかもしれなかった。店の階段から突き落とされる時にびりりという音がしたから、一週間前に買ったばかりのスーツが破れているかもしれなかった。だが、そういうことを考えてはならなかった。体の痛みだけなら耐えられる。今の一撃で体に障害が残るのではないかとか、死ぬのではないかとかいったいくつかの恐怖はあったが、痛みそのものは耐えられないほどでもない。靴で腹を蹴られ、頭を踏みつけられ、爪先《つまさき》を口に押し込まれる。しかしそれらの苦痛には、もうだいぶ前から慣れてきている。

そしてそれは今の神崎にとって悪いことではなかった。蹴っている連中のやりとりに耳を澄ますと、連中が自分を痛めつけることに飽き始めていることが分かった。最初の頃は興奮していても、ただ転がっているだけで反応がなくなってきた人間を蹴り続けるというのは、そう楽しいことではないと気付き始めたのだろう。このまま、連中が飽きてやめるまで待てば、この苦痛に満ちた時間は終わる。だから呻《うめ》き声をあげてはならなかった。何も考えてはならなかった。肋骨や内臓の心配をしてはならない。スーツなどどうせもうゴミだ。そしてそれ以上に、あの子のことを考えてはならない。

店の反対側の隅では、まだあの少女が犯され続けているはずだった。最初は抵抗するような物音が聞こえていたが、随分前からそれもなくなっている。外したベルトの金具が床にでも当たっているのか、がちゃ、がちゃ、という音が規則正しく続いているだけだ。最初の一人がずっと続けているということはないだろう。だが神崎を蹴る役の二人はまだ何もしておらず、さっきはそちらを振り返って「まだ?」と訊いていた。だとすると、彼女の地獄は少なくともあと二人分、続く。

どうしてこんなことになってしまったのだろう、と思う。

神崎はただ声をかけただけだった。連中はそれで諦《あきら》めると思っていたし、そうでなくとも、騒ぎにはなるはずだった。騒ぎになれば、こんな結果にはならないはずだった。少女とともに引きずられ、車に押し込まれるまでの間に誰かが助けてくれるはずだった。それなのに。

また腹を蹴られた。さっきと蹴り方が違う。頭上から、「今のいいね」「もっと踏み込んで」というやりとりが聞こえてくる。こちらの二人は退屈のあまり、倒れた神崎をどちらがうまく蹴れるかを競う遊びを始めたらしい。さっきより強い勢いで爪先が腹にめりこみ、神崎は激しくむせた。頭上から、楽しそうなやりとりが聞こえてくる。会話の内容は聞きとれない。聞きたくもない。

咳《せき》をするたびに痛む胸を押さえ、腹をかばって丸くなったまま、神崎は祈った。どうかあの少女が死にませんように。顔を見られたからといって念のために殺されたり、抵抗して逆上したこいつらに殺されませんように。

今度は背中を蹴られ、体が海老《えび》反《ぞ》りになる。ジャックとアリスはどこかにいってしまい、かわりに黒いタイルが頬に当たった。

お前らを、殺す。

ここで死んでなどやるものか。生きのびて体が治ったら、必ず殺しにいく。全部で五人。一人ずつ殺す。顔はまだよく覚えていない。名前も分からない。だが必ず捜し出す。何年かかっても、必ず。もっと強くなって、恐怖に跪《ひざまず》かせることができるようになったら、必ず捜し出して、殺す。

殺す。じわじわ殺す。這いつくばらせて殺す。苦しめて殺す。辱《はずかし》めて殺す。

1

警察官に必要な資質とは何か。

現職の警察官にこの質問をしたら、どんな答えが返ってくるのだろうか。「健康であること」とか「任務を真面目にこなす勤勉さ」と答える人が多いかもしれない。実際、どの部署においてもまずそれが重要なのだ。うちの川萩《かわはぎ》係長なら「気合と根性だ」とばっさり言うだろう。先輩の双葉《ふたば》巡査長は以前「図々しさだな」と答えていた。同期の麻生《あそう》さんにも訊いたことがあるが、彼女は「臨機応変に判断できる頭でしょう」と答えた。バラバラである。

俺自身はどう答えるかと言われると、実は困る。警察官になってからまだ十年も経っていないし、捜査一課に配属されてからは何年も経っていない。よい警察官とはこういうものだ、という確固とした持論はまだない。だからもし訊かれたら、最も無難な答えを返すだろう。「正義感」と。

当たり前すぎることなので皆あえてこう答えはしないのだが、刑事だけでなく警察官すべてに必要な、最も基本的な素質はこれである。たとえどの部署に配属されても、仕事の質を犠牲にして手を抜いたり、職権を用いてちょいと小遣いを得たりすることが可能な職業だからだ。いかなる理由があっても自分は手を抜かない、ましてや犯罪に加担などしないという、最低限の正義感がないやつには警察官は務まらない。

あるいは外部の人からすれば、「体力」とか「運動神経」という答えが返ってこないのが意外かもしれない。だがこれは実際に、ほとんど重要視されないのだ。警察学校のきつい生活を卒業まで耐えられるだけの根性があれば、警察官にはなれる。なれさえすれば、あとは経験と工夫でどうにでもなる。俺の同期にもひょろひょろの男がいたが、こいつは「石にかじりついてでも警察官になりたい」という根性で立派に卒業までこぎつけた。警察学校の授業は「どんなやつでも最低限の職務遂行能力を身につけられる」ことを目的として作られているため、教官に肩を叩かれて辞めていくのは、何回やっても書類書きが覚えられないようなやつだけである。採用基準を満たしていれば、体が大きい必要もない。顔の威圧感なども必要ではない。川萩係長ではないが、そんなものは気魄《きはく》でカバーできるのだ。

が。

渋谷道玄坂のメインストリートからしばらく奥に入った路地。昼飯を食いに出てぶらぶら歩くサラリーマンと買い物中の学生たちと、落書きのされた自販機と明かりのついていないラブホテルの看板がごちゃまぜにひしめく狭い道に、無理矢理タクシーが入り込む。道端で立ち止まるだけで邪魔になってしまう窮屈な雑踏の中で周囲を見回しながら、俺は考えを改めていた。正義感だけではない。こういう場所ですぐ迷子になってしまわない程度の方向感覚も、警察官には必須である。

なるべく人の流れに逆らわないように電柱の陰に避難し、もう電話をかけるしかないと思って携帯を出すと、横から肩を叩かれた。

「設楽《したら》くん、見つけた？」

困り顔で言う麻生さんに、首を振ってみせる。「いない。小さすぎて見つけにくい」

「ああ全く。なんでこう、あっさり迷子になるのかな」麻生さんは腰に手をやって周囲を見回す。「私だってもうこんなメジャーなとこで迷わないのに。あの人、渋谷来たことないの？」

「あるだろう。それでも迷うんだよあの人は」俺も頭を掻《か》く。「この間は本部庁舎の中で迷って、警視総監室前で拘束されてた」

「十一階まで上ったの？」*

「あの人の場合、東西南北だけじゃなくて自分のいる高さも把握できないんだ」

「捜一で浮いてるのもそのせい？」

＊　刑事部は四階から六階。

「本人いわく、『理論的に前後左右と高さは等価ですから、自分の前後左右軸における位置を把握できない方向音痴が、自分の今いる高さを把握できないのは当然です』だそうだ」

「得意げに言われてもね」

俺と麻生さんが同時についた溜め息が、白く広がって混ざりあう。そろそろ冬も本番で、気温の方は「冷え込みが厳しい」という天気予報の通りだったが、歩き回ったせいでコートの中が汗ばんでいる。脱ごうとして腕を伸ばしたが、横を通る人にぶつけそうになってやめた。メインストリートから外れているとはいえ、このあたりのビルには昼飯にちょうどいい店が無数に入っているため人が多い。見通しも悪いので、この中から海月《うみづき》千波《ちなみ》警部を見つけだすのは困難である。何しろ彼女は小さい。身長はどう見ても女性警察官の採用基準に達していないレベルであり、威圧感という単語からは地球七周半分も離れた外見をしている。もう少しなんとかならんかと思うが空気を入れて膨らませることもできない。

「補導されてたりして」麻生さんが不吉なことを言う。

「まさか」ありえなくはなかった。

海月千波。警視庁刑事部捜査一課第七強行犯捜査、火災犯捜査二係所属。つまり俺たちの同僚なのだが、国家公務員試験経由で入ってきた人間なので階級はすでに警部である。俺より三つも上、この間巡査部長に昇進した麻生さんと比べても二つ上になる。偉いのだ。

だが、組織に勤める人間なら誰もが同意してくれるだろう。偉さと能力は比例しない。捜査一課刑事の平均的捜査能力を百、素人のそれを五十とするなら、彼女は十五くらいである。尾行中に道に迷う。夜十一時を過ぎるとうとうとし始める。聞き込みでは対象者と雑談になってしまい、訊くべき項目をすっ飛ばす。車の運転が破壊的に下手である。加えて運動神経が悪い。腕力は小学生程度、足が遅い上に走ると転ぶ。運動神経が悪いというより運動神経そのものがないと言った方がいいのかもしれない。それでも本人はいつも必死なのである。張り込み中、傍《かたわ》らに「眠眠打破《みんみんだは》*」の瓶を並べて落ちてくる瞼《まぶた》を押さえ押さえしている彼女を見ると、ああ、やはり努力や根性ではどうにもならない向き不向きというのは絶対的に存在するのだな、と実感させられる。警察官には向いていないのだ。渋谷署から道玄坂まで昼飯を食べにくる間にはぐれて迷子になるような人は。

「電話は?」

「つながらない」

「しょうがないなもう。昼、終わっちゃうのに」麻生さんは腕時計を見た。渋谷署には

＊　常盤薬品工業が提供する、地上最強の眠気防止ドリンク。カフェインの煮こごりのような恐ろしい液体であり、続けて二本飲むとその夜は絶対に眠れなくなる。

捜査本部をたたむ際の野暮用で顔を出しているだけだから、戻るのが少々遅れても特に支障はない。だがそれでも勤務中である。「もう置いて帰る?」

「そうしたいとこだけど」そうもいかない。何しろキャリア様なのだ。

殺人や放火といった重大事件を扱う捜査一課は本来、現場で功績をあげて引き抜かれた人間だけが所属できる特別な部署であり、将来を嘱望《しょくぼう》されるキャリア様は通常、こんなところには配属されない。彼女がうちにいるのは現刑事部長である越前憲正《えちぜんのりまさ》氏が何やら背後で暗躍した結果であり、それというのも、海月は刑事部長が極秘に進めているあるプロジェクトの実行者という役割を負わされているからだ。したがって彼女はただのキャリア以上の重要人物ということになる。道玄坂に置いて帰るわけにはいかない。

「麻生さんごめん。まさか、こんなにすぐ迷子になるなんて」海月は俺の相棒であり、たまたま一緒になったから昼飯に誘っただけの麻生さんはとばっちりである。「子供用のGPS携帯とかあったよな。あれ持たせとこうかな」

「設楽くんが悪いわけじゃないけどね。首に鈴でもつけといたら?」

首に鈴をつけてちりんちりん鳴らしている海月を想像する。よく似合った。

「とにかく、むこうの通りまで行ってみる」

無論、刑事部長の進めるプロジェクトのことは麻生さんにも言えない。海月が抜擢《ばってき》されているのだって、彼女が刑事部長の親戚であるという事情を考慮されてのことなのだ。あんまり足を引っぱると「なぜこんなのが捜査一課に」と疑問を抱かれかねず(すでに抱かれているようだが）、それも都合が悪い。とにかく早く海月を見つけようと、俺は小走りで路地を進んだ。そこで後ろから声をかけられた。

「あなたたち、誰か捜してるの？」

振り返ると、背筋をぴんと伸ばした小柄な女性が俺を見上げていた。オフィスカジュアル、といった恰好《かっこう》をしているから、付近の店の人間ではなく昼食に出てきたビジネスパーソンといったところだろうか。電話で話していたところを中断して声をかけてくれたのか、手に携帯を持っている。

「捜しています。ベージュのダッフルコートで眼鏡をかけた、高校生くらいの女の子です」実際はいい大人だが、見た目に合わせた表現をするべきだろう。「見ましたか」

「それってもしかして、あの子？」女性は親指で自分の後方を指した。

彼女の指した先、十五メートルほどむこうにドアを開けた白のミニバンが停まっていた。ミニバンの周囲には大柄な若い男の背中が二つ見え、その間から、腕を摑まれて車内に引っぱられ、ミニバンのドアを摑んで抵抗している少女の姿が見えた。

「いえ、あれは……」ダッフルコートに眼鏡。全く似合っていないスーツ。どう見ても中学生か高校生にしか見えないあの子は。「いや、あれです！」

「ちょっ、何あの状況？」

隣に来た麻生さんは言うが早いか車道に飛び出し、ミニバンに向かって走り出した。俺もそれに続いた。歩道は人が多くて邪魔すぎる。

確かに警視庁捜査一課火災犯捜査二係、海月千波警部だった。だが。

短い悲鳴が聞こえ、海月の姿が後部座席に消えた。

「……何やってんだあの人は！」

言うまでもない。さらわれているのである。

海月を車に押し込んでいた二人がこちらを振り返り、運転席に何か言いながら乗り込む。ドアが閉じるより早くミニバンが動き出した。

「110番、したからね！」

後方から、さっき声をかけてくれた女性の声がする。振り返ってありがとうございますと怒鳴る。しかし、状況の方は全くありがたくなかった。どういう経緯でああなったのか知らないが、現職の警察官がチンピラにさらわれたとあれば警視庁の恥である。いつの間にか手のかかる子供を持った保護者のようになっていた気分が一瞬で警察官のそれに戻り、真っ黒にシールドされたミニバンのリアウィンドウに向かって「こらあ！」と怒鳴っていた。

「そこのミニバン、品川537ひ、29‐×8停まれ！」怒鳴りながら走る。しかしミニバンはかえってスピードを上げて路地を曲がった。怒鳴った分だけスピードが落ち、麻生さんに離される。だが前を行く麻生さんも、横から出てきたトラックに阻《はば》まれて歩道に避けざるを得なくなっていた。

「ああもう、車、邪魔」

「人も邪魔だ」

それぞれに勝手な文句をつけながら路地を走る。もともと車で入り込むのに適していない道であるためミニバンはさほどスピードを出せていなかったが、それでも通行人と車と道路脇に停められたバイクを避けながら走る俺たちより速く、角を曲がって消えてしまう。携帯をいじりながらぶつかってきた女を避け、もつれそうになる脚をなんとか立て直して角まで走ったが、ミニバンの方はさらに先の角を曲がり、もう大通りに出るところだった。

やばい、という直感が心臓を締めつける。あの通りを少し走ればもう玉川通りや旧山手通りにぶつかる。そこまで逃げられるともう徒歩では追いつけない。ひと気のない場所まで運ばれ、密閉された車の中で海月は何をされるか。

腕を大きく振って腿《もも》を上げる。だがそれでも速度は上がらなかった。隣を走る麻生さんが横から出てきた自転車にぶつかりそうになってふらつく。そちらをちらりと見る間にミニバンは大通りに出ていった。

「くそ」

追いつけない。だがせめて、どちらの方向に走り去るのか見定めなくてはならなかった。なかなか近づいてこない大通りに向かってひたすら体を前に出す。

横からぶつかられるのも構わず飛び出すと、ミニバンは右折し、向こう側の車線を加速していったところだった。俺は一瞬躊躇《ちゅうちょ》した後、車道に飛び出し、道の右側を走った。

路上駐車の車が多く、前から走ってくる車にクラクションを鳴らされて体を捻ると、停めてある軽のドアミラーにコートの裾が引っかかった。狭すぎてまともに走れない。歩道を見るが、こちらは通行人が多くてもっと走りにくそうだ。ちらりと斜め後ろを振り返った時、麻生さんが無線機を出しているのが分かった。

もう仕方がなかった。ナンバーと車種は見ているのだ。逮捕監禁の現行犯として緊急配備を要請するしかない。だが犯人車両はどんどん離れ、視界の外に消えようとしている。せめて玉川通りをどちら方向に逃走したのかだけでも確認しなければ捜索が困難になる。

「くそっ」

舌打ちした瞬間、斜め前からクラクションを鳴らされた。とっさに身を引いたが、鳴らしたタクシーは俺のいる方にぐい、と寄ってきて急停車した。

「乗って！」

ウィンドウが開き、さっきの女性が顔を出した。同時に助手席と後部座席のドアが開く。車体を摑んで助手席に飛び乗った。麻生さんが後部座席に乗り込むのがちらりと見える。それと同時に車が加速した。

「どっち？」後部座席から女性が訊いてくる。

「むこうです。反対」

俺は体を捻《ひね》った。乗っていた女性は奥の席に移動し、麻生さんが後部座席から後方を見ながら怒鳴った。「転回して」

「了解」中年の運転手はなぜか楽しげに応じ、ハンドルを派手に回して強引に車を転回させた。俺は横からのGで倒れて側頭部をウィンドウにぶつけた。

運転手はこちらが恐ろしくなるほどの思い切りのよさでアクセルを踏み込み、ハンドルをぐりぐりと回して前のトラックを追い抜いた。

「刑事さん、どういったご注文で？」

「ええとですね、とにかくまず急いで玉川通りまで出ていただいてから……」言いかけた俺は、運転手の親父が何やらキラキラした目でこちらを見ていることに気付いた。麻生さんが無線機を出していたし、私服捜査員、つまり刑事だということはばれているらしい。期待されているようなので言い直す。「あの白いミニバンを追ってくれ！」

「了解！」

車がまた急加速した。シートベルトをしながら運転手の横顔を見ると、口笛でも吹きそうな表情をしていた。警察がとっさにこうして、民間のタクシーに協力を求めることは時折ある。そういう時の運転手の反応は「面倒が来た」と顔をしかめるか使命感に燃えて固く頷くかのどちらかなのだが、どうもこの親父はとびきりの後者であるらしい。

「刑事さん、前のミニバン、何やったんです」信号が赤に変わった交差点を当然のように突っ切りながら、親父が弾んだ声で訊いてくる。「コロシですか。薬《ヤク》ですか。それとも」

「女の子が連れ込まれた」親父の言葉を遮《さえぎ》って言う。「玉川通りに入ったな。追いつけるか？」

「もちろんです」

親父はまたアクセルを踏み込んだ。後部座席を振り返ると、麻生さんと隣の女性が神妙な顔でシートベルトをつけていた。やばい運転手だということが分かったのだろう。

「ありがとうございます。助かりました」

後ろの女性に言うと、自分に言われたと思ったのかなぜか運転手の親父が応えた。

「なんのなんの。こういうの待ってたんでね」

発言すべきタイミングを親父にひったくられてしまい、女性の方は無言で頷いただけだった。知的な雰囲気があり、キャリアウーマンという単語がぴったりとはまる。若く見える四十代後半、といったところだろうか。繰り返して礼を言うとまた親父にひったくられそうなので、とりあえず無言で頭を下げた。

「くそっ、速えなあの野郎」

親父が呟いたので視線を前に戻した。玉川通りは車が多い。前を走るトラックと頭上を走る首都高速3号渋谷線の高架道路のおかげで視界が狭く、状況が摑みにくかった。窓を開けて寒風の中に身を乗り出すと、二台挟んで前を走るミニバンがクラクションをけたたましく鳴らしながら強引に追い抜きをし、前に出ていくのが分かった。

まずいな、と思う。タクシーの親父がちゃんと急いでくれるタイプだったのはありがたいが、相手の方が強引な運転でスピードを出している。加えて、この車のすぐ前はトラックとワゴン、二台がほぼ並走する形で二車線とも塞《ふさ》いでしまっている。タクシーにはサイレンも赤色回転灯も装備していないのだ。前方の車に道を開けさせるのは難しい。

「麻生さん」

やっぱり緊急配備を、と言いかけたところで、前方からけたたましいブレーキ音が聞こえてきた。

「おっ？」

驚く間もなく、ミニバンは左側に大きくぶれ、ガードレールに鼻先をぶつけると、派手に音をたてて火花とドアミラーと何だかよく分からない破片を飛ばしながら減速し、歩道脇のダストボックスにべこんと体当たりして停まった。

「うおっ、停まった？」

「何があったの？」

俺と麻生さんが同時に声をあげる間に、ミニバンの窓から黒い煙が立ちのぼるのが見えた。

「……何だ？」

車内で何かがあったのだ。海月が何かしたのだろうか。

「よし追いついた」運転手は快哉《かいさい》を叫ぶ。「ぶつけますか？」

「いや、いい。停めてくれ」

窓から漏れる煙を見て、前のミニバンで何が起こったのかはだいたい承知できた。どうも海月警部、シートか何かに火をつけて車を燃やしたらしい。焦ったチンピラどもがハンドル操作を誤ったということからするに、車内ではけっこう火が燃えているのかもしれない。

ミニバンのドアが開き、チンピラが二人三人とまろび出てくる。麻生さんが俺を追い抜いて駆け出し、歩道に上がった一人を飛び蹴りで吹っ飛ばした。

「逮捕監禁の現行犯で逮捕する。全員動くな！」

着地と同時にそう言い放ち、さらに旋風を巻き起こして回転する。後ろから棒状のものを振りかぶって襲いかかってきていたもう一人が後ろ回し蹴りで倒され、飛んだ棒が歩道に落ちてがらんと音をたてた。

麻生さんは振り返り、コートの前を直してから言った。「公務執行妨害もおまけね」

「おっかねえ」思わず小声で呟く。いつもの彼女、ではある。

俺は車道に出て、逃げようとした一人をぶん殴ってから手首を取り、ガードレールに手錠でつないだ。車内を見ると、運転者がハンドルに突っ伏して呻いていた。後部座席では海月が、脱いだダッフルコートで座席をぱたぱたと叩き、火を消そうとしている。

「あ、設楽さん」海月は俺を見上げると、ぱっと顔を輝かせた。「手伝っていただけますか？」

「何やってんです」自分のコートを脱いで火の上に被せる。シートは意外なほど大きく燃えていて、煙の臭いが強く鼻をついた。「何さらわれてんですか、あんたは」

「すみません」海月は麻生さんに蹴られて後ろでうずくまっているチンピラを指さした。

「あの人が煙草《たばこ》の吸殻《すいがら》をポイ捨てしたので、きれいなまち渋谷をみんなでつくる条例十一条一項違反で注意したのですが」

「よくそんな細かいの覚えてますね」度胸は褒《ほ》めるが無理だろう。親指姫とかティンカーベルに「条例違反です！」と言われて素直に罰金を払うチンピラはいない。「で、この火は」

「車内に監禁されたのですが、手の届くところにライターが落ちていたのでお借りして、とりあえず、どこか燃やそうかと」

「あのですね」喋っている間に逃げようとした運転席の男の襟首をつかまえ、後ろから金的を入れて動きを止める。「……事故ったら、シートベルトしてない自分が一番危険だって思わなかったんですか？」

「……それも、そうですね」

うずくまる男を立たせ、顔面にも一発入れてから運転席に押し込む。「とりあえず手錠足りないんで、こいつら全員車の中にしまっちゃいますから」

「はい」海月は敬礼した後、シートに視線を落とした。「あ、まだ燃えていますね」

「うわ」さっきより火が大きくなっている。燃料タンクは後部座席の下だ。「さっさと消しましょう。燃料タンクが加熱されたら爆発するかもしれない」

海月と二人、必死でコートを振り回して火を消しにかかる。

「ちょっと、燃えてるけど大丈夫？」

振り返ると、後部座席に乗っていたはずの女性が消火器を持ってきてくれていた。後ろのビルの玄関が閉まるところであり、どうやら、いち早く判断してそこから借りてきてくれたらしい。

どうもこの人が一番活躍しているな、と肩をすくめつつ消火器を受け取り、敬礼しようとする海月の手を押さえて黙らせつつ囁《ささや》く。「やめてください。あんたが警察官だってバレたらどうするんですか」

「はい？」海月は首をかしげた。「わたしたちは、捜査一課……」

「あなたたち、もしかして警察官なの？」消火器でさっさと火を消してくれた女性が眉をひそめる。

「いえ……ああ、はい。自分、警視庁捜査一課火災犯係の設楽であります」腰を折って敬礼し、俺に続いてまた敬礼しようとした海月の手を押さえる。「こいつは妹の千波です。警察マニアでして」

「妹……」女性は俺と海月を見比べる。まあ、似ていないのは百も承知なのだが、こちらとしてはそう言うしかないのだ。

「同じく火災犯係の麻生です。千波ちゃんが仕事の話を聞きたいとせがむので昼食に誘ったのですが、それがまさかこんなことになるなんて」麻生さんも敬礼し、半ば諦めたような顔ながらきっちりと嘘を言った。「ご協力、感謝します。後日、正式にお礼に伺いたいので、お名前とご連絡先を伺ってもよろしいでしょうか」

「株式会社ライトスタッフカンパニー第二制作室、楠野《くすの》蓉子《ようこ》。会社、すぐそこよ」

女性は名刺を出した。俺はそれに応じて名刺を出そうとする海月を押しのけ、内ポケットから自分の名刺を出して交換した。「ありがとうございます。妹を助けていただいて」

ちらりと後ろを見たら、海月は見事にむくれ顔になっていた。

街中での捕り物なのでニュースにされること自体はもう確定だろうが、彼女が警察官だということが知れ渡ったら非常にまずい。その後駆けつけたパトカーの乗務員たちに対しては「バレたらヤバいんで」と囁いて納得してもらった。火災犯捜査係の警察官がチンピラにさらわれ、しかもそこから逃げるために車のシートに火をつけてあわや大爆発。そんなことがバレたら、警視庁の失態どころでは済まない。

とにかく検挙一つ、である。まあ、いつも通りの一日と言うべきだろうか。罪状は逮捕監禁と公務執行妨害。ついでに、きれいなまち渋谷をみんなでつくる条例の何条か違反もあったか。だがもちろん、もらえるのは表彰ではなく始末書だ。民間のタクシーを使って暴走運転し（やったのは運転手の親父だが）、結果としてガードレール及びダス

＊　掌をかざして敬礼するのは「制服警察官が室外の時」のみなので、間違いである。

トボックス損傷。相手車両炎上。緊急走行の要件を満たしていないため、途中のヤバい運転はすべて道交法違反である。

「もともとの知名度のせいか、日本ではオータムナルだけメニューに載らなかったりしますよね。お客さんの中には単にファーストやセカンドより香りが劣るもの、ととらえている方がいるので、それも原因でしょうか」

「私はあのくらい熟成された香りの方が好きなんだけどね。とにかく香気を強く、ってなると、熱意だけで何もできない新卒みたいな香りになるし」

「たくさんある茶葉の中からあえてダージリンを選ぶ以上、マスカテル・フレーバーが分かりやすいものが喜ばれるのでしょうね」

「紅茶は夏、というイメージがあるからね。ヌワラエリヤとかニルギリは一月頃がクオリティ・シーズンなのだけど、そのあたりはあまり宣伝されないし」

「ニルギリなどはオーソドックスな味わいなので、シーズンとそれ以外で差が出にくいのですよね。ミルクティーにする方も多いですし。でも、このオータムナルもコクがあるので、わたしはよくミルクにします」

海月がにゅっと手を伸ばして俺の前にあるミルクポットを持っていくのを、俺は黙って見ていた。非番とはいえ捜査一課の刑事が優雅に紅茶の話で盛り上がっているというのは随分平和なことだなと思うが、その方が警察官に見えなくなることは確かである。

だいたい海月は、素になればなるほど警察官らしくなくなってゆくのだ。

　俺は背もたれに体重を預け、隣に座る海月の頭越しに窓の外を見た。五十三階という超高層である。音もなく風の気配もないため窓からの景色は映像のように思えなくもないが、よく晴れた空の下、ミニチュア化した東京の街並みが彼方まで続いて見えるのは、やはり壮観だった。「SUR《スル》 VIDE《ヴィッド》 渋谷」というとんでもない名前の*ビルなのだが、五十三階という高さから周囲を見下ろしているとそう名前負けはしていないかと思えてくる。コンクリートではなく天然石を用いた全体的に高級感漂うビルであり、携帯向けのゲームなど作っているソフトウェア制作会社としか聞いていないものの、中に入っている楠野さんの会社は相当業績がいいのだろうと推測できた。会話に入る機会がない上にこういう超高層の上にあまり行ったことのない俺は海月の頭越しに見える代々木公園だの新宿超高層ビル群だのをちらちら見ていたが、楠野さんの方はこの眺望《ちょうぼう》に慣れきっているようで、すぐ横に広がるパノラマにも特に感動する様子はなかった。

　無論、優雅にお茶をしにきたわけではない。土曜日で非番**ではあるがほとんど仕事であり、先日のお礼と、実はこちらが本題なのだがあの時のことは不名誉で警視庁の信頼

＊　「空の上」。

＊＊　交番勤務でない刑事は基本的に日勤で、土日祝日は休める。ただしそれは平和な時だけで、休みだろうと何だろうと招集を受ければ出ていかなければならない。

に関わるのであまり口外しないでほしい、というお願いに来たのである。もっとも、俺が挨拶《あいさつ》を述べて手土産を渡した後はひたすら海月と楠野さんで盛り上がっており、俺は横でただ聞いているだけになっているのだが。

「いいなあ。でもそういう席を設けるためにはそれ相応の庭が要《い》るのよね。都内じゃなかなか難しいか」

「では楠野さん、今度うちのお茶会にご招待してもよいですか？　秋のバラはもう閉じてしまっていますが、高台で静かですし、コンサバトリーはこの季節でも暖かいです」

お茶会に誘っている。一体どうしてそうなったのだと思うが、今の海月はどう見ても警察官ではないのであり、これはこれでいいのかもしれない。

しかし、安心して少し残っていたコーヒーに手を伸ばしかけた時、仕事用の携帯が鳴ってメッセージを表示した。

〈葛飾区《かつしかく》東四《ひがしよ》つ木《ぎ》にて建物火災発生。立石署《たていししょ》に捜査本部設置〉

「おっと」非番ではあるが、現在一係はよその捜査本部に行っている。この事件は俺たち二係が出ることになるから、それを伝えなければならない。しかし、もちろんこの場では言えない。刑事だとばれないようにしなければならないが、今は海月が同僚であるということすら秘密なのだ。どう伝えたものだろうか。

が、俺が声をかけようとすると同時に、海月がこちらを見た。「設楽さん、葛飾区で建物火災です。立石署に捜査本部ができるようなので、本庁に行きましょう」

「うわ……」

俺は天を仰いだ。これまでさんざん海月が警察官に見えないように嘘をついてきたというのに、この一言ですべて無に帰した。

しかし、前を見ると楠野さんはくすくす笑っていた。「出動じゃないの？　設楽巡査と千波警部」

「あ……」どう言い繕ったものかと考えるより先に、あっさりそう言われた驚きの方があった。「……ご存じで？」

「こちらの千波さん、キャリアでしょう？　あなたはその指導役」楠野さんはティースプーンで俺を指した。「心配しなくても、言いふらしたりしないわ」

「はい」海月は笑顔で頷いた。「設楽巡査には、日々丁寧にご指導を賜《たまわ》っております」

「警部」

「そんなとこじゃないかと思ってたのよ。妹というより上司に接する態度だったし」

「……そうですか」わりとぞんざいに扱うよう心がけていたはずだが、どこで分かったのだろう。

「あなたは妹を助けてもらったお礼を言うため、私の会社を訪ねた」楠野さんは電話番号を読み上げるような丁寧な喋り方をした。「私はこの通り、窓際の席に着いた。お礼を言いにきて、手土産を渡したあなたが私の正面に座らず、千波さんを窓際に座らせたのはなぜ？」

　言われて隣を見る。そういえば、普通そういう時は相手の正面に座るものだ。俺が礼を言うために楠野さんを訪ねたのだから。

　海月の方ももう分かっている様子で肩をすくめている。

「そもそも最初の時点で『何やってんだあの人は』って言ってたもの」楠野さんはティースプーンをソーサーに置く。ちん、と短く音が鳴った。「要するに、気持ちでは演技をしているつもりだったけど、習い性でつい上司を上座に座らせちゃった、ということね。それに千波さんのその靴。そのぺたんこ靴は、いつでもすぐに走り出せるようにでしょう？」

　確かに、そこを指摘されると頷くしかない。俺は肩を落として降参した。「申し訳ありません。その通りです。……しかし、どうして『警部』と階級まで」

「それはただの勘。千波さんの若さで上司ということはキャリア。現場にいる以上、警視になる前の研修期間でしょう？　時期的にまだ警部補というのは考えにくいし」

「……お見事です」名探偵だ。「しかし、よくご存じですね」

「ネットの知識だけどね」楠野さんは微笑んだ。「それに千波さん、あなたに妹扱いされるたびにむくれるんだもの」

　海月を見ると、やはりむくれていた。

「じゃ、こちら、ありがとう」楠野さんは俺が渡したマカロンの箱を掲げてみせると、先に立ち上がった。「納税者の期待を裏切らないよう、しっかり働いてね」

俺は立ち上がって敬礼した。民間にも、すごい人はいるものだ。

```
var shellcode =
unescape("%uc9aa%u1f41%u03bd%uc226%udb6b%ud9d5%u2374%u8af4%ueab3%u3
1cc%u036a%u6103%ud404%u6734%u533f%u93bb%ud2fb%ua4fb%u9b14%uad65%uaa
8b%udd8d%ud892%ub76d%u32a2%u37b1%u4211%ua6ea%u94ee%u9ae4%ud5ad%ue5a
d%u1ffc%ueb4f%u4f8c%ud0ad%ua444%u524a%u1b81%ub80e%ud740%u4004%u6c43
%u1391%u733a%u204d%uf83e%udc81%ua101%u2db4%u03d4%ud184%u
```

2

　牛丼屋には不思議な法則がある。それまでがどんなに暇でも、客が一人来るとたて続けに別の客も来て、一気に修羅場になってしまうのである。何だろうなこの現象は、と思いながらも首をかしげるのは心の中だけにして、僕はさっき十五番の席に座った爺さんに水を出し、食券を受け取る。「大盛りと生卵とサラダですね。かしこまりました」

「遅えよ」

「申し訳ありません」心の中では黙れこの糞爺四時半なんて時間帯はカウンターに一人しかいないんだ分身の術でもしろってのか、とひと通り悪態をつきながら頭を下げ、頭を下げながらくるりと回転してオーダーを通す。通しながら移動し、一番のまだ下げていない食器を一気に重ねてシンクに置く。そうしている間に十番のヤクザっぽい客から「おい茶!」と怒鳴られる。俺は茶じゃねえと思う間もなくバックヤードから呼ばれる。十四番の並盛りと六番の特盛りができたらしいが後ろから十番のヤクザが「つゆだくな」と言ってきた。並盛りつゆだく生野菜セット卵ですねと早口言葉のようなオーダーを復唱しついでに四番が湯呑みを持ってこちらを見ているのでポットを持って移動する。十四番の並盛りと六番の特盛りはまだ取りにいけない。あと五秒ほどで店長がキレるだろうが十五番の爺さんが何か言いたそうにしている。自分が二、三人いればいいのに。それが無理ならせめて手があと四、五本、顔もあと二面欲しい。なるほど三面六臂《さんめんろっぴ》とはこういうことかと僕は妙に納得した。急に修羅場が来たせいで脳がオーバーフローしたのだろう。しかし脳が壊れても口はオーダーを復唱し両手は丼を運んでいる。ゴキブリは頭を切り落としてもしばらく走るそうだ、という話を思い出した。「並つゆだくセット一《ワン》！」「並つゆだくセット一了解！」

店内に流れるラジオの音声と飛び交うオーダーと肉を焼く音と湯気とにおいが交錯する店内の修羅場を五十面百臂くらいの動きで切り抜けながら、僕は漠然と考えていた。まだ夕飯時には早いのにこの混み方。面接した店長に騙《だま》された。基本五人体制ではなかったのか。この店は空《す》いている方だから楽ではなかったのか。

通したオーダーと通すべきオーダーとクリンアップしていない席の数とどこかに行ってしまったトングとその他もろもろのことを考えていた僕にとっては縦九歩×横三歩のこのカウンター内だけが世界のすべてであったから、カウンターの外は完全に意識の外だった。まして新メニューの宣伝ポスターが貼られたガラスの彼方、店外の路上にさっきから駐車している不審な軽自動車のことなど全く見えていなかった。だがこの時、運いたのだ。

転席のウィンドウはゆっくりと開き、中にいた男が突き出している拳銃はすでに光って

店のガラスがいきなり割れた。食器を落とした時の数十倍はあろうかという大きな音が聞こえて、八番に座っていた学生と九番に座っていたジャージの男が順々にカウンターにぶつかり、のけぞってから突っ伏した。まだ半分以上残っていたらしい丼がひっくり返って床に落ち、一斉に悲鳴があがった。

ぱん、ぱん、と破裂音が続いた。何が起こったのか分からずに客の突っ伏したカウンターを見ていた僕は衝撃を受けて後ろに飛ばされ、背中と後頭部を硬い何かにぶつけた。床のタイルに赤いものが飛び散っている。最初は紅生姜《べにしょうが》かと思った。破裂音が続き、それが外の路上からこちらに向けられている黒光りするものから発せられていると分かった時には肩に灼熱《しゃくねつ》の何かが食い込んでいた。自分の体に何が起こったのか分からないまま、体から力が抜けていく。八番の客は床に倒れ、十番のヤクザが立ち上がっていた。四番だか五番だかの客が丼を落とし、つゆがたっぷりと染み込んだごはんがどばっとこぼれるのが見えた。

もったいない。掃除をしなくては。忙しいのに。

そう思っているうちに視界が白くなってきた。意識が途切れる一瞬前、立ち上がった十番の頭部がばん、という音とともに真っ赤に弾けるのが見えた。

「……アルバイトの学生の証言は以上の通りだ。車は黒っぽかったように思う、というだけで、この学生も特徴は把握していない。犯人の特徴や助手席その他の同乗者の有無も不明だそうだが、射撃は運転席からだったようだということなので、単独犯の可能性が大きい。この学生については動けるようになり次第、現場に同行させて記憶喚起に努める。必要なら事件時と同じ状況でカウンター内に立ってもらっても構わない。本人はだいぶしっかりしているようだからな」

警察官というよりは役者のようなよく通る声で、組織犯罪対策四課の荒籾《あらもみ》係長が言う。声がでかいことは警察官に必要な資質の一つだ。特に、現場のボスとなる係長クラスの人間には。

通常、捜査会議の司会進行は所轄《しょかつ》の係長クラスが受け持つが、台東署《たいとうしょ》の係長は荒籾の隣で沈黙している。そういえばこの荒籾という男は「声を飛ばす」のが上手いので、他の捜査本部でも自らマイクを持っていると聞いたことがある。もっとも高宮《たかみや》を含め、この場にいる百名超の刑事たちは全員、たとえどんな寝ぼけ声で喋られても一言一句、聞き逃すまいとしただろう。空気は咳払《せきばら》い一つですら講堂中に響きわたるほど張りつめている。その場の全員が、筋肉一筋の弛緩《しかん》も許さぬという顔で集中していた。

警視庁管内で、起こってはいけない事件が起きた。

昨日午後四時三十分頃、上野駅付近の牛丼屋に八発の拳銃弾が撃ち込まれ二人が死亡、一人が重体となった。さらに重傷者が一名と軽傷者が二名出ている。死亡したのは都内で金融業を営む伴一郎《ばんいちろう》（四九）と大学生の鎌田翔馬《かまたしょうま》（二〇）、伴の部下である伊藤礼也《いとうれいや》（二三）も意識不明のままの重体で、病院からの報告によると助かる見込みは薄いという。その他、大学生のアルバイト店員瀬尾周《せおあまね》（一九）も銃弾が当たって重傷、割れたガラスで手を切ったり混乱に巻き込まれて転んだりという理由で事件当時店にいた武見《たけみ》勇《いさむ》（七四）と松田《まつだ》巧《たくみ》（三八）がそれぞれ軽傷を負った。伴の経営する「GJファイナンス」は金融業といっても無許可の闇金で、伴自身も半分は筋者と言ってよい立場だったらしい。死にかけている伊藤礼也は子飼いのチンピラといったところだろう。

この二人の性質が問題だった。伴が出入りしている赤木《あかぎ》組は東京に古くから根を張っている関東会の系列だが、関東会は最近、内部の古参と新参が割れ、ごたついている。新参派の中でもさらに新参で、組織としては弱小である赤木組は派閥のためにせっせと資金を作り、荒事《あらごと》の際も前面に立っているという。揉めごとの内容はチャイニーズマフィアとの合従連衡《がっしょうれんこう》に伴う齟齬《そご》ということだが、捜査一課である高宮はそのあたりの詳しい事情を知らない。重要なのは、この事件が暴力団内部の抗争事件である可能性が大きい、ということだ。しかも犯行には拳銃が使われた。

高宮は隣に座る同僚の頭越しに、講堂内を見渡した。警視総監はさっき退席したがひな壇上には本庁の越前刑事部長を筆頭によく顔を見る参事官、捜査一課長の進藤《しんどう》と理事官、組織犯罪対策二課、四課、五課の各課長、台東署長と刑事課長、さらに実際の指揮をとる管理官までがずらりと揃っている。講堂のひな壇では幅が足りなかったのか、本来であれば壇上から高宮たちを見下ろしているはずの係長クラスが壇の脇に据えられた長机に三名ずつ、窮屈そうに肩を寄せあっている有様である。台東署は設備も新しく、決して狭いわけではないのだが、これだけの規模の特別捜査本部を収容するとなるとやはり無理が出てくるらしい。高宮は隣の同僚にぶつからないよう、狭い机の間で身じろぎした。

まるで刑事部現場部隊のお披露目会だ。そして、無理のある間隔で並べられた長机にごつい体を詰め込んでいる捜査員たちの中核は、組織犯罪対策部の者たちだった。彼らは一様に無表情で荒籾を見ていたが、その頭上に迫っている漆黒の球体のような何かの存在は、高宮にもうっすらと感じられた。追い立てられている者たちのプレッシャー、切迫感、負けから始まる戦《いくさ》につきものの、あの重い感じだ。

俺たちはすでに負けている。

その意識が強くあるはずだった。特に、組対の連中の中には。

もともと、刑事の仕事は最初から負け戦だ。すでに犯罪が発生し、被害者がでている。犯人を捕まえたところで被害が消えてなくなるわけではないからだ。

だが今回の事件は、そういった一般論としての「負け」よりさらに確実で具体的な「負け」からのスタートだった。東京のど真ん中でヤクザが殺しあいをし、しかも拳銃が使われた。そして、それによってカタギの人間が死んだ。事件はすでにどこの局も新聞もトップ扱いで報道しており、記者室はこうしている今も続報を待つ各社の人間で一杯になっている。報道の影響で、上野駅近辺の人が減ったという報告すらある。組織犯罪対策は、銃器対策はどうしたのだと、どんな素人《しろうと》でも思っているだろう。いつから東京は、ヤクザが白昼堂々銃弾をばら撒《ま》ける街になったのだ、と。

そしてその意識が、組対の連中をこの表情にさせているのだ。こうしている間にも「負け」は膨らみ続けている。この事件は絶対に一期、つまりあと二十九日で解決しなければならない。マスコミが「犯人未だ見つからず」といった記事を書かずに待ってくれるのも、せいぜい一期の間だけなのだ。

しかし、こうした大規模な体制はそのまま重圧になって捜査員一人一人に跳ね返ってくる。特捜本部を設置したこと。警視総監を始め、これだけの幹部を動員したこと。一日三千円の慰労金ですら、捜査員を追いたてる材料になる。これだけやったのだ。犯人が捕まらなかったなどということはあってはならないし、認められない。講堂内にみっしりと充満しているのは職務への熱意や犯人への怒りというより、むしろ切迫感だった。

高宮は隣の同僚に気付かれない程度にゆっくりと息を吐き、肩の力を抜いた。緊張しろ。だが硬くなるな。犯人に怒れ。だが成果の挙げられない自分には怒るな。今は壇上からこぼれている殺人犯捜査六係長の古森《ふるもり》がまだ主任だった頃、高宮に言ったことだった。

そのために捜一《うち》が出てきているのだ、と思う。

普通に考えれば、これは組対の事件《ヤマ》だった。伴と赤木組の関係や赤木組と関東会古参派の動向。チャイニーズマフィアの動向。そういった情報から組関係の人間を洗っていくのが、こうした事件の本筋だからだ。

　それなのに俺たち捜一が捜査本部に入れられたというのは、おそらくあそこに座る、越前刑事部長の判断だろう。長身で眼鏡の奥に怜悧《れいり》な相貌を隠すあの男は、警視庁始まって以来の変人と陰口を叩かれる一方で、切れ者という評判がたっている。確かに伴は赤木組とつきあいがあり、その赤木組は今ごたついている。だが、絶対に組関係の抗争と決まったわけではない。伴が金貸しをやっていたからだ。

　荒籾が喋り終わると同時に、代わって立ち上がった古森六係長が、マイクを持たない肉声で、高宮が考えていたことをそのまま言った。

「一課は個人的怨恨の線を追う。組関係のことはひとまず横に措《お》き、捜査対象はＧＪファイナンスだ。伴の最近の仕事、特に厳しい取立をしていた相手と、最近の金回りを洗う。まず当たるべき場所は今表示した通りだ。まず喜島《きじま》と牛山《うしやま》――」

　古森がひと組ずつ、六係の人間に仕事を割り振っていく。自分の名前が呼ばれるのを待ちながら、高宮は通常の事件と同じ冷静さで臨《のぞ》めるよう、頭の中を整理していた。越前が捜一を使ったのは、おそらくそういう冷静さを求めてのことでもあるだろうからだ。

　担当範囲の割り振りが終わると、参事官が立ち上がって高宮たち全員を見渡した。

「当然、承知していると思うが」

　捜査員たちの視線が参事官に集まる。参事官は無表情でその視線に正対し、言った。

「これは我々警視庁、そのものに対する挑戦だ。逮捕、あるいは指名手配まで、絶対に一期内に漕ぎつけろ。でなければ日本国民全員に、警視庁の無能を証明することになる」参事官は講堂の右から左まで、視線をきっちりと行き届かせた。「全員、そのことを肝に銘じておけ。……解散！」

捜査員たちが一斉に立ち上がる。パイプ椅子が動く騒音の中をぬって相棒となる台東署の里見《さとみ》巡査部長に会釈をした高宮は、部屋を出る時、後ろから古森に呼び止められた。

「高宮」

「はい」

コートを羽織って廊下に出ようとしていた里見も振り返り、戻ってくる。

「お前、監察医務院の出良《でら》さん、知ってるよな」

「はあ。ビール会に時々参加しますから」

ビール会というのは仲間内でそう呼んでいるだけで、警視庁公認の同好会ではない。ただのビール好きの集まりである。監察医の出良はこの会の常連になっているようだった。

「今回のホトケ、出良さんが解剖した。直接、話聞いてこい」古森は数年前から眉間《みけん》の皺《しわ》が刻まれたまま消えない顔を上げ、高宮を見た。「報告書にはない感想があるかもしれん。検案書でも下から二番目のとこが*一番重要ってタイプの人だからな」

「了解です」

「大きな声じゃ言えないが」古森は言いながら、後ろの方にいる荒籾を見た。「組対の連中が情報をすべてオープンにしてくれるとは思えんしな」

高宮も囁いた。「貧乏くじを引かされると？」

「天津《あまつ》さんたちが辞めちまう前なら、そんなことはなかったんだが」古森は苦そうに眉をひそめる。「今の組対なら、やりかねん」

職業としては安定しているはずの警察官を、辞めてしまう者は多い。名前の出た天津などは違ったようだが、組織犯罪対策部の場合、ヤクザどもとつきあっているうちに道を踏み外す者もいる。警察組織に嫌気がさしている時に薬の誘惑に負けて不祥事を起こしたり、ヤクザどもに厚遇を約束されて心がぐらついたりする。最前線で闇と向かいあうということは、自身が闇に堕ちる可能性を常に孕《はら》んでいる。

そしてそれとは別に、組対の内部には独特の仲間意識がある。それが時には、仲間であるはずの警察官より、つきあいの深いヤクザを優先させたりすることになる。

「了解です」

高宮は古森に頷くと、コートを羽織って捜査員たちの流れに加わった。

とにかく警視庁は動き出した。それも、全速力で。

特捜本部に直接参加するのは百人強。しかしすでに地域部、各所轄、各交番に至るま

＊「その他特に付言すべきことがら」の自由記入欄がある。一番下の欄は日時と作成者情報。

で警戒態勢が通達され、不審者及び不審車両の発見、目撃情報の収集が都内全域でなされている。戦いが始まっていた。複数犯だとしても犯人はせいぜい五、六人だろう。それを警視庁警察官四万人が追う。

この戦いにおいて自分に、わずかでも戦功を挙げる機会があるだろうか。高宮はそう自問しながら、台東署の廊下を歩く。それはこの脚と目と、頭次第だ。

3

海月警部の膝《ひざ》の上でごろごろと喉《のど》を鳴らしていた茶虎の猫が、ついに「ごろん」と仰向けになった。耳の後ろをこしゃりこしゃりと撫でられて気持ちよさそうに目を閉じ、背中を反らせて四肢を一杯に伸ばす。リラックスしきっている様子である。柔らかそうな腹の毛に午後の黄色い日差しが落ち、ぬくぬくと暖かそうだ。その横では「次は俺の番」とでも言いたげに、三毛が海月の膝に足を乗せ、見上げている。猫にもてる捜査一課刑事とは、なんとものどかな話だ。

「……そうですか。それでは、実際に現場に住んでいたのは一〇一号室の男性だけ、と言っていいのですね」

海月が猫を撫でながら言うと、そのむこうに座って同じように猫を抱いた女性が頷いた。

「そうだねえ。大家さんはこれでいいのかしら、って思ってたんだけどねえ」

杖をついてその前に立っている男性が口を挟む。「庭のコブシが枝、伸び放題でよ。こりゃあ川俣《かわまた》さんに頼んで切ってもらうしかねえかって言ってたんだけども、今度はじゃあ誰が川俣さんに金払うんだって」

「川俣さん、シンさんが頼めばやってくれるわよ。どうせ暇してんだから」別の女性がその横からさらに口を挟む。

「俺はそんな仲良くねえもん。むしろそういうのは池田《いけだ》さんとこの下の娘が頼めばいいんだよ。川俣さん昔っから娘っ子に弱いんだから」

「あらやだ。でもあの子もう五十よ。娘っ子じゃないわよとっくに」

一体、この状況は何なのだろうか。

小春日和のやわらかい日差しが公園の広場をほっこりと暖めている。その片隅のベンチで、もうどのくらい話し込んだだろうか。最初は七、八人いた老人衆も一人帰り二人帰り、今は女性二人と男性一人になっている。そのかわりに猫が集まってきている。この周辺で管理されている地域猫らしいが、老人衆にいつも可愛がられているのだろう。海月がどうも動物に好かれる波動を出しているらしきこともあり、猫たちはおよそ獣と思えない無防備ぶりで海月の傍らに寄り添い、膝の上に乗り、欠伸《あくび》などしている。

ちなみに、捜査中である。地取りの分担で俺と海月は火災現場となったアパートの裏手方面を一軒一軒訪ね歩いているのだが、公園で老人衆が集まっているのを見つけた海月が、「あそこです!」と勇んで突撃したのだ。効率よく話を訊き出すという観点からすれば、目のつけどころは悪くないのだが。

それにしてもこんなにのんびりしていていいのだろうか。捜一の他の部署、たとえば高宮さんらが所属する殺人犯捜査六係などは、上野で起きた牛丼屋銃撃事件特捜本部に駆り出され、今頃は血眼《ちまなこ》で駆け回っているのではないか。

火災犯捜査二係である俺たちは、あの特捜本部とは関わりがない。先日、ライトスタッフカンパニーの楠野さんに会っている間に立った、立石署の捜査本部に参加している。あの日の前日、つまりちょうど海月がさらわれていた頃、葛飾区東四つ木の木造アパートから火が出た。火元は二階の奥、長く空いたままだった部屋の畳である。近隣住民がすぐに気付いて通報したためその部屋の床と下の部屋の天井（こちらも空き部屋だった）が焼けるだけで済み、怪我人などは皆無、周辺住民の財産的被害もほぼゼロで済んだのだが、もともと火の気がない部屋であり、「放火の可能性あり」の通報が入った。

被害の小さな事件であり、周辺で不審火があったという報もない。本来なら所轄署だけで処理すべきと見えなくもないこの件に捜査本部が立った理由は、主に二つある。一つは事件時、現場周辺にいた不審者などの情報がまだ出ておらず、捜査が難航しそうなこと。もう一つは、放火がガソリンのパックと携帯電話を組み合わせて作られた発火装置によってなされたということだ。

遺留品であり最大の手がかりである発火装置は、俺も現物を見た。携帯電話の着信により発生する電磁波をスイッチにして作動するもので、機構的には単純なものだ。だが、残された携帯電話はプリペイド式のものでまだ持ち主が不明のままであるし、その最後の着信――つまり、犯人が火をつけるためにした発信は公衆電話からではない、ということが、公衆電話の利用記録から判明していた。それなら着信履歴に犯人の電話番号が残されているのではないかという期待があったが（実際に、そのくらい間抜けな放火犯もいるのだ）、電話機内のフラッシュメモリが焼損しているため、詳細は科捜研の分析を待たなければならなかった。

　そういう状況なので本庁が出てきたのである。二係《うち》の川萩係長や立石署の青島《あおしま》捜査一係長は「たちの悪い理系学生の悪戯《いたずら》ではないか」と踏んでいるようだが、部長指揮の捜査本部*設立を指示した越前刑事部長は変人で通っているわりに慎重で思慮深い人である。犯人が自分で火をつけなくてよいように発火装置を使ったのだとしたら、発火に使われた発信側の携帯もプリペイド式の足のつかないものなのかもしれない。そうだとすれば犯人は相当周到な人間ということになる上、類似の事件が連続した場合、次はこの程度の被害では済まないかもしれない。そういう可能性を考慮して本庁を出したのだろう。

　とはいえ、人員も、高宮さんたちのいる特捜本部と比べれば恐竜とウーパールーパー**の差がある。むこうは百人規模、刑事部長と参事官どころか警視総監まで出張ってくるほどの大所帯だが、こちらは本庁二係のうち六名と立石署強行犯係の四名、たった十人だ。

　捜査慣れしている二係の同僚四人は鑑捜査《かんそうさ》と遺留品捜査に、地元の地理に詳しい立石署の四人は地取りに奔走している。普通は本庁から来た捜査員と所轄の捜査員がペアを組むのだが、人数が少ないということでそういう割り振りになったのだ。だが俺と海月の二人はなぜか、二人で地取りに回っている。しかも、現場直近の重要区画は所轄の四人で、俺たちはどちらかというと目撃証言の出なさそうな少し離れた区域の担当である。

なぜこうなったか。当然、事件発生時に海月がさらわれていたからである。あの件に関しては海月が警察官であることを隠すのが大変で、またミニバン確保時にあちらこちらを壊したということで始末書を書かされ、俺は例によって後始末の苦労をさせられた川萩係長から雷と拳骨《げんこつ》を落とされ、来月の給料も落とされた。その上で参加した捜査本部のこの構成である。所轄四人に対して本庁が六人という構成を考えると、つまり捜査本部から二名が「余分に」加わっている、という計算になる。そして地取りの隅っこの

＊　警視庁の場合、捜査本部は事件の重大性や解決の見込みをもとに三ランクに分けられる。一番派手なのが「特別捜査本部（特捜本部）」であり、これはマスコミに大きく取り上げられるような事件の時にできる。それ以外はすべて「捜査本部」（他道府県警と連携する場合は「共同捜査本部」または「合同捜査本部」となる）であるが、所轄署だけで対処する場合は「署長指揮の捜査本部」、対して本庁が出てくる場合は「部長指揮の捜査本部」となり、名目上、刑事部長がトップになる。

＊＊　水中で生活する、十五センチ程度の小さいサンショウウオ。「メキシコサラマンダー」という大層な名前で呼ばれることもあるが、口がでかく目が離れたマヌケ面の上、本当に抜けており、頭の上に餌を置かれても気付かずにぼけーっとしていたりする。

方を担当しているのも捜査本部からの「余分な二名」である。すなわち。

……というわけで、俺はなんとなくうらぶれた気分のまま聞き込みに歩いていた。海月のヘマに巻き込まれて途中で捜査本部から戦力外通告される、という現行の警察組織運用上ありえない事態に何度か直面した経験があるのだが、捜査本部が立つやいなや戦力外扱いされて隅っこの方にやられる、というのは初めてである。もちろん所轄に対する本庁のメンツというものもあるので、海月は「研修のためおまけで加えられたキャリア」で俺は「その指導係」というふうに説明がされているのだろう。そうであるに決まっており、まさか俺まで一緒に戦力外扱いされているなどという可能性は一切ないはずなのである。

が、一方の海月はめげない性格なのか自分たちの扱いに気付いていないのか、張り切って歩いている。近所で通行人に声をかけ「職質される覚えはねえぞ」と怒られること二回。俺とはぐれたまま各戸訪問を続け、間違えて同じ家に二度訪問すること一回。やる気はあるが無駄が多い。聞き込みはスピードが命だ。事件発生から一分一秒が経つごとに、証人の記憶は薄れて曖昧《あいまい》になってゆく。ポイントは落とさず一軒でも多く回らなければならないはずで、膝に猫を乗せていてはいけないのだが。

にい、と短く鳴き、膝の上の三毛が両足で俺の腿を踏み始めた。俺は母猫ではない。*

最後まで話していた女性も「さてそろそろお昼」と言いながら去り、公園のベンチには俺と海月と猫が残された。

「……海月警部」

「はい」

「これだけ喋って情報なしでしたが」

「なしではありません」海月は仰向けになっている茶虎の喉を撫でた。「近隣にお住まいのみなさんが犯行時、誰一人として不審者を見ていない――という情報が入りました」

「確かに、そうです」つまり情報なしだ。「普通は下見をするものなんで、大抵事件前に不審者が目撃されてるものなんですがね。それに、火災現場に犯人が現れる場合も多い」

「それは、なぜなのですか？」

「それが目的だからですよ。放火犯ってのは『自分が火災というエキサイティングな状況を作り出したこと』に快感を覚えるんです。自分のしたことが原因でこんなに大きな炎が燃え、人が逃げまどい、野次馬が集まって消防車まで出動している――とね」膝の上の三毛がごろんと寝転がった。わりと太っており、ずしりと重い。「だから放火犯ってのは、捕まえてみるとチンケなやつが多い。普段抑圧されていて自尊感情が低く、火

＊　猫は飼い主の体を両足でふみふみすることがあるが、あれは乳の出をよくするためのマッサージであり、飼い主を母猫に見立てているのだ、と考える説が主流である。

事を起こすことで少しでも自分の重要性を皆に認めさせたい、という連中です」

「なるほど。……勉強になります」海月は納得した様子で頷いた。

「基本ですがね。……自尊感情の強さなんて、外見では分かりません」暖かい風が吹く。公園の周囲は、犬を散歩させる男が一人通っただけで静かである。「要するに、現時点ではまだ何も分かっちゃいないってことです」

「そうでもありません。わたしは、現時点では可能性が四つに絞れると思っています」海月は授業でもするように、指を四本立てた。「一つ目は、見られてはいても、まだその目撃証言が出ていない可能性。二つ目は、犯人は付近の人に見られないように、上手に下見をしたという可能性。三つ目は、そもそも現場の下見などしていない可能性……」

「……いえ、全然絞れてませんが」

「四つ目は、目撃されていても、不審者とは認識されていない可能性です。つまり郵便屋さんですとか、不審者に見えない恰好をしていたか、本当に近所の顔見知りが犯人か」

「……なるほど。そういう可能性もありますね」とはいえ、やはり全く絞れていない。

「ですが設楽さん」海月がくるりとこちらを向き、膝の上にいた茶虎は迷惑そうに身をよじった。「わたしは、問題の中心はそこではないと思うのです」

「はあ」

「設楽さん、報告を聞いて、おかしいとは思いませんでしたか？　この事件」

「おかしいというのは……」俺の膝の上でも三毛がくつろいでいるので体を捻ることができない。「つまり、被害が軽微すぎる点ですか。確かに手の込んだ装置を用意したわりに……」

「というより、ですね」海月は言葉を探す様子で茶虎の肉球をいじる。茶虎は肉球をいじられてもなぜか抵抗せず、膝の上で目を閉じていた。「……そうですね。たとえますと、設楽さんもゆで卵は食べますよね」

「はあ。……いや、あのちょっと待った」

「鶏卵《けいらん》の殻は約95％が炭酸カルシウムでできています。表面がざらざらしているのはクチクラ構造という特殊な構造があるためで、この構造は空気を通すと同時に微生物を遮断するという防護壁の役割を」

「あの、警部」なぜ鶏卵の説明が始まるのだ。「ニワトリの卵と事件の間に何の関係が？」

「いいえ。ニワトリの卵と事件の間には何の関係もないのです。ですが、ニワトリの卵の内部は粘度の低い水様卵白と粘度の高い」

「いえいえ」俺は手を突き出して海月を止めた。三毛が膝から下りた。「関係ないっていうのはどういうことですか。それならなぜニワトリの卵の話が？」

　最近はあまりやらなかったのですっかり忘れていたのだが、思い出したことがある。

海月警部は捜査能力や運動能力が全くないだけでなく、他人にものごとを説明するのがひどく下手なのである。本人は一所懸命にたとえ話を披露するのだが、たとえ話をされればされるほど、聞いているこちらはわけがわからなくなってゆく。

「ですから、ニワトリの卵の卵黄部分は」

「いえ、ニワトリ使わないで説明できませんか」

「そうですか」海月は不満を見せる様子もなく首をかしげた。「……では、西洋占星術では十二宮は地水火風の四大元素に」

「いえ、それも使わないでなんとかなりませんか」もっと難しいのが出てきた。

「……では、六派哲学の一派であるヴェーダーンタ学派は」

「つまり犯人がああいう装置を用意したのが変だとか、そういうことですか？」

「そうなのです」海月は顔を輝かせた。「設楽さん、さすがです。わたし、まだ『ヴェーダーンタ学派』としか言っていませんのに。以心伝心というのは、このことですね」

「当てずっぽうというやつだと思いますが」答えがそれならなぜ四大元素だのヴェーダーンタ学派だのが出てくるのだ。「捜査本部の見解は、理系の学生か専門学校生あたりの悪戯ではないか、ということでしたが……」

「そうだと、いいのですが」海月は視線を上げ、公園を見渡した。「……わたしには何か、それ以上のものが背後にあるような気がします」

「つまり犯人にとって、東四《こ》つ木《こ》は本命ではないと？」確かにそれは現在、唯一の不安点とされていることだった。「同じような事件が、まだ連続する可能性がありますか」

「それなら、まだいいです」

海月はそれだけ言うと、吹いてくる風に目を細めた。正面からの風が、ダッフルコートのフードに収まっていた彼女の髪をふわりと揺らす。

「わたしの仮定が、間違っていることを祈ります」海月は言った。「……つまり、この事件が何かの『実験』でないことを……」

……「実験」。

悪戯で作ってみた発火装置の「実験」という程度の意味でないことは、海月の表情から分かった。つまり犯人が、もっと大規模な何かを計画している、ということだろうか。海月はまだ確信がないのか、それ以上は何も言わなかった。猫が昼寝する小春日和の公園で、俺は背筋に何か、うす寒いものを感じて身震いした。

```
memcpy(buf + sizeof(ph), th, sizeof(*th));
memcpy(buf + sizeof(ph) + sizeof(*th), data, dlen);
memset(buf + sizeof(ph) + sizeof(*th) + dlen, 0, 4);
th->check = ip_sum((unsigned short *)buf,
          (sizeof(ph) + sizeof(*th) + dlen + 1) & ~1);
```

4

寒い、と思った。

北向きの風にあおられて傾いた雨が降っている。傘をさしても、手首や襟首に弾ける雨滴が冷たかった。腕時計を見ると、まだ午後の二時半だ。それなのに、どっしりと重なりあう雨雲の灰色が寒い。見下ろす街が仄暗い。

彼女が指定した場所は、あるデパートの屋上だった。芝生があり、木が植えられ、金属とプラスチックでできた簡単な遊具と、自動販売機が据えられている。暖かい季節なら、買い物のついでに寄った親子連れで賑わっているのだろう。正面にはステージがある。日曜日にはイベントが開かれ、子供たちの歓声と親たちの温かい言葉が溢れているのだろう。

今は誰もいない。真冬のこの冷え込む時季に、わざわざ風の強い屋上に出る客はいない。しかも今日は、朝からずっと雨が降っている。こんな場所で待っていたのだろうか。

自分と会うために待つなら、このくらい寒い方がふさわしいということだろうか。

だとすれば、幸菜《ゆきな》の傷は全く癒えていない。表情に、仕草に、話す内容に注意した方がいいかもしれない。神崎は自分にそう言い聞かせた。

幸菜はフェンスの前にいた。傘を持ち、前を開けたコートの裾を湿らせている。随分前から来ていたようでもある。だが携帯を出していじっていたような様子はない。だとすると、彼女はずっと何もせず、ただ傘を持ったまま、灰色の街を見下ろしていたのだろうか。

——神崎さん。

予想外に柔らかい表情に、神崎は安心する。せめて中に入ろう、と提案したが、幸菜は首を振った。中は声が響くから、と言う。

——久しぶりです。

久しぶり、と答える。背が伸びたね、とも付け加える。

幸菜は、通っている高校のことを話した。それを聞きながら、そうか、女子高生なのだな、と思う。年齢を数えてみれば当然のことなのに、話を聞いてもなんとなく疑わしく思えてしまう。彼女の雰囲気は、「女子高生」という肩書と全く合っていない。「女子高生」とは、もっと無敵で幸福な時期ではなかっただろうか。あるいは、本当は高校に行けていないのかもしれない。

風向きが変わり、ひっくり返りそうになる傘を握り直して、今度は神崎が近況を伝える。幸菜は黙って、頷きながら聞いていたが、聞き終わると神崎の顔を覗き込むように見て、言った。

——神崎さん、感じが変わりましたね。なんだか……。

幸菜が言葉を切ったので、神崎は微笑んで続きを促す。なんだか……？

——鋭くなった、っていうか。

幸菜は言う。なんだか、裏の世界の人みたい。今、何をされているんですか？

自分が見つけたその言い回しが面白かったのか、幸菜は少し、笑う。その笑いがひどく貴重なもののように思え、逃さないように神崎も笑う。そして、目つきを鋭くして低い声を出してみせる。

——殺し屋さ。

無理に作った声色のおかげで、切れかけていた幸菜の笑いがなんとかつながった。だが、彼女は言った。本当にそうだったらいいのに。

雨も風も、まだ止まない。二人は屋上の寒さに震え始めても、まだ傘をさして立っている。

5

水の止まった噴水を銀色の柵が囲んでいる。その柵の前に、遠目にも分かるほど縦に長い男が立ち、ポケットに手をつっこんで煙草を吸っている。羽織っているのは砂色をした皺だらけのトレンチコートだが、よく見るとその下に白衣がちらりとのぞいている。しかしそれを認めるまでもなく、高宮の目には明らかだった。あいつだ。東京都監察医務院所属、出良大介《だいすけ》。監察医であり、上野牛丼屋銃撃事件の検視を担当した男である。

随分と捜し回ったので、高宮は溜め息をついた。携帯にメッセージを入れても平気で無視する男なのだ。「出良さん」

呼びかける前から高宮の方を見ていた出良は、ポケットから手を出して軽く上げてみせると、もう一方の手もポケットから出し、吸殻を携帯灰皿に押し込んだ。しかし高宮と後ろの里見巡査部長が前に行く間に次の一本を取り出し、百円ライターで火をつけている。よく煙草を吸う男だが、人からもらう時以外は「デス・ライト」というとんでもない名前の外国産*しか吸わない。本人によると「こだわるほど変わった味でもない」そうだ。だとすれば冗談でやっているのかもしれないが、本人は常に陰気な、もっと正確に言えばシケた表情をしているので、笑っていいものかどうか未だに判断できない。

「出良さん、捜したよ」

「受付で待っとりゃええやん」出良は表情を変えず、くぐもった関西弁で言う。

「時間がなかったんだ」高宮は肩をすくめる。「それに、あんたの一服は長い」

職場の人間から聞いたところでは、ちょっと一服と言いながら一時間もどこかに行ってしまう男らしい。しかも喫煙室や建物の周囲では吸わず、どこで仕事をしていても必ず近くの公園まで出る。本人いわく「喫煙者が集まっとるところで吸うと、うるさく話しかけてくるやつが絶対いる」のが嫌なのだそうだ。関西のアクセントが抜けないため東京では目立つ。それについていろいろと訊かれるのも嫌なのだという。

高宮は出良の横に立った。「出良さん、景気はどうだ」

「そっちと同じや」出良はどこか自嘲的ないつもの笑い方をした。「俺よりシケた面しとるやん。しっかりせえ」

出良に言われ、高宮は顔をしかめた。「ああ。それで話を聞きにきた」

確かに上野牛丼屋銃撃事件は、特捜本部が設立されて五日経った現在でもまだ進展がない。そして伴とともに銃撃されたチンピラの伊藤礼也は結局、意識が戻らないまま死亡していた。

無論、死者の数が二人から三人に増えたことは捜査員たちの士気を上げこそすれ、下げるものではない。五日という時間経過も同様である。だが、その五日間で捜査に進展がみられないという状況が、マスコミによる連日の質問攻めと相まって捜査本部に大きなプレッシャーと、ある種の嫌な想像を与えていた。事件がスピード解決する時は、重要参考人の一人や二人は絞れていておかしくない時期なのだ。だが本件ではまだそれがない。

出良は煙草で高宮の背後を指した。「そっち、どちらさんや」

「台東署強行犯係、里見正治《まさはる》であります」里見巡査部長は直立不動になり、きっちりと腰を折って敬礼した。「出良先生、お噂はかねがね」

「せやろ。新大塚の借金王とは俺のことや」

「いえ、そちらではなく」里見は慌てて訂正した。「港区の老女殺しや御徒町《おかちまち》の強殺での御活躍、それに研究室時代は、西青梅《にしおうめ》の幼女殺害事件でも出良先生が検視をされたと伺っております」

「まあ西青梅のは未解決やから、活躍もクソもないわな」

出良は眉間に皺を寄せ、高宮を見る。高宮も頷いた。七年前の西青梅幼女殺害事件には高宮と現六係長の古森も関わったが、最有力の容疑者と思われていた少年が自殺して

＊　本当にある。箱には髑髏の絵が印刷されているが、特にきついわけではない。

しまった上、冤罪《えんざい》だったのではないかと言われている。警視庁にとっては世田谷*と同クラスの古傷——というより生傷であり、高宮も古森も、非公式で継続捜査のチームに入っている。出良にとってもこの事件は痛恨事であったようで、ビール会にはあまり出ていない高宮と出良がお互いの顔をよく覚えているのはこれが理由でもあった。

　高宮は出良の隣に並んだ。出良は百九十近い長身で、高宮でも近くに立つと見上げる恰好になる。

「煙草、くれるか」

「なんや高宮、大昔にやめたんやなかったか」

「シケた時だけ、吸う」

出良が差し出したデス・ライトを一本受け取り、火をもらって煙を吐き出す。高宮が吸っていたのは学生の頃だけなので、味の違いはよく分からない。

「里見さん、あんたは」

「自分は、非喫煙者ですので」高宮よりさらに若いせいもあり、里見はやや緊張しているようだった。

　水のない噴水を背にして二人、同じような方向を向いてしばらく煙を吐く。里見巡査部長はやることがないらしく、その傍らで所在なげに立っている。喫煙者と非喫煙者は行動のリズムが違う。高宮も普段は非喫煙者の方に入るので悪いとは思うが、出良に対する質問のし方を頭の中で検討する時間が必要だった。

「……あんたの死体検案書、俺も見たが」

「裏に書いた句、ええ出来やろ」

「そっちは出回ってない。あとで原本を見るよ」こういう男だ。もともとは大阪の大学病院にいたらしいのに、十年ほど前こちらに出てきた。その理由もおそらくはこのあたりにあるのだろうと思われた。「それより、下から二番目の欄が空白だった。あんたらしくないが」

里見も出良を見た。出良の方はどちらとも視線を合わせず、葉の落ちた街路樹を眺めて煙を吐いている。

「……いろいろ、ありすぎてな」出良は言った。「ありすぎるくせに、どれもようつながらへんねん。だから『雑感』書くの、やめた。現場はんを混乱させるだけやしな」

出良が里見らにも名前を知られているのは、死体検案書に書く「雑感」が一部で有名だからだった。変死体が出た際に監察医その他、検視した者が書く死体検案書は通常、「死因の種類」や「外因死の追加事項」といった形で、形式的な記入を連ねていけば完成するような書式になっている。だが出良は「雑感」と称し、そこに自分の勝手な推測

＊　正式名称は「上祖師谷三丁目一家4人強盗殺人事件」。二〇〇〇年十二月に発生した、子供二名を含む一家四人が惨殺された未解決事件。未だ捜査中であり、犯人検挙につながる有力な情報には最大一〇〇〇万円の懸賞金がかけられている。

を書き加えるのである。スタンドプレーであり、多くの警察関係者はこれを嫌っている。だが出良の「雑感」が実は的確であることが多く、古森らを始め一部の人間は捜査の参考にしている。

その「雑感」が今回はなかった。いつも通り、裏面に下手な俳句は書き加えていたようだが。

「その『いろいろ』を、全部話してくれないか。並べ替えや取捨選択はこっちでやる」

高宮が言うと、出良は携帯灰皿を差し出してきた。そこに自分の吸殻を入れ、高宮は腕を組んだ。

出良の方は根元まで吸うつもりらしく、やや猫背になったたままだ煙草を咥《くわ》えている。

「弾丸、何やった」

「普通の九ミリだ」

「そうか。鉄砲、ええやつやで。たぶん」

「いいやつ、ね」

つまり、ヤクザの抗争に使われるのに似つかわしくないということか。

出良は続けて言った。「あるいは、撃ったやつの腕がいいか」

高宮は出良を見た。里見も見ていた。出良は二人の視線に無頓着な様子で煙草を消し、携帯灰皿をしまう。

「八発も撃っています。それに伴と伊藤以外に、無関係と思われる学生二人にも当たっています」里見が口を開いた。出良に気後《きおく》れする様子は見せていたが、生真面目な男であるらしく、質問せずにはいられないようだ。「誰にも当たっていないものも三発あります。特に命中率がいいとは……」

「まあ、結果だけ見ればな」出良は頷き、高宮を見た。「現場、撃った位置から見たか」

「ああ」

高宮だけではない。画像で見てはいても、捜査員の大部分が現場には一度ならず立ち寄っているはずだった。たとえ担当する範囲が現場から遠くても、捜査員としての本能が、現場を直に確認しないまま仕事に当たることに不安を訴えるのだ。また、被害者が殺された現場を自分の目で見て、そのむごさ、犯人の凶悪さを心に刻みつけることは、連日の激務の中で摩耗する心身を奮い立たせるために必要なことでもあった。

「犯人車両が路肩にぴったりくっついていたとして、被害者までの距離は六メートル強。間には店のガラス窓があるが、視界を塞ぐほどじゃない。よほど腕や銃が悪いか、興奮していなければ、素人でも当てられるだろう。八発も撃てばな」

「鑑識の記録、いろいろ見たんやけどな」出良は高宮と里見の言葉には反応せず、喋りだした。「まとめると、こうや。発砲時、犯人から見て左側に伴、その右隣に伊藤、さらにその右隣に学生はんが座ってた。バイト君は伊藤と学生はんの間あたりに立ってたんやな」

「……ああ」鑑識の資料をすべて見れば、確かにそうなる。出良も調べていたらしい。

「一発目は一番右、学生はんの右腰の上あたりから入って小腸と右腎を破いた後、臍《へそ》の横にでかい穴ぼこを開けながら出とる。二発目、今度は学生はんの左肩甲骨の下から入って肋骨で跳ね返り、胃と脾臓《ひぞう》上部をかき回した上、内胸動脈を派手にちぎって皮膚の前で止まっとる。三発目は伊藤や。伊藤の腰の上、脊柱《せきちゅう》の右側に当たり、脊柱を砕きながら肝臓をかき回し、なぜか下の方を向いて止まった。四発目は伊藤の左側、伴と伊藤の脚の間に当たった」

すべて暗記しているらしい。出良は続けて言った。

「五発目は運の悪いバイト君の右肩や。こっちは鎖骨《さこつ》を砕いたものの、臓器や鎖骨下動脈は無傷で大人しゅう抜けてくれとる。バイト君は衝撃と後頭部の打撲でのびてもうたようやけどな。で、六発目は伴と伊藤の頭の間、七発目は伴の右肩の上を抜けて店の壁やら丼やらを破壊……」出良はそこで、少し間をおいた。「……で、伴が立ち上がったところに最後の一発。振り返りかけていた伴の側頭骨を貫通して大脳組織から間脳、視床、大脳帯状回《だいのうたいじょうかい》あたりを中心に派手にかき回した後、反対側から出た。なんせガラスと側頭骨を二つ貫通しとるからな。勢いが落ちて弾道が歪んで、先端部分がぶれながら回転したんやろ。伴の頭ん中、煮込みやったで」

死んだのがヤクザということもあってか、出良は遠慮のない言い方をした。医師をやっている人間は、人体を物体として見る特有の物言いをすることがある。生きている人間相手ならばまだ最低限の遠慮は働くが、死体相手の法医学をやる人間はその遠慮もなくなるのかもしれなかった。

「……不自然か？」

「お前はどう思う」

問いを返され、高宮は沈黙した。二人が先刻吐き出したデス・ライトの煙が、ゆっくりと捩《ねじ》れながら拡散してゆく。

「……犯人は興奮状態にあり、一発目の時は狙いが定まっていなかったのでは？」里見が先に言った。「狙いを定めないままに闇雲に連射していたが、撃ちながら徐々に照準を調整していったのなら、今おっしゃったようなことになるかと思いますが」

「いや、だが」高宮は、一つ気付いて口を開いた。「だとしたら、伴に当たった八発目でぴたりと連射をやめたのがよく分からないな。それまで余分に七発も撃ったんだ。伴の頭が弾けるのが見えたとしても、勢い余ってもう一、二発は撃っちまうものだと思うが」

「俺もそう思う。それに、まだある」出良はデス・ライトの箱を出したが、ちらりと見ただけで次の一本を抜くのをやめた。「死んだ他の二人は、腰の上あたりに命中して消化器を破壊されとる。学生はんは二発もらってもうたし、伊藤はもらった一発が脊柱で跳ね返った。二人とも、もっと運がよければ死なずに済んどったかもしれん。でも伴だけは違う。九ミリが頭の横から入って生きとったら番組出られるで」

「……つまり、伴だけ確実に殺す狙い方をしていると？」

「そう言いきれるかどうかは分からん。伴だけ立ち上がったところを撃たれとるわけやし、犯人は伴が立ち上がったのを見て、慌てて照準を上に向けたのかもしれん。その結果インブル*にナイキャッチ**、ちゅうこともないわけやない」

出良が言おうとしていることが、ようやく高宮にも分かった。「もし、犯人が射撃に相当習熟しているとしたら……」

「狙ってやったんなら、半端な腕やないで」出良はわずかに口許《くちもと》を歪めた。「距離六メートルとはいえ、ガラス越しや。しかも伴は驚いて立ち上がったところ。犯人は七発も撃って現場が大混乱になっている中、立ち上がった伴の頭に一発で当てたんや。しかも伴に対して一発しか撃っていないちゅうことは、その一発で確実に殺《や》れる自信があったわけや。……高宮お前、できるか。一発で」

「無理だ。知り合いには、うまいやつもいるが」高宮は腕を組んだ。「……しかし、本当にそんな腕があると？」

「あった場合、相当やばい、ちゅうことや。普通は、びびった素人が適当に連射したらたまたまうまく当たった、くらいに考えるとこや」

だが、出良は自分で言いながらも、その結論に満足しきっていないようだった。

「……もっとも、びびった素人がガラス越しに狙おうと考えるか、ちゅう問題もあるけどな。店を出たところを撃つなり、ひと目のない夜道で待ち伏せるなり、他にいろいろあるやろ」

「……あるな」

組対が調べたところによれば、伴はあの牛丼屋にはよく現れていたらしい。犯人の車はどうやら伴が入店する前から停まっていたらしい、ということも考えれば、犯人は伴の行動パターンを事前に調べていたのだ。だが、それならどうして、もっとひと目のない、やりやすい時を狙わなかったのか。

里見も同じことを考えていたらしく、ぼそりと言った。「……確かに、妙ですね」

出良が「いろいろ、ありすぎて」何も書けない、と言っていた理由が、高宮にも実感できた。犯人の行動は何かちぐはぐだ。そもそも、本当にこれがヤクザの抗争で、撃ったのが興奮状態の鉄砲玉なら、車の中からガラス越しに店内を狙い、射撃後すぐに逃走する、という手口になるだろうか。もっと堂々と店内に入り、至近距離から狙うのではないか。

「どこの組も、資金には余裕がありません。組員が逮捕されて服役する事態になるのを防ぐため、犯行後すぐ逃げられるようにこうしたのかもしれませんが……」

確かに、里見の指摘は正しい。抗争によって組員が服役したら、組はそいつが出てく

＊　インナーブル。ブルズアイと呼ばれるダーツボード中央部分の、さらに内側。
＊＊　「ナイスキャッチ」。ダーツで、投げる時に失敗してしまった矢が偶然うまいところに当たった場合、笑い混じりに飛んでくる掛け声。

るまで面倒を見なければならなくなる。改正暴力団対策法施行以来、慢性的な資金不足に悩まされ続けている暴力団はどこも、組員が服役するような事態は避けようとしているはずだ。

「だがそういう事情なら、それこそ夜道で轢《ひ》き逃《に》げでもすりゃいいだろう。白昼堂々ってのはリスクがでかすぎる」

「せやな」

高宮と出良が続けて言う。里見もその点は分かっていたのか、頷いて沈黙した。

手前の街路樹に甲高い声で鳴く鳥がとまり、また飛び立っていった。

「……要するに、だ」

高宮が口を開くと、新たなデス・ライトを咥えていた出良もそちらを見た。

「まとめると、こういうことだろう。今回のは赤木組と揉めているどこかの襲撃だが、襲った連中は組員を服役させるのが嫌で、犯人が捕まらないような方法を考えた。しかしなぜかそれが『伴がいつも行く牛丼屋にいるところを銃撃する』というおかしな方法で、しかも犯人は七発も外した後、とんでもないラッキーパンチで伴の頭をホールトマトにした直後、射撃をやめて逃走している」

「……というのが、組対の推理やろな」出良が続けた。「だが、伴への一発がラッキーパンチでない可能性もある。だとしたら、犯人は相当な腕前てことになるけどな。ま、そうだとするなら、なぜそんな腕前のやつが七発も外したのかよう分からんけど」

「そっちの方は説明がつかないでもない。伴を一発で殺っちまったら自分の腕前がばれるからな。赤木組の状況を利用したというなら、伊藤も一緒に殺れば抗争に見える」

里見が眉をひそめる。「つまり、この件は抗争ではないと?」

「随分と穿《うが》った見方やな」出良は自嘲的に笑った。「そんな『雑感』、報告したら怒られるで」

「そうでもない。小隊長が古森さんだからな」

「ああ、あのおっさんか。息子の受験はどうやったんやろな」

「落ちたが、本人はさほど落ち込んでいないようだってさ」高宮は右手をポケットに入れ、左手を上げた。「まあ、俺たち捜一がいるのはそもそも、こういう穿った見方をするためだからな。……じゃ、世話になった。仕事に戻るよ」

「なんや、今の仕事やなかったんかい」

「一服しただけだ。組対には内緒で来てるんでね」

里見が出良に敬礼し、高宮たちは大塚公園を去った。入口のところで噴水を振り返ると、出良はまた新たなデス・ライトを出していた。

「……ほう。出良さんはそう言ってたか」

「随分と穿った見方、ではありますが」

高宮は声を落とし、囁くように言った。出良のキャラクターを快く思っていない者は捜査本部内にも多い上、奴のところに行ったのは古森の独断だ。本部に戻って荒籾や管理官らの前で堂々とするような報告ではなく、高宮と里見は古森を呼び出し、台東署二階の廊下で話している。二階の廊下はひと気がないかわりに声が響く。自然と密談の雰囲気になる。

「いや、あながちそうとも言いきれん」古森は言った。「いくら赤木組でも、今時のヤクザがこんな派手なことをやらかすとは、どうも信じられなくてな」

「抗争でないとして、犯人はどんなやつでしょうか。もし狙ってやったとすれば、そんなことができるやつはプロということになりますが」

「いるだろう。武器が拳銃だというなら」

古森の言葉に、高宮は記憶を探る。すぐに思い当たった。

「……『名無し』、ですか」

古森が黙って頷く。里見はその呼び名を知らないようで、もの問いたげに高宮を見た。

「最近、都内で掘り返されたり、浮いてきた死体の中に、妙なものが交じり始めてる」

高宮は、里見に説明するため口に出した。「いずれも被害者はヤクザかその周辺人物だが、やり口が特徴的なんだ。拳銃で頭部に一発。それ以上でも、それ以下でもない」

出良はまだ見たことがないようだったが、担当した鑑識の人間は背筋が凍ったという。他の外傷は一切なく、頭部に一発だけ。正確に、ただ殺した、というだけの死体。

明らかにプロの仕業だった。それも、相当な腕前の。同様の手口の死体が続けて出たこともあり、いつしか捜査一課内ではこの犯人を「名無し」と呼んでいた。素性も人相も何も分かっていないのだ。

「……しかし」高宮はまだ、すんなりと納得できなかった。「名無しだとするなら、今回は少し、らしくないのでは？　抗争に見せかけるために下手糞《へたくそ》を装って外した、というのは納得ができますが、名無しはターゲット以外はやらないでしょう。名無しの仕事だったというなら、何発か外してみせるといっても、誰にも当てないか、かすり傷程度で済む当て方をするのではないでしょうか。そのくらい冷静なやつだと聞いています」

「俺もそこは、もっともだと思う。だが……」

古森は腕を組み、言葉を探す様子で壁に視線をやった。交通取締強化のポスターの中で、警察官の制服を着たアイドルが笑っていた。

「なあ高宮、ここはひとつ、穿った見方でいかんか。やったのが名無しだとしても、今回は冷静でなかったのかもしれん」

「今回は……」高宮も、なんとなく交通取締強化のポスターを見る。「つまり、今回は仕事でなかった、と？」

「その可能性も視野に入れよう。まずは、名無しの最近の動向を洗う。もっとも俺たちはあいつには詳しくない。四課長と荒籾さんに相談して、名無しとつきあいのある組に当たってもらうようにする」

「笑い飛ばされるかもしれません」

「表面上はな。だが無視はできないはずだ。行き詰まってるからな」古森はポスターから視線を外し、里見に言った。「里見さんもご苦労だったな。以後は担当の仕事に戻ってくれ」

了解です、と里見が敬礼する。高宮も同様に敬礼して去ろうとしたが、後ろから古森につつかれた。

古森が声を落として囁く。「もしお前の方でも何かコネがあるなら、今の仕事は後回しにしてそっちに当たった方がいいかもしれんが……何かあるか?」

「ないことは、ありません」古森が声を潜めているのは、実質的な指揮官である進藤捜査一課長や管理官らの指示から外れるからだろう。高宮も声を低くした。「以前、カルトの摘発で公安と組んだことがあります。その時に知り合ったやつに当たってみます」

捜査本部の指示から外れすぎるし、公安から情報をもらう、ということをいち捜査員の独断でするのは問題がある。公安部はかなり徹底した秘密主義であり、所属する人間は自分が公安部員であることを同じ警察官にも知らせたがらないのが普通だ。だとすれば、ここからは里見を連れていけない。高宮一人でやらなければならなかった。

古森もそれを承知した様子で頷く。高宮は階段のところで振り返って待っていた里見の方へ歩き出した。高宮は何か嫌な予感を覚えていた。この事件は、普通に解決するのだろうか。

だが、高宮は首を振った。これが「刑事の勘」でないことを祈りながら。

6

「……どうですか？」俺の脇腹のあたりにくっついて海月が囁く。

「路上には、いませんね。あとは廊下と部屋の中ですが」路地を覗き込むのをやめ、塀の陰に顔を引っ込める。海月の顔を見ようと振り返ったが、一瞬見失った。小さすぎて、至近距離でくっつかれていると視界に入らないのである。「建物の前まで行きましょう。顔を見られないように様子を窺《うかが》うことはできるはずです」

「了解です」

その敬礼は違う、と思いながら路地に出る。「行きましょう」

葛飾区東四つ木某所。放火事件の現場である。俺たちの担当は裏手の、少し離れたあたりの地区の聞き込みなのだが、今はそれを一旦中止し、現場に来ている。いや、担当地区を勝手に離れて現場に行けば問題になるので、こっそり忍び込もうとしている。海月が「どうしても現場を見たい」とごねるのである。

無論、地道な地取りは捜査として非常に重要である。とりわけ放火事件の場合、犯人は下見をし、火をつけ、そして多くの場合、自分の作り出した火事という状況を確認して悦に入るため現場に戻ってくる。そのいずれかの時点で、周辺住民から「見慣れない人がいた」と認識されている可能性は大きい。しかも、葛飾区のこのあたりは下町であり、近所づきあいが濃厚な地域なのだ。目撃証言が得られれば人着*が特定できる。地取りの意義は大きい。

が、海月はそれよりも気になることがあるようだった。

俺は周囲を窺い、海月に頷きかけて路地に出た。海月は少し首をかしげて考え、俺の腕にぶらさがるようにしてくっついた。このままでは俺たちが不審者になりかねないのでカップルを装おうというつもりだろうが、残念ながら親子か歳の離れた兄妹にしか見えないだろう。

本来なら、と思う。本来なら、現場経験の浅いキャリアのお嬢さんの意見などに従って職務命令違反をする必要などないのだ。階級が警部だとはいえ、ここでは俺が先輩だし、名目上は指導役でもある。いらんことはいらん、と諭せば、聞かない人でもない。

だが俺は海月の考えが知りたかった。運動神経ゼロ、方向音痴、その他いろいろ欠点を挙げれば役満級に揃う海月千波警部だが、頭脳と知識、それに勘の方は人並みはずれたところがある。適材適所、ということを以前、越前刑事部長も言っていた。頭を使って判断する役は、俺より海月の方が向いているかもしれないのだ。

周囲に警察官がいないのを確認し、不審者に見られぬよういかにも自然なふうを装って、植木鉢やら自転車やらがはみ出ている路地を歩く。海月の方は全くそういう演技をしておらず、きょろきょろと周囲を見回している。「見通しが悪いのですね。現場の建物、すぐ前まで行かなければ見えません」

「そのようで」捜査開始時に一度車で通っただけで、俺も現場に歩いて入るのは初めてである。「ところで警部。現場で何を確認したいんですか？ 焼けちまってますが」

「犯人がどうやって現場を見ていたか、です」海月も現場のアパートを見つけたらしく、ようやく視線が定まった。「事件時、集まった野次馬の中に不審者はいなかったのですよね」

「見つからなかった、というだけですがね」俺はさっと首を伸ばし、現場となった二階建てアパートの敷地内に警察官がいないことを確認した。「つまり、犯人はどこか遠くから現場の状況を確認していたと？」

「自作の発火装置ですから、もし犯人が野次馬のみなさんの中に紛れていなかったのなら、その可能性が大きいと思うんです。新聞やニュースをチェックしていれば結果は確認できますけど、それでは、なんと言いますか……」海月は現場の前で立ち止まり、首をかしげた。「たとえますと、フォカッチャはジェノヴァ地方が発祥ですが、昔は」

＊「にんちゃく」と読む。「人相・着衣」の略。警察が犯人の外見的特徴を表す時に使う単語。

「いえ、それはいいです」

「そうですか。では、タリアテッレというパスタは、通常は丸く」

「いえ、たとえなくても分かります。要するに、具体的にどのくらい燃えたかは自分で現場を見なければ分からないし、発火装置の実験なら、燃え方をリアルタイムで確認したいだろう——ということですよね」海月を見下ろす。「それと警部、腹減ってるんですか」

海月はぎくりとした。「……なぜ、分かったのです」

「いや、分かりますが」溜め息が出る。「さっと確認して昼飯に行きましょう。京成立石駅の周辺まで行けば、イタリアンもあったと思いますから」

なぜわたしがイタリアンに惹かれていることまで分かったのです、と驚きの目をする海月を引っぱり、ブロック塀に囲まれた敷地に入る。やっぱりこの警部はアホの子なのではないかという疑念が頭をかすめたが無視した。それよりも、現場周辺に警察官がいた場合、どうやってごまかすかを考えなくてはならない。現場となったアパートは一階と二階に三部屋ずつあるが空き部屋が多く、二階奥の現場とその隣は住人なし、残る一部屋の住人も、長いこと部屋を空けているという。二階に上がるだけで、普通に考えれば不審者なのだ。

一段上がるたびにぎしぎしと揺れる心もとない金属階段を上がり、二階外廊下に警察官がいないことを確かめてから進む。外廊下の手すりと雨どいを器用に使って「ＫＥＥ

ＰＯＵＴ」の立入禁止テープが腰の位置に張られている。俺がテープを押し上げると、海月は当然のようにくぐろうとし、頭をひっかけてふらついた。

ドアを開けると、まだかすかに焦げくさい臭いが残っていた。少し迷ったが土足のまま上がる。鑑識はとっくの昔に指紋も足跡も採りつくしているはずだ。今さら、二人ばかり無断侵入したところで採証に支障はないだろう。

「行きますよ。さっと見ましょう」なぜか囁き声になってしまう。火事場泥棒の気分である。

入ってすぐのところに台所とユニットバス、奥が和室の六畳。おそらく元は二間であった物件に後からユニットバスをつけたのであろう、典型的な古アパートだった。奥の部屋の引き戸の木枠やキッチンまわりステンレスは、俺も海月もよく知らない「昭和」という時代が確かに存在し、その頃の人々も我々同様、この国で日々を切り抜けていたことを寡黙《かもく》に証明している。

火元は奥の部屋の中央だ。延焼は横方向にはそれほど広がらなかったようだが、畳は真っ黒に炭化し、部屋の中央は床板だけでなく下の根太《ねだ》まで燃え、骨格になる床梁《ゆかばり》の間から一階の床が覗いている。カーテンは三割がた燃え落ち、天井も丸く焦げて中央に穴が開いていた。天井にまで炎が上がったということになると、すでに消火器では対応不可能な段階だったことになる。木造家屋が密集するこの地域でもう少し燃え上がっていたら周囲の家屋も危なかった。通報が遅れていたら大災害になっていたかもしれない。

「なるほど。現場を見ると分かりますね」床は土台が燃えて脆《もろ》くなっている。俺は台所から奥の部屋を覗くだけにした。「思ったより、やばかった」

「そうですね」

玄関で靴を脱いだ海月は、全く躊躇なく焦げた畳を踏んで奥の部屋に上がり、穴の脇にしゃがみこんだ。

「警部、気をつけてください。そこ焼けてますから」

俺よりだいぶ軽いとはいえ、踏み抜きかねない。しかし海月はそんなことなどお構いなしで煤《すす》だらけになった畳に膝をつき、ついでに手までついて四つん這いになった。

「警部、何をしてるんですか?」高そうなダッフルコートだが、汚れることは全く気にしていないらしい。

「外から発火装置を置いた場所が見える場所というのは、発火装置を置いた場所から見える外の場所ということになりますので、発火装置を置いた場所から見える外の場所を探し、発火装置を置いた場所が見える外の場所を特定するのが一番効率的です」

「はい?」分かりにくい。「つまり、犯人は外から望遠か何かでここを見ていたかもしれないから、窓から何が見えるのかを特定する、と」

「そうなのですが」海月は体を起こし、ぺたりと正座して部屋を見回し始めた。「見えるビルは簡単に立ち入れそうにありませんでしたし、まわりもアパートしか見えませんでした。カメラを仕掛けて外から撮影していたわけではないようですね」

「警部、汚れますんでコートぐらい脱いでは」俺も部屋に入って周囲を見回す。「だとすると、この部屋の中にカメラが？　しかし鑑識が入りましたが」

「鑑識の方は足跡などは探したと思いますが、仮にこの部屋に隠しカメラがあったとしても、見つけていないと思います。あるはずだ、という知識がないのですから」

「それもそうか」

しかし元が空き部屋である。犯人がカメラを持ち込めば、たとえそれが置時計やライター等に偽装したものであっても鑑識が調べるだろう。見回したが、不自然な物は何もなかった。コンセントやエアコンも調べたが、どこもいじられた形跡はなく、埃《ほこり》が積もっている。

「……見当たりませんね」

「そうですねえ……あ！」海月が大きな声を出し、台所の天井を指さした。「設楽さん、あれです」

「どれです？」

「台所の電球です。最近の隠しカメラは、ボールペン型やキーホルダー型といったありふれた物だけではありません。ＬＥＤ電球型というのもあるんです」

俺は台所に戻り、天井に直に挿してある電球に触れた。それで気付いた。埃がついていないし綺麗すぎる。

「これですね。……なるほど、電球なら空き部屋に置いといても怪しまれないか……」

「台所のこの位置からなら、見えますね。ここから、こう……」海月が、カメラの動線を辿るように部屋に戻る。

「あの警部、穴のまわりは」

危ない、と言いかけたが遅かった。木材の軋《きし》むくぐもった音が聞こえ、ばりん、という派手な音をたてて海月の体が下に下がった。ひゃっ、という悲鳴が聞こえ、海月は大きく開いた床の穴に、ずぼん、とはまった。

あまりに見事にはまったので感嘆の声が出かけたが、無論、感心している場合ではない。慌てて駆け寄り、風呂にでもつかるように両腕と肩だけ出ている海月の背中を摑む。

「警部、大丈夫ですか」危ないと言ったのに。「くまのプーさんのようになってますが」

「カリブ海の民話にある、雲の穴につっかえて天界に帰れなくなってしまった女性の方が近いですね」海月は足をぶらぶら宙に浮かせながら答えた。「わたしは縦方向につっかえているので」

「それはどうでもいいです」引き上げようとするのだが、どこを摑んでいいのか分からない。コートのバックベルトを摑むと取れそうだし、フードは伸びてしまって力が入らなそうだ。「とにかく這い上がってください」

「できません」

「即答ですか」これだからエリート様は困る。

懸垂《けんすい》ぐらいできてほしいものだが、そうもいかないようだ。それどころか海月の場合、このまま掴まっていることすらいつまでできるか怪しい。俺は身を乗り出して脇の下に腕を差し入れようとしたが、海月の方がぱっと手を伸ばしてこちらの腰を掴んだ。

「ちょっ、警部」

いきなり掴まれて前につんのめりそうになる。踏んばろうとして足を前に出すと、床板がぼろりと崩れて落ちた。体のバランスが崩れる。

これでも、落下することには慣れているのだ。なぜかというと、海月と関わってからというもの、なぜか様々な場所から落下する羽目になってきたのである。それに警察学校の初任補修科では柔道の黒帯もちゃんととった。俺の専門は空手だから川萩係長のように凶悪犯を投げ飛ばしたりはできないが、受身ぐらいはできる。

が、落下しながら俺は、肝心なことを忘れていたのに気付いた。俺はよくても海月は受身などとれない。

考える前に体が動いた。重心が完全に前に倒れて落ちる瞬間、俺は海月の体を引き寄せて頭を抱え込んだ。同時に自分の首もすぼめて背中を丸める。

一瞬、飛び散る木片が見え、焦げて黒くなった床梁の断面が見え、アパートの二階の床というのはこういうふうになっているのか、と奇妙に冷静な頭で考えた後、俺は海月を抱えたまま一階の畳に落下し、どかん、とすごい音をたてて跳ねた。ばらばらと木片が顔に落ち、角材のかけらがごつんと頭に当たる。とっさに左腕に注意をやったが、畳の上に落ちたおかげか怪我はなかった。しかし背中だか腰だか、そのあたりが痛い。

「警部。けいぶ」腕の中の海月を揺する。「大丈夫ですか」

海月は顔を上げ、周囲を手で探って落ちた眼鏡を拾った。「……目が回りました」

「そりゃ大変です」怪我がないようで何よりだ。「じゃ、とりあえずどいてください」

「あっ、すみません」海月は眼鏡を丁寧にかけ直し、髪についた木片を払うと、ぱっと立ち上がって天井を見た。「穴が開いてしまいましたね」

「やばいです」現場を荒らすどころではない。崩壊させてしまった。

「でも、あのLED電球型カメラは新たな遺留品です。なし崩し班のみなさんが喜びます」

「遺留品捜査班《ナシワリ》、です」

「正しくは、それです」海月は俺を見下ろした。「ところで設楽さん、すみませんでした。お怪我はありませんか」

「大丈夫なようです」心配するのが遅いわい、と思いながら立ち上がり、肩についた木片を払う。「とにかく、ずらかりましょう」

「……なぜですか？」

「現場、崩壊させてるでしょうが」海月の手を取る。「ばれたらまた始末書です。捜査《チョ》本部《ウバ》からも外されかねない」

海月はようやく驚いた顔になった。「それは困ります」

「まず逃げて、それから後で現場を訪れたふりをして報告すればいいんです。現場で何かあったようなので来てみたが、ついでにカメラ見つけましたって言えば」

あの電球は、ただの遺留品という以上の意味を持っている。悪戯にしては金も手もかかりすぎているからだ。その点を指摘すれば、捜査本部の方針が変わるかもしれなかった。

「そうですね」海月は早口になり、拳を握った。「設楽さん、なかなかの悪党です」

誰がだ、と思うが反駁《はんばく》している暇が惜しい。とにかく海月の手を引いて玄関に走り、ドアを開ける。しかし外に飛び出したら、海月はなぜか外階段を上り始めた。

「何やってんです」

「靴が二階です」

俺は天を仰いだ。すると、背後でドアが開いた。

「こら、お前ら何やってる！」

後ろから強烈に怒鳴られ、俺は一瞬、自分が飛び上がったかと思った。振り返ると、ステテコシャツに半纏《はんてん》を羽織った老人が消火器を持ち、ノズルをこちらに向けていた。

「貴様ら、犯人だな？　逃げるな！　警察呼んだからな！」

「いや、待ってください。我々は」俺は警察手帳を出そうとしたが、そこで気付いた。警察官だとばれてもまずいのだ。「怪しい者では」

老人は聞く耳を持たず、表の道に向かって怒鳴った。「お巡りさん、こっちです！」

現場の物音を聞き、すでに１１０番もしていたらしい。見事な対応をする爺さんだ。

「ちょっと待ってください。これにはちょっと、その」

助けを求めて階段の上を振り返ると、海月はすでに靴を履き、柵から隣の家に乗り移ろうとしてできずにじたばたしているところだった。

「あっ、ちょっと」

ひどい、と言おうとしたところでばらばらと足音が聞こえ、ブロック塀の陰から制服警官が二人現れた。とっさに走り出そうとした俺は、爺さんの消火器から吹き出た真っ白な消火剤に視界を塞がれ、激しくむせた。苦い。それに目が痛くて開けていられない。

「どうだ、この火つけ野郎」

爺さんの勇ましい声が響くと同時に、俺は両側から腕を摑まれた。目を開けると左右に警官がおり、パトカーから降りた三人目の警官が、興奮した声で無線に向けて喋っていた。

「こちら立石03。東四つ木、現場付近で容疑者を確保！」

7

その場にいる六人の男は誰一人口を開かないままだった。そして緊張していた。少なくとも、デスクと向かいあって立っている灰色のネクタイの男を除いた五人はそうだった。

場の中心になっているのは明らかにこの灰色のネクタイの男だった。男を左右から挟む形で体格のよい二人が立っている。二人はそれぞれ上着の中に拳銃と短刀を忍ばせ、もし男が妙な動きをすれば〇・五秒で武器を突きつけ、動きを封じるはずだった。男の後ろ、応接セットのソファには坊主頭の中年男が座っていたが、この男もくつろぐ様子はなく、身を乗り出したまま、灰色のネクタイの男を監視している。この坊主頭は肩から下げたホルスターに軍用のオートマチックを入れていた。坊主頭は格闘と銃の腕に覚えがあり、仮に男が俊敏に動いて左右の二人から逃れたとしても、この男が確実に仕留める。そのために呼ばれた男だった。そしてデスクのむこう、分厚い皮張りでいかにも高級そうに見えるチェアに座っているのが、関東会系指定暴力団赤木組の初代組長、赤木義光《よしみつ》である。その隣には赤木の煙草に火をつけたりするだけの、世話役の男が直立不動で控えている。

赤木義光は正面に立っている灰色のネクタイの男を威圧するためにあらゆる工夫をこらしていた。発言は最小限にし、喋る時は相手に対して興味があるのかないのか分からないような、気乗り薄に見える口調で喋る。最初は演出のため、煙草をふかしながら週刊誌を読んでいた。そうしながら時折、一度か二度だけ、相手の目を覗き込むように見るのだ。自分はお前とは比べ物にならない大物であり、したがってお前の命などどうなっても関心がない、というメッセージを伝えるためだった。左右の二人が凄んでみせたり、ソファに何のためにいるのか分からない坊主頭が座っていたり、自分は動かないまま世話役の男にあれこれさせてみせるのも、自分が畏《おそ》れられている、という演出だった。訪問者に対して「相手の家にお邪魔している」という感覚を抱かせることは大抵の場合において有効であり、一見して高級そうに見える毛足の深い絨毯《じゅうたん》や一枚板のテーブルも、下の者にしめしをつけるためというよりむしろ、連れてきた人間への威圧のために揃えられたものである。そうでなくとも、目つきの悪い男たちに囲まれ、相手が余裕たっぷりに言葉を交わしあっている空間に入るだけで、大抵の相手は委縮する。しかし相手をびびらせなければ商売にならない暴力団員である以上、事務所の構えには手を抜いていなかった。たとえ覚醒剤の摘発が厳しくなって資金繰りに困り、上納金の捻出に汲々《きゅうきゅう》としている弱小組織であったとしてもだ。

しかし、それらの工夫に対し、灰色のネクタイの男は何の反応も示さなかった。もちろん、これまでも仕事のつきあいで何度かこの事務所に招いてはいる。だが今回は迎える赤木たちの雰囲気がまるで違うというのに、男は平然としている。赤木は顔に出さずに訝《いぶか》った。何を考えている。それとももう頭がいかれていて、何も考えていないのか。読めないやつだ。

「……おい、質問に答えろ」

右側に立つ男が何度目か分からない台詞を吐き、脇腹を荒っぽくどやしつける。しかし灰色のネクタイの男は赤木を見たまま、全く動かなかった。右側の男もまだ、本気で殴るほどの決心はついていない。一対一では到底敵う相手ではないことを、この男も知っていた。

「……なあ、『名無し』さんよ」赤木が、灰色の男をそう呼んだ。「黙ってちゃ、分からん。どういうつもりだったか訊いてるんだよ」

周囲の四人が、緊張しながら「名無し」と呼ばれた男に注目する。今度こそは何か言うか、それとも逃げ出すか攻撃してくるか。相手は何を考えているか分からない。この一瞬後に殺しあいが始まるかもしれないのだ。左右の男と世話役の男も知らないことだったが、ソファのむこう、上階への階段に一人、トイレの中に一人、拳銃を構えた組員が潜んでいた。それだけの準備をして臨むべき相手だった。

囲む男たちの全員が息を殺して待った。しかし、名無しは動かなかった。

赤木は名無しの目を下から覗き込み、チンピラ時代によくやっていた、三白眼で睨《ね》めあげる動作をした。さっきから名無しは一言も喋っていない。こちらが何を言ってもだ。

「だんまりで通すってわけにはいかないんだよ。こっちはだいぶ、困ったことになってるんでね」赤木はデスクに肘を乗せた。「こっちは、てめえのやったことのせいですでに大損させられてるんだ。伴じゃないと回収できない金が多いんだよ。どうしてくれる？」

名無しはまだ動かなかった。

赤木はこの男が伴と手下の若い男を殺したのではないかと疑い、呼び出して尋問しているところだった。質問すると、名無しは特に黙るでもなく否定するでもなく、すんなりと頷いた。しかし、あまりに簡単に認めたため、拷問する準備すらしていた赤木は逆に混乱していた。赤木組はこれまでずっと、名無しに仕事をやらせてきた。飼い主のはずだった。それなのに名無しは突然裏切り、伴という重要人物を殺した。裏切りの陰に誰がいるのか、この場で確かめなければ組は終わりだった。

だが、名無しは殺しを認めただけで、何も言わない。

ついに赤木が怒鳴った。「どこの差し金か訊いてるんだ！　てめえ伴、殺してただで済むと思ってんのか！　赤木組ナメてっとケツに鉛玉通るぞ！」

名無しが唇を動かした。だが赤木が拳でデスクを叩く音に紛れ、言葉が誰にも届いていなかった。左右の二人が眉をひそめ、赤木も耳を澄ました。聞こえたのは一部だ。

——が欲しい。

確かに、そう言った。左側の男が名無しの背中をどやしつける。「おい、もう一度言え！」

「道具が欲しい」

赤木も周囲の組員たちも、状況が飲み込めずに沈黙した。要求しているのは自分たちのはずだ。この男は何を言っているのか。

「——おい」

赤木が声色を変えた。一瞬、室内の空気全体がすっと下降し、冷えた。暴力と脅迫を頼りに生きてきた彼らは、どこまでになったら「キレ」るべきか、キレたらどこまでしてよいか、体で覚えていた。そのため赤木義光を含むその場の全員がこの瞬間、ほぼ同時に「キレ」た。

赤木を含む五人全員が、同時に懐に手を入れた。ソファの男は立ち上がりながら真っ先にオートマチックを抜き、名無しの後頭部に狙いをつけようとした。右側の男は右手で短刀を抜き、左手で鞘を捨てると同時に名無しの首筋に刃を突きつけようとした。左側の男は拳銃を抜き、リボルバーの撃鉄を親指で起こそうとした。

だがそれより早く、名無しは両腕を広げ、左右の男の顔を右手と左手で同時に摑んでいた。右側の男も左側の男も、伸びてきた名無しの手に視界を塞がれることは予想しての男の右目にも左手親指が突き入れられる。名無しの両手首が適切な方向に捻られ、無造作に突き込まれた両方の親指が、二人の眼球をプリンのように潰す。親指が眼球の奥へ入り、左右の男それぞれの脳に到達してひと掻きすると、二人はその瞬間に絶命した。その二人が崩れ落ち始めた時にはもう指は引き抜かれ、名無しの背中は膝をついた右側の男の陰に隠れていた。背後から狙っていた坊主頭は反応が遅れた。「キレる」と同時に素早く銃を抜きはしたが、そのまま発砲するつもりはなく、突きつけるだけにする予定だったのだ。それが坊主頭の指に一瞬の遅れをもたらした。名無しはその一瞬で右側の男の陰に消え、坊主頭の射線上に名無しと向きあっていた赤木が入る。坊主頭は照準をつけ直さなければならなくなった。

赤木と世話役の男はその間にそれぞれ銃を抜き、発砲しようとしていた。彼らは反射的に、この状態の名無しが自分たちの銃口からは逃れられないと判断していた。左右と後方を囲まれていて、前にはデスクがある。名無しが身を翻《ひるがえ》してソファ方向に走り出すよりも早く撃てるはずだった。

だが、彼らが腕を伸ばした時点で名無しは消えていた。名無しは両手を目から引き抜くと同時に体を沈め、デスクの陰に隠れていた。人間は通常、正対している相手が横や後ろに飛んでもすぐに反応できるが、いきなり下に沈み込まれると反応が遅れる。赤木も世話役の男も一瞬、消えた、と思った。その後方、部屋の反対側ではトイレのドアが開け放され、同時に階段からはオートマチックを構えた男が駆け下りてきていた。だが彼らはまだ状況を摑めていない。

　赤木と世話役の男はデスクの陰に標的が隠れたことを認識しても、一瞬のうちではどうするべきか判断ができなかった。その間に名無しはデスクの縁を摑んで体を回し、赤木の右側に立っていた世話役の男に足元から急迫していた。男が床方向に銃口を向けると同時に名無しの左手がリボルバーのシリンダーを摑み、右手の手刀が斜め下から男の喉仏を潰す。

「てめえっ」

　照準をつけ直そうとしていた坊主頭の男は怒鳴りながら驚愕《きょうがく》していた。自分たちが銃を抜いてから二秒だ。奴は二秒で三人、殺した。

　名無しは右手で世話役の男を押しのけ、その反動で赤木に躍りかかると、右手の指を突き出して人差し指と中指の二本貫手で赤木の左目を潰した。坊主頭が発砲し、一瞬前に名無しがいた場所を通り抜けた弾丸が窓ガラスを砕く。名無しは体を低くし、赤木の襟首を摑んで椅子から引き下ろすと同時にデスクの陰に隠れた。赤木の悲鳴が室内に響き、すでに立ったまま絶命している世話役の男が窓枠に後頭部を打ちつけ、ごとりと大きな音をたてる。

　戦闘に慣れている坊主頭の男は、敵の強さを理解していた。デスクを回り込んで名無しの懐に飛び込む愚は犯さず、銃弾をデスクごと貫通させて名無しのどこかに当てようとした。しかし、名無しが赤木の体をデスクの陰に、一緒に引きずりこんだのは計算外だった。撃てば赤木に当たるかもしれない。そう判断して引金にかけた指を止める。その瞬間、坊主頭の男はえもいわれぬ嫌な感覚に襲われていた。この状況は、まずい。名無しは赤木か世話役の男の銃を奪っているはずだった。だとすれば、むこうもデスクを貫通させてこちらを撃てる。だからまずい――坊主頭の男は、そこまで理屈で考える前に飛び退き、デスクの右側から回り込んでいた。脚がもつれるのも構わず、一杯に伸ばした手で銃身をまっすぐにホールドし、デスクの陰に隠れる名無しの位置を確認する。名無しが今、デスクを貫通させて自分を狙おうとしているなら、裏をかけるはずだった。

だが、男がデスクを回り込んだ時点ですでに、名無しの銃口は男の眉間に向けられていた。自分の動きが読まれていたことを知り、行き止まりの感覚が男を埋めつくす。破裂音が響き、それを聞く間もなく男の視界が暗転し、飛び散った彼の脳漿《のうしょう》が窓ガラスに汚くへばりつく。

階段とトイレから駆け込んできた二人はすでに銃を構え、左右それぞれのソファの陰にしゃがんで照準をつけようとしていた。赤木がデスクの陰に引き込まれたことで一瞬躊躇はしたが、坊主頭が倒れて二秒もしないうち、デスクの陰からくぐもった悲鳴が聞こえ、首を不自然な方向に曲げた赤木の体が、どたりと絨毯に仰向けになるのが見えた。

「この野郎っ」

左右のソファの陰から腕を突き出し、残った二人がデスクに向けて銃を連射する。赤木が殺されたことを瞬時に理解した二人の頭は白く沸騰していたが、それでも武闘派の二人は残った理性で状況を把握していた。名無しに奪われているだろう銃は四十五口径だが、それでもデスクの分厚い板と、ソファを端から端まで貫通するとは思えない。ソファは遮蔽物《しゃへいぶつ》としては小さくて心もとないが、自分たちを狙おうとすれば名無しはデスクの上に乗るか、少なくとも立ち上がるかして上から覗き込む姿勢にならなければならない。立ち上がって上半身を晒《さら》したら頭にぶちこんでやる。このままデスクの陰に隠れているなら、デスクごと蜂の巣にできる。だからこちらが有利だ。勝てる。

死ね。死ね。どうだ。この野郎。興奮のためそれらの言葉をきちんと吐けるほど舌が回らず、怒号とも絶叫ともつかないものをわめき続けながら、デスクに向けて二人は闇雲に撃った。十五発入るオートマチックであり、ポケットにはそれぞれ予備弾倉も二つずつ入れている。弾切れになる前にデスクの陰の名無しが死ぬはずだった。二人は計三十発の弾丸を、名無しが隠れているデスクの隅から隅まで、まんべんなく撃ち込んだ。

だが、二人がほぼ同時に弾丸を撃ちつくし、弾倉を交換しようと銃をいじり始めた瞬間、銃声が二つ、続けて響いた。なぜか無傷の名無しがデスクの陰から立ち上がり、ソファの合成皮革を貫通させて正確に一発ずつ、左右の二人に撃ち込んでいた。右側のソファに隠れていた男は脇腹を撃ち抜かれた衝撃で壁に側頭部を激しく打ちつけ、左側の男は肩口から弾丸が体内に入り、心臓付近の筋肉と動脈をミキサーにかけられた。

——馬鹿な。どういうことだ？

左側の男は体に開いた穴からどくどく出血しながら、理不尽なものを感じていた。あれだけ撃ったのに、名無しにはかすりもしなかった。なぜだ。

だが、自分の方に向けてゆっくりと歩いてくる名無しの脚の間から、真っ赤に染まった赤木義光の死体が見えた。それで男は納得した。奴は組長の死体を盾《たて》にしたのだ。倒れた体の向こう側に寝そべっていれば弾丸は届かない。

このくそ野郎。

目の前に来た名無しを見上げ、男は残った力で立ち上がると同時に拳を振りかぶった。だがその瞬間にはもう、名無しの親指は男の左目の奥まで正確に突き入れられていた。

——けっ。つまんねえ柄のネクタイしやがって——

男の脳がおこなった意味のある思考はそれが最後だった。男は死に、ゴミのように振り捨てられて絨毯に転がると、死後に残った反射で舌を突き出し、嘔吐《おうと》した。

部屋が静かになった。硝煙の臭いが充満し、発砲による白煙が視界をわずかにけぶらせている。窓枠に残っていたガラスの破片が絨毯に落ち、ぱたりと音をたてた。

名無しは自分の体をぱたぱたとはたいた。続いてポケットからハンカチを出して自分の両親指を拭うと、ソファの前に置いてあった自分のバッグを取った。倒れた男の着衣を一人ずつ探り、銃と弾丸を丁寧に集めてバッグにしまっていく。それが済むと階段に向かい、三階の部屋にしまってあった銃器と弾丸をすべて集めて戻ってきた。戻ってきた名無しのバッグは大量の武器で膨らみ、持ち手部分が重量で突っ張っている。

名無しが着衣についた返り血を確認していると、ソファの陰で呻き声がした。

右側のソファの陰にいた男はまだかすかに生きており、着衣を探られた時に意識が戻っていた。名無しはそれを知ると、ソファの陰の男のところに戻った。

「てめえ……」

男は歯を食いしばり、銃が落ちたはずの場所に手を伸ばした。しかし、男が落とした銃は名無しがすでに拾っている。男の手は絨毯を引っかいただけだった。

「いったい、誰の、命令で……」

男はそこまでしか言えなかった。名無しは男の頭部に向け無造作に発砲すると、銃をしまって踵《きびす》を返し、しかし一言だけ死者の問いに答えた。

「――俺だ」

8

　ＪＲ国分寺駅の南側、メインストリートの下り坂を半分ほど下りたところにある喫茶店。指定された場所はそこだった。待ち合わせの時間より十分ほど早かったが、高宮は周囲に鉢植えの吊るされた入口のドアを開けた。店内は薄暗く、出窓にも薄紅色のこぢんまりとした花をつけた鉢植えが飾られている。ちりん、と儚《はかな》げな音をたてたドアベルに金属製の小さな兎がぶら下がっているのを見て、似合わない店だ、と思った。捜査一課の刑事と公安部員が密会するには全く似つかわしくない。だからこそ相応しい、とも言えるのだが。

　高宮は古森の指示を受け、以前、宇宙神睦会《うちゆうじんどうかい》というカルトが起こしたテロ事件の際に知り合った三浦《みうら》警部補に話を聞こうとしていた。現状では、それはどうしても「密会」にならざるを得ない。三浦は公安部所属だからだ。

公安部は起こった事件の捜査というより、治安を乱すおそれのある団体の監視と内偵を職務とする。一番恐れるのは情報漏れであり、内部の捜査員や外部の協力者の裏切りだった。だから公安の人間が刑事部所属の高宮と勝手に会うことは、場合によっては処分の理由にすらなりうる行為だった。一方で高宮の方も、上に報告も上げず、勝手に他部署の人間から情報をもらおうとしている以上、ばれれば管理官らの不興を買う。

それでも三浦は、電話をすると渋る様子もなく承諾してくれた。そのかわり、指定された場所は東京の反対側、しかも高宮には居辛いような可愛らしい店だ。

「鴻池《こうのいけ》さん」

窓際のテーブルにいた三浦に、事前に聞いていた偽名で声をかける。三浦はぱっと笑顔になって立ち上がった。手にしているのが何なのか高宮にはすぐに分からなかったが、テーブルに置かれたそれは編みかけの毛糸と編み針だった。毛糸の方も可愛らしい水色と白で、形からするにどうやら手袋か何かであるらしい。高宮は苦笑した。この男はこれで公安部員である上、叩き上げの警部補ときている。

「高宮さん、お久しぶりです」

三浦は屈託のない笑顔を見せた。美容師を思わせる爽やかな美形で、似合う程度に可愛らしい服装をし、所作もどこか優雅。仕事中の刑事がこんな笑顔をすることはまずない。つまり、三浦の偽装は完璧だった。

高宮は頭を下げた。歳は若いが、相手の方が階級が一つ上である。「お久しぶりです。ずっとこちらですか」

「ええ。顧客が一つ撤退して、今は残務整理の人たちの相手です」

警察官の習慣として、外では職業が分かるような言葉は使わない。結果として暗号めいたやりとりになるが、三浦が言っていることは高宮にも理解できた。公安総務課がマークしていた宇宙神睦会はテロ事件の際に教祖が逮捕され、今は別の男が残党を率いて新団体を作っている。その団体の本拠地が近くにあるのだ。

「今は上野の方にお勤めですよね？　珍しいですね。こんな西の方までどうして」三浦は向かいの席を勧め、あくまで婉曲《えんきょく》に言った。「上野の件、相当大きなプロジェクトになっているみたいですが、滞《とどこお》ってますか」

「ええ。出張のついでではあるんですが、その件について鴻池さんからも何か参考になることを聞けるかな、と」

高宮は頷いて席にかけ、この店に来たらコーヒーを頼むべきですよ、と勧める三浦に従ってオリジナルブレンドを注文する。三浦はそれに加えてハニーロールケーキを頼んだ。

ウェイターの青年が離れたのを目の端でちゃんと確認しながら、三浦が言う。「赤木さんのとこの関係者なんですよね。そっち方面ではないんですか？」

「そっち方面は四課の方が担当しています。一課《うち》は別路線から、という指示でしてね」

「ああ、個人的な話の方で？　それとも、うちの顧客を照会しろ、ということで」

さすがに察しがいい。高宮は肩をすくめてみせた。「つてがあるなら何か聞いてこい、ですよ。課長や補佐は知りません。係長個人の指示ですが」

「はは。古森さんでしたっけ？　なかなか面白い方ですね」三浦は明るい笑顔で話す。

「でも、うちの顧客で当てはまりそうなのはないなあ」

「では、個人では」高宮は正面に座る三浦をまっすぐに見た。「たとえば、『名無し』さんの動向など、何か分かるつてがあればお願いできませんかね」

「ああ、彼ですか」少しは表情が変わるかと思われた三浦は、目の端にすら驚きを見せなかった。「しかし、今回は彼の仕事ではないんじゃないですか？　八回も撃ってますよね」

意外だった。名無しはこれまで暴力団の依頼でしか動いていない。だとすれば担当するのは荒籾たち組織犯罪対策部であり、公安部員の三浦はよく知らないかもしれないと思っていた。だが、高宮のその予想はいい意味で外れたと言えた。公安の三浦が名無しのことをここまで知っているということは、名無しの犯行には暴力団以外の線があるのだ。

「仕事でなく、趣味なのではないかという意見もありましてね」

高宮は運ばれてきたオリジナルブレンドに口をつけた。高宮にはコーヒーの味は分からない。だが、この店のブレンドは苦味も酸味もちょうどよく混ざっているように思えた。

三浦はへえ、と言ったきり、どちらかというと高宮よりも、運ばれてきたブレンドとハニーロールケーキの方に関心があるかのように見えた。しかしその目は、高宮の発言により明らかに雰囲気を変えていた。高宮は三浦がハニーロールケーキを食べるのを待ち、ケーキとコーヒーに関する雑談に言葉少なに応じていた。

行きましょうか、と言い、編み針をしまった三浦が立ち上がった。話が終わりだというのか、それとも場所がまずいのか。支払いを済ませ、ドアベルの兎を揺らし、高宮は黙って後に続いた。

「どうですか、さっきのお店のコーヒー？　ケーキもおいしいお店ですよ。頼めばよかったのに」

「詳しくはありませんが、うまかったですね。次に国分寺に来ることがあったら、また寄ります」

「凶器が拳銃だって聞いた時から、名無しの仕事じゃないかと疑いはしたんですがね」歩きながら、三浦は突然、仕事の声色になった。「無駄撃ちが多いし、らしくない、という結論だったんですよ。こっちでは」

「ウチでもそうだ」高宮も普段の声に戻す。「組対は赤木組関連の抗争の線を追っているが、本当はそいつを隠れ蓑《かくみの》にした名無し個人の犯行かもしれない」

「『仕事でない名無し』ですか。発想としては面白いですね」三浦は爽やかな顔のまま言う。顔と喋る調子が全く合っておらず、それが高宮には不気味に映る。「だが、もしそうだとしたら怖い」

坂道を上りながら白い息を吐く。車道をトラックが走り抜け、生暖かい排気ガスが高宮の顔に当たった。

「どうです。ここはひとつ、直接当たってみませんか」三浦が言い、高宮を見た。

「『直接』？」

「赤木組です。これまでのところ、名無しと最も頻繁《ひんぱん》に接触していたのは奴らだ」

「なるほど」

高宮はそれだけで納得した。今回の事件が名無しの犯行だとすると、これまで「雇い主」であったはずの赤木組の関係者が殺《や》られるのはおかしい。だが、それがもし個人的な感情に基づく、赤木組と名無しの仲間割れだったとしたら。

「……だとすれば、早い者勝ちだな。赤木組がそれでいきり立っているとするなら、名無しの情報も簡単に喋るかもしれん。自分たちで殺るつもりならだんまりを決め込むかもしれないが、その場合でも、少なくとも上野の件が名無しの犯行だということは分かる」

「そうなったらどうします？」

「赤木組が動機なら、その後は組対に任せるさ。黙って赤木組に乗り込んだ分はそれでチャラだ」

三浦は溜め息をついた。「欲のないことだ」

「あんたは欲があるのか」

三浦は爽やかに微笑んだ。「名無しを逮捕したにせよ射殺したにせよ、情報は僕にも下ろしてください」

どうやら、三浦との取引はそれでまとまったようだった。高宮が頷くと、三浦は路地を指さした。

「駐車場に車両があります。ドライブでもしましょうか。東京の反対側まで」

上野駅前の駐車場に車を入れ、高宮と三浦は歩くことにした。赤木組の事務所はどちらかというと隣の地下鉄日比谷線入谷駅に近かったが、三浦は目的地のすぐ近くの駐車場に停めることをあまり好まないようだった。手錠と無線機は携帯するが、特殊警棒は車内に残した。ヤクザはジャケットの膨らみ方で「道具」を持っていることをすぐに見抜く。今回は話を聞きにいくだけなのだから、余計に警戒されたくはなかった。

三浦は事務所の場所を知っているようで、メインストリートから外れた細い路地を、高宮を振り返りもせずに進んでいく。昼下がりのことで、通行人はおらず静かだった。いくつか曲がったところで、三浦が一言だけ「ここを曲がってすぐ」と言い、前方の角を指さす。角を曲がるとそれらしい建物が見えた。三階建てで一階のガレージにはシャッターが下りている。一見すると何でもない事務所だった。

だが、前を歩く三浦が立ち止まった。

高宮も三浦が見上げる視線の先を見て、気付いた。窓ガラスが割れている。四枚ともだ。一番奥の一枚には放射状にひびが入り、その中心に丸い穴が開いているのが見えた。ガラスの破片が路上と窓枠の外側に散乱している。

——これは……。

三浦が振り返り、初めて見るしかめ面で高宮に頷きかける。ただのビルであれば、まず状況確認、と考えたところだ。だが今はそんなものは必要ない。喧嘩《でいり》だ。

ほとんど無意識のうちに高宮は無線機を取り、住所を告げて所轄に応援要請をしていた。だがその後に付け足す。「——拳銃が使用されている模様。注意されたし」

オペレーターが了解と応じる間に自分の装備を確認する。拳銃はおろか、特殊警棒まで車の中に置いてきてしまったことが悔やまれた。本来なら盗難や紛失防止の観点から、持って出る以上は常時身につけていなくてはならないはずのものなのだ。警察官の原則には忠実であるべきだったな、と軽く奥歯を嚙む。だが、取りに戻るわけにはいかない。おそらく、発砲があったのはついさっきだ。犯人はまだ、目の前のビル内にいるのではないか。

隣の三浦をちらりと見る。

本来なら、こんな丸腰の二名だけで踏み込むべき状況ではない。相手は銃器を所持している可能性が大きい上、何人いるかも分からない。それなのに足音をたてて階段を上り、相手のいる場所に入っていくなど、常識的に考えれば自殺行為と言ってよかった。応援を待つべきだ。当然のことながら警察は殉職《じゅんしょく》を歓迎しない。人的損失というだけでなく、管理体制を問われて何の責任もないはずの上司が将来を閉ざされることになりかねないからだ。そしてそれと同じくらい、スタンドプレーも歓迎しない。仮に犯人をうまく確保したとしても、それはたまたまうまくいったにすぎない。その「たまたま」を「当然」にするために、警察は組織を管理しチームワークを教え込んでいるのだ。スタンドプレーで英雄になった本人は気分がいいかもしれないが、警察学校時代からの集団生活で叩き込んできたチームワーク尊重の精神に水を差されれば、これまでの教育の何パーセントかが無駄になってしまう。

踏み込んで相手にやられれば迷惑な馬鹿、うまく確保できたとしてもやはり迷惑な馬鹿だ。やるべきではない。

だが、発砲がついさっきであったなら、まさに今、中で殺人事件が進行しているかもしれなかった。事件の発生を防げなかったとしたら、やはり自分たちは馬鹿だ。

高宮がもう一度三浦を見ると、三浦も高宮を見て、困りきった顔で小さく頷いた。

高宮はコートを脱いで腕にかけ、動きやすいようジャケットの前ボタンを外した。犯人はまだ武器を所持している可能性が大きい。コートは振り回すことで、あるいは刃物に対するブラインドとして、最低限の武器になる。路地の周囲を見回したが、他に武器になりそうなものは何も置いておらず、仕方なく手錠を出し、両方の輪を重ねて右手で握った。この方が、素手よりはいくらかましだ。三浦もコートの前を開け、内ポケットから出したボールペンを握っていた。

やらないわけにはいかなかった。どう転んでもろくなことにならない。それならせめて、仕事をすべきだろう。とんでもない現場に居合わせてしまったと、高宮は自分の不運を呪った。

頷きあい、階段の左右に分かれて壁にぴったりと背をつける。上からは声がしない。すでに犯行は終わっているのだろうか。

が、階段の先、二階の事務所入口のドアが開く音が、きい、とかすかに聞こえた。足音がそれに続き、こつこつと階段を下りてくる。

高宮は三浦と頷きあうと、ぴたりと壁に寄り添った。上っていけば下から対峙することになってしまい不利だ。ここで待ち伏せする方がいい。

ドアの閉まる音に混ざり、足音が近づいてくる。

高宮はその足音を聞きながら、奇妙に摑みどころのない違和感を覚えていた。

一人。おそらく成人男性。皮靴着用。手には何か、重量のある荷物を提げている。

そこまでは分かった。だが何かがおかしかった。足音は速くもなく遅くもないペースで下りてくる。普通の足音だ。

そこがおかしかった。普通すぎる。

まるで「書類をひと束届けてきただけ」とでもいうような、何の変哲もない、平時の足音だった。窓ガラスがすべて割れており、明らかにあれは銃弾により割れた跡だった。今、二階の事務所内部はかなり派手な状況になっているはずなのだ。このビルには赤木組の事務所しか入っていない。だから、今ここを下りてくるやつは、間違いなくあの現場から出てきたということになる。中の惨状を見れば平静ではいられないはずだった。

それなのに特に急ぐ様子もなければ、息遣いも聞こえてこない。

なぜこんなに普通なのだ？　一体、下りてくるこいつは何者だ。

三浦の方も、訝しむ顔で高宮を見ていた。目線で「先行するか」と訊いてきたのに対し首を振り、左手で下を指し、あらためて「ここで挟む」と伝える。三浦が頷いた。高宮は音をたてないよう気をつけながら一つ深く呼吸をし、肉体に戦闘準備の態勢をとらせた。

足音が下りてくる。おそらく、あと五段か六段。

現れると同時に左右から腕を取る。抵抗したら、それぞれが持っている武器で一撃する。だとすると、左手は空けておいた方がいいかもしれない。高宮はそっと膝を曲げてしゃがみ、足元にコートを置いて構え直した。

耳を澄ますと、下りてくる男がたてる衣擦れの音が聞こえた。もう、すぐそこだ。

が、あと一つか二つ続くはずの足音が、不意にやんだ。

来るはずの足音が来ないことに高宮たちが気付くのに、数秒の時間が必要だった。その間に目の前、わずか数十センチのところで、何かが動く気配と、どさり、と重い何かが床に置かれる音がした。

何かの掛け金が外されるような、軽い金属音が聞こえた。

——武器だ。ここで待つのは危険だ。

下りてきたやつは、こちらが潜んでいることに気付いている。

高宮がそう思った瞬間、目の前の空間、胸のあたりの高さに、人間の腕がぬっと現れた。手に拳銃が握られている。

あっと思う間もなかった。目の前の腕が肘から曲げられ、高宮の眼前で爆発音がして発射炎が弾ける。それと同時に三浦の体が吹っ飛んだ。高宮が体を引く間に二発、三発と発射音が続き、三浦が仰向けに倒れるのが見えた。

驚愕している間もなかった。腕が引っ込み、一瞬後に再びぬっと突き出された。今度は反対の腕。肘がさっきと反対側に曲がり、銃口が容赦なく高宮の胸を向いた。

高宮は絶叫しながら体を捻り、火を噴く銃口から離れた。もつれる足を踏ん張り、雄《お》叫《たけ》びをあげて銃を持つ手に手錠を振りおろす。手の甲を狙った手錠は銃身の先端に当たり、がつりと音をさせて拳銃を叩き落とした。

銃を落とした手が引っ込む。高宮は階段室の前に躍り出た。落ちた銃を拾えばぐっと有利になるかもしれないと一瞬思ったが、その時間がないことは気配で悟っていた。しゃがんで物を拾っていたら、その間にやられる。

「警察だ。抵抗するな！」

仕事柄身についている台詞を叫ぶ。しかし、相手は全く反応しなかった。

階段室から飛び出してきたのはきちんとスーツを着て、灰色のネクタイをした男だった。顔は眼鏡とマスクでよく分からない。それを確認するとほぼ同時に、左側から回し蹴りが飛んできた。反射的に体をのけぞらせ、靴先が高宮の鼻先をかすめる。体勢を立て直して反撃しようとしたら、連続して後ろ回し蹴りが飛んできた。かろうじて腕を上げたもののきちんとブロックができず、高宮は跳ね飛ばされた。手首のところで受けたため、嫌な音とともに痛みが走った。

声で制止する余裕などなく、高宮は無言で腕を上げてガードを固め、そのまますり足で下がって間合いをとろうとした。勝てる相手ではないことが勘で分かっていた。素手同然のこの状況で確保することなど思いもよらない。このまま対峙して時間を稼ぎ、応援が来るまでできる限り粘るしかなかった。せめてその間にこいつの人着をきっちり、と思いかけたところで、男が前進してきた。

あまりにも無造作に前進する男に対し、高宮は腹を狙って前蹴りを出した。だが捉えたはずの脚が空《くう》を切った。それまでの動きからうって変わって俊敏になった男は回転して半身になり、左手で高宮の蹴り脚を摑むと同時に右の掌で顔面を打った。

高宮の眼前が暗くなり、足の感覚がふっとなくなると、一瞬後に背中と後頭部が硬いものに打ちつけられた。視界に空が広がり、倒されたのだと理解する。次の瞬間には目の前に、灰色のネクタイを垂らした男が覆いかぶさってきていた。

ずん、と鳩尾《みぞおち》に拳が落とされ、高宮は気を失った。

9

時代劇などでは剣豪はしばしば「殺気」なるものを感じとり、戸板の陰や床下からの一撃をかわすことになっている。俺が子供の頃、通っていた道場の師範も似たようなことを言っていたし、実際に、いつでもどこでもかかってきなさいと言われ、少々意地悪な気分になった俺は、上級生の公式戦を見学している途中、隣に立っていた師範の金的をいきなり狙ってみたことがある。小学生男子という動物は一般に野蛮で頭が悪いため、仕方がないことなのである。結果はといえば、蹴りは見事にかわされ、それどころか軸足の安定しない変な体勢で渾身の蹴りを出した俺はひっくり返って尻餅をついた。頭の悪い小学生男子はその後、本気で金的を狙うということがどういうことかを懇々と説教され、ついでに一発、叩く程度の金的を食らうという体験型学習をさせられてそれを文字通り痛感し、「なぜ師範はかわせたんですか」という問いに「殺気が出すぎだ」と返され、師範を心から尊敬するとともに殺気なるものの存在を信じ込まされた。そして、馬鹿な小学生男子から馬鹿な中学生男子へわずかながらの発展を遂げる頃、俺は気付いた。あの時の俺は師範の金的をちらちら見た後、特に何の根拠もなく背後に回り、忍び笑いさえ漏らしていた。あれではばれて当然だ。師範の言う「殺気」というのは要するに、相手の言動や表情や体の緊張具合、物音や空気の流れといったちょっとした情報の集まりであり、戦いの経験が豊富な者はそれを反射的に感じとって防御しているに過ぎないのだと。そのこと自体が充分凄いのだが、玄妙かつ神秘的な「殺気」などというものはこの世に存在しないのだ、と。

しかしそれからさらに十数年が経った今、馬鹿な中学生男子よりだいぶマシになったはずの俺は、再び自分の認識不足を自覚した。「殺気」なるものは実在する。

今、目の前のデスクに座って湯呑みを握る手をぷるぷると震わせている川萩係長は、明らかにそれを発している。その証拠に、さっきそこの廊下をこの部屋の手前までやってきた足音が、何かやばいものを感知したような慌て方で逃げていった。この部屋の中は廊下から見えない上、物音も聞こえていないはずなのに。

これは本当に殺られるかもしれんな、と、川萩係長の前で直立不動になっている俺は覚悟した。殺気ぐらい発して当然だろう。現場から離れた区域の地取りに配置したはずの捜査員が、勝手に現場に入った。それどころか、焼けた現場の床を踏み抜いて崩落させた。たとえその過程で新たな遺留品を発見したとしても、である。組織として動く以上、個人の裁量を超えたスタンドプレーを認めるわけにはいかないのだ。それを認めてしまえば、では自分も、とばかりに真似をする馬鹿が次々出現し、組織内の秩序が滅茶苦茶になりかねない。現場が次々崩壊する事態になっては捜査ができない。

　現場崩壊の後、駆けつけたパトカー乗務員に現行犯逮捕された俺は、「わたしは捜査一課です」と訴えようとする海月を必死で黙らせて（現場には民間人もいたので）おとなしくパトカーに詰め込まれ、それから名刺と手錠と特殊警棒と警察手帳といつもはポケットの内側に留めているＳ１Ｓバッジ*を見せてなんとか彼らを説得し、連行先を立石署の留置室ではなく捜査本部に変えてもらうことに成功した。無論、報告した俺たちを待っていたのは管理官らの驚愕と混乱と落胆である。その中で直属の上司である川萩係長だけは落ち着いて現状確認とＬＥＤ電球型カメラの回収を指示していたが、それは俺たちに対して好意的だったからではなく、海月のヘマに慣らされているせいで、「現場を崩壊させました」という俺たちのとんでもない報告にも免疫がついていたからだろう。そういえば俺たちが部屋に入った瞬間から、川萩係長だけはさっと顔をしかめていた。消火器の中身を浴びて真っ白の俺と煤まみれで真っ黒の海月をひと目見るなり、「また何かやってきやがった」と事態を理解したのだろう。さすがである。

　俺たちは報告後、管理官にひと通り叱責され、捜査本部指揮班のいる小会議室に川萩

＊「S1S（Search 1 Select＝選ばれし捜査一課）」と書かれた、捜査一課員だけが支給されるバッジ。あまり見せびらかしても印象がよくないので、普段はつけていない課員が多い。

係長と残された。冷蔵庫のような四角い体型と沖縄のシーサーに似た顔。剛腕と強引さで機動隊から叩き上げられてきた係長は「二係の猛牛」とか「二係のピラニア」と呼ばれ、そのおっかなさは本庁では有名である。線の細いキャリアの管理官がそそくさと部屋から退出したことも考えれば、この小会議室がこれからカカドゥ国立公園になること*は容易に想像ができた。無論、それ自体は仕方がないし、申し訳ないと思っている。しかし。

「……つまり、アイガモというのは本来は稲まで食べてしまう鳥でして、たとえますと、アイガモ農法の」

「……何を言っているのか、分かりませんな」

係長の声が震えている。現場を崩壊させた上、海月は報告をする過程でよせばいいのにまたあの理解不能なたとえ話を始め、煮えたぎる係長の頭にベタニアの女のごとく油を注いでいるのである。**

「そうですか。では、たとえますと、ショートケーキというのはフランスにはなく……」

「ケーキは要りません！」

係長の怒号が響き、窓の外の柿の木にとまっていた雀《すずめ》たちが一斉に飛び立った。「いいかげんにしろ！　貴様ら、よくもやってくれたな！　貴様らのせいで現場が滅茶苦茶だ！　そもそも誰が勝手に入っていいと言った！」

俺がとっさに九十度に腰を折って頭を下げると、海月もそうした。しかし、彼女は俺より早く頭を上げると、また口を開いた。「つまり、たとえますと、ショートケーキという」

「たとえんでいい！」係長は湯呑みを粉々に握り潰した。「あんたは自分の立場が分かってるのか！　警部だろうがキャリアだろうが、捜査指揮に背《そむ》いて現場踏み抜いたくせに何がショートケーキだ！　あんたに必要なのはショートケーキじゃなくて頭の消毒液だ！」

係長はヒップホップにでも凝っているのだろうか、という疑いが俺の脳裏をかすめたが、顔に出さないようにしなければならなかった。相手がキャリアの警部であるため、係長はこれでも理性を総動員させて怒りをこらえているのである。怒って当然だ。

「だいたい貴様ら、こんなふうにヘマを報告するのは何度目だ！　いつになったらまともな報告を上げられるようになるんだ！　現場を崩壊させただと？　そんな報告を上げるおまわりは日本警察史上空前だ！　貴様ら芸人か？　第二のドリフ***でも目指してるの

*　オーストラリア北部、トップエンドにある国立公園。世界で最も落雷が多い地域として有名で、アボリジニの残したナマルゴン（雷を起こす精霊）の壁画がある。

**　マタイによる福音書二十六章七節、マルコによる福音書十四章三節。

***　ザ・ドリフターズ。現在なお活躍中の伝説的コントグループであり音楽バンド。コントの最後では、セットそのものが崩壊するダイナミックなオチが多い。

か！　しかもその後、所轄の連中に捕まるだと？　なぜそのままブタ箱行かなかったこの馬鹿者！　スッタコ！　トンツケ！」

頓馬《とんま》スカタンくされもん、と出身地の方言を交えて雷を落とし続ける係長にひたすら頭を下げていると、デスクの上の電話が鳴った。

「川萩さん、お電話です」

怒号が降りそそぎ、窓ガラスが揺れ床が軋み外の柿の木に鳥が寄りつかなくなっている中、外見に似合わず重金属の心臓を持っている海月がそう言うと、係長はぜいぜいと呼吸をし、背中から本当に湯気を出しながらようやく電話機を睨みつけた。あまりに凄い形相なので破壊光線でも出て電話機が壊れるのではないかと思ったがそんなことはなく、呼び出し音は同じ調子で早く出ろ早く出ろと続いている。電話機というものは怖いもの知らずである。

「川萩だ！」勢い余って電話口でそう怒鳴ってしまった係長の顔色が、電話の声を聞くとみるみる白くなっていった。「……いえ、あの、失礼しました」

怒号の余波でまだ空気が震えている感触がある中、俺が顔を上げると、川萩係長は受話器を持ち、孫娘に無理なことをねだられた祖父のような顔になってもごもご言い始めた。「……は。いえ、しかしそれは、今回のことからしますとあまりに……いえ、とんでもありません！　は。了解いたしました！」

怒りでフグ科の魚のようになっていた係長の顔が急速に普段のそれに戻ってゆく。どうも、かなり上の人間からの電話のようで、係長の顔には俺たちに対する怒りにかわって言葉に出せない不満が溜まり始めているようだった。「……む、そうですか。しかし……いえ」

二係のピラニアと呼ばれ、上の命令にも納得できなければ噛みつくためノンキャリアの信頼は意外と篤《あつ》い川萩係長は、電話越しに出来したらしき新たな不満に対し受話器をぎちぎちと鳴らしながら耐え、それでも敬礼しながら通話を終えてフックボタンをばんと叩いた。

しばらく沈黙があり、受話器を握ったままの係長の、むうう、むうう、という唸り声だけが響いた。

「……減給だ」係長は半分、猛獣の唸り声のようになりながら呟いた。「本来なら減給だ。貴様ら二人とも、減給三分の一、十五ヶ月だ*。そのくらいだ……」

各所に迷惑をかけた。当然そのくらいは覚悟していたのだが、係長の表情と唸り声からすると、そうではないらしい。

「……今、参事官から電話があった。貴様ら二人、所属長、つまり俺から注意を与える。それと以後、別命あるまで待機だ」

＊ そんなものはない。都職員の減給は六ヶ月以内、五分の一以内である。（職員の懲戒に関する条例三条）

警察官である以上、処分に慣れる、などということがあってはならない。そもそも百枚の表彰より一枚の始末書の方が重く考慮される業界なのだ。公式の懲戒ではないとはいえ、処分を下された本人が「軽い」などと感じるのは通常、ありえないことだ。

だが、随分と軽い。

「あの……」それだけですか、と思わず訊いてしまいそうになり、俺は咳払いでごまかした。「あ、いえ、謹んで……いえ、係長のご厚恩に感謝いたします」

「本来なら、こんなもんでは済まんぞ」係長は再び青筋をたて、受話器をぴきぴきといわせながら海月を見た。「しかし参事官からの指示だ。海月はキャリアだから処分は最低限にしろと言われた。納得がいかん」

電話が参事官からのものであったとしてもまさかそんな言い方をしたはずがあるまいし、ましてそれを本人に言ってはならないはずなのだが、係長はそのまま言った。

助かったのは確かだが、川萩係長はもちろん、俺もノンキャリアである以上、複雑な気持ちだった。確かにまだ研修中と言ってよい警部階級のキャリアを処分するなどとなれば、前例がないことでもあるし、大ごとになってしまう。その面倒を避けて「所属長注意」で済ませたとすれば、これは随分と不公平な話で、不正である。今回の場合は新たな遺留品の発見という手柄もなくはないので、それと相殺してこの程度だと判断した、と言えば、一応の理屈は合うのだが。

海月は神妙に頭を下げた。「以後、自重いたします」

「設楽、貴様も本来なら減給だ。だが、ううむ、参事官の命令で仕方なくこれだけだ。今回だけだぞ」

「は」

「分かったらとっとと出ていけ！　設楽！　浮いた給料は犯罪被害救援基金*にでも寄付しとけ！」

受話器を粉々に握り潰しながら怒鳴る係長の勢いに押されるように小会議室を出ながら俺は、「しかし待機とはどういうことだ」と考えていた。我ながら、叱られ慣れてきたのが非常に情けない。


待機命令と言えばまだ聞こえはいいが、結局のところ「もう何もするな」ということで、実態は戦力外通告、もしくは謹慎処分である。参事官というのは要するに副部長とでもいうべきポジションであり、つまり川萩係長に電話をかけさせて俺たちを救ってくれた（のか、排除したのか）のはおそらく越前刑事部長ということになる。越前刑事部長は警視監で、名前が何だったかすぐには出てこない参事官は警視長だったはずだ。いずれも雲の上の人であり、そんな人たちがいち捜査員の処遇に口を出してくるという異

＊　公益財団法人犯罪被害救援基金。主として、家族の犯罪被害を原因とする経済的困難により就学が難しくなった子供たちの支援を行う団体。http://kyuenkikin.or.jp/

常事態が発生しているのは、ひとえに海月警部の負わされた密命ゆえだろう。

だが、だとしても俺たちはこれから、何をすればいいのか。ここでぼけっと指示を待っているようでは捜査一課刑事は務まらない。しかし俺同様、海月も何をすべきか決めかねているようだった。俺がとにかく汚れたコートを拭くため外でタオルでも買ってこようと思って階段を下りても、彼女は思案顔のまま階段を無視して直進し、廊下の突き当たりまで行くとくるりと反転して戻ってきた。お掃除ロボットのようだ。

警部、と声をかけようとすると、後ろから俺の方に声がかけられた。「よう設楽。どうした？　白いぞ」

「ん、ああ」振り返ると、俺にとってはやや懐かしい眼鏡顔があった。「さっき消火剤かぶってな。今日はちょっと白めになってる」

「白のメッシュにケミカルウォッシュのコートか。なかなかパンクなコーディネートだな。警察官にふさわしいぞ」

「さっきまではこれに『ケミカルウォッシュの顔面』も合わせてたよ。……頭、さっき洗ったんだが」

「まだ若干、パンクなままだ」

腕を伸ばして無造作に俺の頭をはたいている眼鏡の男は、同期の小田桐《おだぎり》だった。警察学校時代はよくつるんでいたし、交番勤務を経て機動隊に行った時もなぜか同じ隊にいた。俺たちぐらいの年齢の警察官の中にはすでに居所を決めてしまって同じ部署を希望し続ける者もいるが、小田桐はあちこち異動しているようで、今はどこで何をやっているのか、俺も知らない。

「どうせまた競技会で当たるんだろうと思ってたが」所轄時代には二人とも署の代表になり、対戦したことがある。周囲には勝手にライバル扱いされている。「立石署で会うとはな。今、ここ勤務なのか？」

「いや、本庁だ。五強だからどこかで会うかと思ってたけど」第五強行犯捜査。つまり長期化した事件の継続捜査を担う特別捜査班である。「立石署には使い走りで来た。あと、ここの警務に藤浪《ふじなみ》さんっているだろ？　去年、交通安全のポスターになった」

「ああ、ここなのか」もう自分でやる、と言いたいのだが、小田桐はまだ俺の肩やら背中やらをはたいている。「どうだった、実物は」

「ちらっと見ただけだけどすごかったぞ。顔が小せえわ脚が長えわ、あと声もすげえ可愛い」

「ちらっと見ただけじゃなかったのかよ」

「ちらっと見ただけで充分だろ、警察官なら」それはそうだが、警察官の職能をそんなところに使ってどうするのだ。「で、後ろの可愛い子はお前の何？」

「後ろ？」

振り返ったが誰もいない。そう思ったら、近すぎて見えない位置に海月がいた。

「……ああ。今組んでる、火災犯二係の海月警部だ」

俺が一瞬見失ったことをちゃんと分かっている様子でふくれていた海月は、小田桐に対して綺麗なお辞儀をした。「海月千波です。設楽さんにはいつもお世話になっています」

「えっ、ああ、どうも……え？　警部？」予想通り、小田桐は素っ頓狂な声を出し、眼鏡をかけ直してまじまじと海月を見た。

それから、俺の背中を拳でどついた。「またまた。設楽お前、そういうタイプのジョーク言うキャラだったか？」

「言わないな。だからジョークじゃない」大抵の人間にこういう反応をさせる海月の外見は、刑事としては有用といえなくもない。「本当に警部なんだ。キャリアだよ」

「嘘つけ。こんな可愛い子が警察官なわけないだろ」

「お前いま、全国の女性警察官を敵に回したぞ。……藤浪さんだって警察官だろ」

「あの子は職員だよ。一昨年昭和女子大出て今は押上《おしあげ》の実家で両親、祖母と四人暮らし」

「なんでそんな詳しいんだよ」

「一般常識だよ。次の昇任試験に出るぞ」小田桐は海月をまじまじと見た。「……しかし、本当に成人だとは。俺はてっきり設楽が犯罪に走ったかと」

「成人だ」たぶん、と言いそうになって口をつぐむ。警部であるという以前に警察官であるということで驚くかと思っていたが、小田桐が驚いたのはさらにそれ以前のところだった。

「ふうん。……いいね、お前。毎日楽しいだろ」

否定も肯定もしにくい。俺は肩をすくめた。

それでも一応キャリアだということは信じたらしく、小田桐は軽いながらも海月にしっかり敬礼して去っていった。海月はまたむくれていた。

「……設楽さんの友人、なのですね」

「あー……警部」子供扱いされるとむくれるのだ。俺は頭を掻く。「すみません。ああいうやつなんで」

「怒っていませんよ。減給しようとか島嶼部《とうしょぶ》の駐在所に飛ばそうなんて、思っていません」怒っているようだ。「それに、おかげで一つ、思いつきました。わたしたちも友人を訪ねましょう」

「友人、ですか」階段をさっさと下りていく海月に追いつく。「警察官のですか?」

「公安部の三浦さんです」海月は振り返らずに答え、玄関と反対方向に歩き出した。

「わたしたちは待機中ですが、捜査本部のためにできることをしましょう。例の発火装置、類似の事例が公安部に記録されているかもしれません」

「ああ、なるほど」

公安の三浦警部補とは以前、カルト団体の摘発時に共同戦線を張ったことがある。徹底した秘密主義で他部署の人間に情報など分け与えたりしないのが公安部だが、彼は違うかもしれなかった。

「三浦さんの携帯に電話をしてください。外のお店で会いましょう。ショートケーキのおいしいお店を知っていますから」

「ああ、やっぱりさっき、食べたかったんですね」俺は海月の肩を摑んで反対を向かせた。「それと玄関、そっちじゃないです」

海月を引っぱって玄関に向かう。立石署内で公安部員に堂々と電話をかけることは憚《はばか》られるのでとりあえず外に出る。今日は寒い。それに乾いている。

犯人が、海月の言う通り発火装置の実験をしていたというなら、過激派関係の人間だということも充分考えられた。三浦に会えれば、公安部の方で本件のような手口に心当たりがないかを確認できるかもしれないと思ったのだが。

だがこの時点で、そんな悠長なことを言っていられる状態ではなかったのである。先の上野牛丼屋銃撃事件に続き、日本全国が再び騒然となる事件が、この時に起こっていた。

俺のポケットで無線が鳴り、その第一報が入った。

〈台東区《たいとうく》松《まつ》が谷《や》四丁目××-××にて私服捜査員二名が銃撃されました。マル被は現在逃走中。服装は――〉

死者七名、重傷者二名。近年まれにみる壮絶さをみせた「松が谷暴力団事務所襲撃事件」が、警視庁に認知された瞬間だった。

10

「テレビの報道はここでも見られるが」高宮さんはベッドの上で首を巡らせ、病室のテレビに視線をやった。「娑婆《しゃば》の様子は、実際はどんなもんだ?」

「事件の規模のわりには落ち着いていますね。上野近辺では通行人の数が明らかに減っていますし、松が谷では親戚の家に避難したり、引越しの準備を始める世帯もあるそうですが」俺は窓の外を見る。外に広がる町並みは中野のものであり、上野の様子はここからでは分からない。「周辺の小学校で集団下校が行われている程度です。やはり、カタギの市民がターゲットになったわけではないからでしょうか。ヤクザ連中の問題、ととらえられているようですね」

「……無用の不安が高まるよりはいいか。俺も三浦さんも一応『カタギの市民』なんだが」

「三浦さんはまだ集中治療室《ICU》ですか」

「今朝、一般病棟に移ったそうだ。まだ意識が戻ったり途切れたりで事情聴取はきつい
そうなんだが、生きてはいる。二枚目もそのままだ」高宮さんはヘッドレストに預けて
いた背中をずらし、再び横になった。どうも、上体を起こして喋ると怪我に響くらしい。
「俺の方はまあ、この程度だ。心配かけたな」
高宮さんは仰向けのまま、無精髭のある顎をざらりと撫でた。胸にギプスをつけてい
るもののそう不健康そうではなく、場合によっては退院も可能らしいのだが、どうも特
捜本部の指示でこうして個室に寝ているらしい。各所の人間が入れ替わり立ち替わり訪
ねてきてその場でやりとりを始めたりするので周囲に話を聞かれない場所が必要である
し、七名死亡の上、警察官二名が襲われて重傷、という大事件である。警視庁としては
被害者の二人を警察病院に入れておいた方が情報の統制がとりやすいのだろう。
「犯人の人着、報告したの高宮さんですよね」俺は気になっている点を訊いた。「やっ
ぱり、ちゃんと見る余裕がありませんでしたか」
「ああ。情けないことにな。見たのはほとんど一瞬だったし、やりあっている間だっ
た」高宮さんは目を強くつむった。「あとから考えてみれば不思議だな。正面からきっ
ちり見ていたはずなのに、眼鏡とマスクぐらいしか記憶に残らないんだ。ネクタイの灰
色の方がよっぽどはっきりと覚えているくらいだ」
すでに発生から三日が経っていたが、その間、特捜本部員に向かって何十回も同じ報
告をし続けていたらしき高宮さんは、十八番《おはこ》のネタを喋る落語家のように淀みなく、事

件の概要を話してくれた。

最初に入った無線では「私服捜査員二名が銃撃された」ということだけで、被害状況はほとんど掴めていなかった。無論、その場から去った犯人の人着は無線でも説明されていたが、黒のスーツに灰色のネクタイ、中肉中背、三十代後半から四十代、といった特徴のない情報しかもたらされず、周囲の通行人に注意しようにもまるで掴みどころがなかった。

その直後、恐るべき一報が入ったのだ。犯人が出てきたと見られる赤木組の事務所内で、一度に七つもの死体が発見されたという。

あとで聞いたところによれば、最初に踏み込んだ機捜の捜査員は、血の臭いに気分が悪くなったという。窓ガラスが一枚残らず割れた事務所内では壁と絨毯に無数の弾痕があり、デスクが穴だらけになって木片を散らし、その中に七つの死体があった。頭部に銃弾を撃ち込まれていた二名を除いた残りの五名は、喉を潰されたり首を折られたり、眼球から脳下部までを破壊されたりして死んでいた。つまり素手で殺害されているのである。それなのに、死亡しているのは全員赤木組の組員であり、犯人グループ（これを単独犯だとみなすのは、どう考えても無理がある）の側に属する人間は血痕一つ残していない。

特捜本部は騒然となった。いや、本庁から出て立石署にいる上に捜査本部からも待機命令をくらっている俺は、足元に伝わってくるさざ波を感じるように、上野方面が騒然となっているであろうということを感じただけだったのだが。

非常時だったが、無関係ないち巡査である俺に何ができるということもなかった。その時海月と一緒に本庁に戻ると、刑事部だけでなく公安部までが殺気立っていた。無論、三浦を訪ねて点ではまだ「過激派が絡んでいるのか」と思っただけだったのだが。無論、三浦を訪ねてエレベーターで十四階に上がっても本人の所在が分かるどころか、一番手前にいた捜査員に見つかり、「大人たちの仕事場を勝手に覗いてどやしつけられた子供」という構図で追い返されただけだった。銃撃された「私服捜査員」が高宮さんと三浦だということを知ったのはその後のことである。

心配ではあったが、当然のことながら、無関係なただの知人である俺たちが高宮・三浦両名の入院している東京警察病院を訪ねるのは困難だった。二人は全国的にトップニュースになっている警察官襲撃事件の当事者であり、日本中のマスコミのターゲットであると同時に、無数の捜査員と幹部に対してその身で体験したことを話さなければならない最重要クラスの証人、という立場になっている。比較的軽度の怪我で済んだという高宮さんがどの病室にいるのかに関しては完璧に秘匿《ひとく》されており、三浦がどうやら助かりそうだ、という話も、麻生さんがよそで聞いてきたもののまた聞きであった。ようやく今日、隙を見て忍び込むようにしてナースステーションに照会をとり、高宮さん本人に招き入れてもらえたのである。

「俺はここを動けないわけだが」高宮さんは悔しそうに眉をひそめる。「警視庁《カイシャ》の方はえらい騒ぎだろう」

「はい。総動員態勢なので、俺たちにも赤紙がくるかもしれません。ネコの手でいいから貸せ、と」

上野の特捜本部だけでなく、警視庁全体が混乱の中で殺気立っている。特捜本部はありったけの人員と設備を詰め込み、総力戦の態勢をとり始めた。台東署の方には連日マスコミが詰めかけ、記者室はほんのわずかなものでも続報を逃すまいと目をぎらつかせる記者たちですし詰めだという。

警視庁にとって、学生の死者が出た上野の事件は「重大事件」だった。だが今はもう、それとは全く違う局面になっている。捜査している警察官自身がやられた以上、事態はすでに「事件」ではなく「戦争」であり、容疑者の男は「犯人」ではなく「敵」だった。

警察は、警察官に対する犯罪にはことのほか厳しい。個人は組織に尽くし、組織は身内を護る。もともとそうした意識が強いところなのだが、それ以外に実際的な理由もあった。自分たちに何かあったら警察全体が落とし前をつけてくれる――そういう安心感があるからこそ、前線の警察官たちはチンピラどもに強く当たることができるのだ。だから警察組織は、身内に手を出したやつを絶対に許さない。

「……ネコの手、ね」高宮さんはぐるりと頭を巡らした。見下ろす俺ではなく、その傍らに置いた椅子にちょこんと座っている海月を見ているようだ。「ネコのつもりで借りていかれちゃ困るな。お前は少なくとも豹《ひょう》か何かだろうし、こっちの海月さんなんかは虎……いや、化け猫か何かだと思うが」

病室に入ってからずっと思索する顔で黙っていた海月は、その顔のまま応えた。「恐縮です」

買いかぶりすぎです、とは言わないんだな、と思う。

その外見からは信じられないことだが、表沙汰になっていないだけで、海月はこれまで、ほとんど独力で何件もの重大事件を解決するきっかけを作ってきたのだ。この高宮さんも関わったことがあるので、彼女の能力を知っているのだろう。

「高宮さん」海月はやはり表情を変えず、しかし、かけている眼鏡をさっと外して膝の上に置いた。「わたしたちを病室に入れてくださったのは、退屈だったからではありませんね？」

「ええ」高宮さんは横になったまま頷いた。

それから、確認を取るような口ぶりで海月に言った。

「これから警察は、総力を挙げて奴を追うことになります。いずれ奴と警察はぶつかり、たぶん相当な量の血が流れるでしょう。で、そこでどれだけの血が流れるかは、ぶつかり方次第で大きく変わってくる。だが現時点では、警察の誰も奴の目的を知らないんです。奴がなぜあそこにいて、赤木組や伴との間に何があったのか。それに、これから先、何をするつもりなのか。このままでは極めて不利になります」

俺はどうしても、最後のところに反応して口を挟んでしまう。「奴は赤木組だけにとどまらず、まだ何かやるつもりだと？」

「だろうな」高宮さんは苦そうに顔をしかめた。「たぶん特捜本部の人間しか知らんと思うが、赤木組の事務所内にあった道具は弾丸まで含めてすべてなくなっていたらしい。殺された連中も手から硝煙反応を出していながら、銃本体は持っていなかった。そして俺が見た奴は、何か重い荷物を持っていた」

「つまり……犯人は武器を奪うために赤木組を襲った？」

「バッグも持参していたようだったしな。つまり奴は、今後……」

「……誰かを殺すつもりがある、と」

「赤木組は相当いろいろ溜め込んでいたようだからな。国家転覆でも企むかもしれん」

高宮さんは言った。冗談のつもりはないようだった。「捜一や組対だけじゃなく、公安部も警備部も俺のところに来た。上もそう考えているんだろう」

「たった一人で？」

「手下がいるんなら、赤木組の時に呼んでいるだろう。いくらなんでも一人で乗り込むのは危険すぎるし、そうする理由もない」

俺は拳を握った。赤木組の事務所にどれだけの武器があったのかは知らないが、それらをフルに使って武装したとすると、とんでもない殺戮機械《さつりくきかい》が完成することになる。

俺にはどうしてもその実感がわかなかった。敵は元から持っていた武器だけでヤクザ七名を殺したという。しかも不意打ちによるものではなく、銃撃戦になっていながら傷一つ負っていないらしいのだ。そんなことができる人間など想像がつかない。無理に映像を作ろうとしても『ランボー』のシルヴェスター・スタローンが出てくるだけだ。だが、もしこいつと対峙して「実感がわかない」などと呑気《のんき》に考えていたら、その間に殺されるだろう。

「……それが『名無し』ですか」

火災犯捜査係にいる俺はその名前を知らなかったが、組対を始め、刑事畑の人間には知っている者が多いという、本物のプロ。

「間違いない。俺も名前だけは知っていたが、まさかここまでだとは思わなかった」高宮さんは右手を握り、自分の拳を見た。「やりあってみての感想だが、一見して強そうな感じじゃないんだ。ただ、黙々と無駄なく殺しにくる。何気なく殺されてから、ああ、こいつはとんでもないやつだったんだな、と気付く。そんな感じだった。が……」

高宮さんは続けて何か言いかけたようだったが、一つ息を吐いただけで沈黙した。

俺は訊いた。「高宮さん、その『名無し』ですが……今回の事件《ヤマ》と上野のは当然、関係あるんですよね？　ただ、上野のはだいぶ乱射したとかで、拳銃の達人って感じじゃなさそうですが……」

「俺もそこは考えてたんだ」高宮さんは俺の疑問を了解している様子で答えた。「今回のが間違いなく名無しだっていうんで、どうも本部の見解が二つに分かれているらしいな。上野の犯人《ホシ》は別だという見解と、上野のも名無しで、何らかの事情があっていつもの仕事と違ったんじゃないか、という見解と。俺は後者だと思って、それで赤木組に事情を訊きにいくところだった」

「じゃあ……」

「本部のお偉方は知らんが、俺は確信してる。上野の方も間違いなく名無しだ。奴は何かの事情があって『仕事』をやめ、それまで組んでいた伴たちと赤木組を始末した」高宮さんは目を細めた。「そして武器を手に入れて、消えた」

「つまり、赤木組を裏切った……いや、切ることにした、と？」

「どんな事情だかは、現時点では想像もつかない。……俺たちはもちろん組対の連中も、そもそも奴がなぜ『仕事』を始めたのかすら把握していないようだしな」

高宮さんは沈黙した。無論、俺にも想像がつかない。名無しがこれから、何をやろうとしているのか。

病室の前の廊下を、がらがらというキャスターの音とぱたぱたというスリッパの足音が通り過ぎていく。

「名無しが何をしようとしているのか、わたしにも、まだ分かりません」

それまで沈黙していた海月が口を開いた。「ですが、極めて危険です。止めなければなりません」

黙って頷く高宮さんに対し、海月は椅子に座り直して向きあった。

「上野の事件も含めて、ご存じのことをすべて話していただけますか。何か分かるかもしれませんから」

俺はメモを出した。上野の事件に関しては、特捜本部と関係のなかった俺たちはニュースでやっている程度のことしか知らない。今、手に入るだけの情報はすべてまとめて貰い受けておきたかったが、海月は俺にメモ取りを任せたのか、それとも全部暗記するつもりなのか、ただ高宮さんを見ているだけだった。

そちらももう完全に頭に入っているのだろう。高宮さんは上野牛丼屋銃撃事件の詳細と、これまで捜査してきたことを順序よくまとめて話した。印象通りに頭のいい人らしく、俺たちに余計な先入観を与えないよう主観を交えないのはもとより、話す順序などにも気を遣っているようだった。一人で話す時間が長くなってきたので、俺は一度、疲れませんかと訊いてみたが、体力的には全く健康であるらしく、高宮さんは余裕で首を振った。海月はただ黙って話に耳を傾けていたが、一見、ぼさっと座っているように見える彼女は、話を聞いている間中、まばたきをほとんどしなかった。

「……ま、俺が現在知っているのはこんなところだ。具体的なところは共助課で確認してもらいたいが……」

話を聞き終わると、海月は一つ頷いた。「……そうですね」

高宮さんは海月を見ている。彼女に期待しているのか、それともちょっとした思いつき程度で意見を聞きたいのか、それは表情からはよく分からない。

「……どうですか、海月警部」

そう尋ねる声もどの程度本気なのかは分からなかったが、海月は静かな表情のまま答えた。

「現段階では、分かりません。ですが……」軽く首をかしげ、目を細める。「上野の事件に関していくつか、見たい資料があります。まず犯行直前までの店内の防犯カメラ。次に伴と、鎌田さんという学生の持ち物ですね。それから伴の携帯電話の通話記録」

「あ……はい」高宮さんは目を丸くし、体を起こした。あるいは、そこまで具体的にずらずらと返答が来るとは思っていなかったのだろうか。「それらも共助……いえ、六係の古森に頼めば、なんとか」

「わたしたちは部外者です。取り次いでいただけますか」

「了解です」高宮さんは敬礼した。「係長に頼んでおきます。話の分かる人です」

海月は無言で頷き、すっと立ち上がった。その姿を見ながら俺は、どうやら動き出したな、と思った。名無しはもう動き出しているが、海月も動き出した。

海月は普段はずれていていてとろくて方向音痴で使えないのだが、実のところ頭だけはやたらとよく、俺より十歩も二十歩も先まで考えを進めていたりする。着眼点だけでなく勘も鋭く、そして警察組織全体の動きを計算する巨視的な視点まで持ち合わせている。現に、高宮さんへの今の態度は、他人に指示し慣れている人間のそれだった。もともと、キャリアで警部である。高宮さんもそれを感じとったのかもしれなかった。

「設楽さん」明らかに命令する声で、海月は言った。「台東署に行きましょう」

11

三浦と高宮さんが襲撃されて以後、もともと百人体制だった特捜本部はさらに拡大し、現在では組織犯罪対策部と捜査一課はもとより、機捜や隣接する吾妻橋《あづまばし》・三ノ輪《みわ》両署、さらに本庁の地域部員までも動員しての大集団になっている。台東署としては始まって以来のことであろうし、夜は捜査会議と道場に寝泊まりする捜査員たちでごった返しているはずだったが、午後三時半という時間帯では、署内は異様なまでに静かだった。皆、指示を受けて持ち場に飛んでいるのである。

「静かですね」玄関を入り、エレベーターを待つ間に海月が呟く。

「全員、出払っていますからね。報告に戻るのはおそらく夜中でしょう」

赤木組の主要構成員がほとんど全滅してしまった上、誰も「名無し」の素性は知らないときている。捜査方針としては地道な地取りで事件時、現場周辺にいた不審者の目撃情報を集めるしかないはずで、署でのんびりしている捜査員はいないはずだった。

海月は眼鏡を直し、納得したように頷いた。「なるほど。夜討《ようう》ち浅漬《あさづ》け、ですね」

「『朝駆《あさが》け』です」

そもそもそれは記者用語だが、やっていることは似たようなものだ。地取り時は担当した区域に住む世帯の全員から話を聞かなければならないため、どうしても家族が揃う時間帯に各家庭を訪問し直す必要がでてくる。俺も何度も経験していた。世帯全員から話を聞けるまで、同じ家を繰り返し訪問し続けるのだ。この家は留守だから明日で、というわけにはいかない。一日遅れれば、一日分証人の記憶は曖昧になる。そしてそれ以上に、現在逃亡中の名無しは、いつ次の犯行にでるか分からないのだ。

皆、休みなしだろう。だが、今回はそれが解決につながるかどうか、いささか心もとない部分があった。高宮さんが話した通り、名無しは記憶に残らない、特徴のない外見をしている。しかも返り血を浴びたわけでも汗を流していたわけでもなく、呼吸が乱れた様子すらなかったという。そんなやつを住民が「不審者」として記憶していてくれることは、望み薄といってよかった。

もちろん、それで捜査員たちのモチベーションが下がるということはない。大事件発生から一週間程度——あと四日間ぐらいは、自宅に帰らなくても平気なのだ。疲れは自覚しているが、それよりもぎらぎらしている。だが、もしその期間が過ぎ、捜査に進展がみられなかったらどうなるか。「長期化するのではないか」という不安は、誰でも意識してしまう。するとここで、これまで雑魚寝で済ませてきた分の疲労がまとめてつけを取り立てにくる。もしそうなってしまったら、はたして高宮さんの言う次の犯行を阻止できるのだろうか。

エレベーターの扉が開き、見慣れない俺たちを一瞬だけ訝しげな目で見た職員と入れ違いに乗り込む。特捜本部は五階の講堂である。

応援要請を受けていない俺たちは部外者であり、本来は特捜本部に足を踏み入れることさえ許可されないはずだった。それに、「自分の仕事」である東四つ木の放火を放り出したままなのだ。しかし、俺は黙って海月をここに案内してきた。どうせ捜査本部からは外されている。呼ばれればいつでも立石署に戻れるのだから、ちゃんと待機はしているのだ。どこでするかはこちらの裁量のはずだったし、あるいは越前刑事部長がこういう事態を予想し、海月をいつでも使えるようにわざと「待機」にしたのかもしれなかった。

「警部、こっちです」エレベーターを降りるなり反対方向に行こうとした海月を引き戻す。

どう切りだしたものかと思ったが、講堂の前方、資料がホワイトボード一面に貼りつくされ重なりあい、スクリーンの下りている指揮官たちの本拠地で、古森殺人犯捜査六係長は電話を受けていた。ちらりちらりと集まる管理官たちの視線にどう答えようか悩みながら頭を下げると、古森係長は頷いて携帯をしまった。すでに高宮さんから話を聞いている様子だった。

「古森さん、ご無沙汰しています」以前、ある事件の時にこの人とは面識がある。

「うん」

長々と挨拶をしている雰囲気ではなかった。古森係長は長机の上に据えてあるパソコンをかたかたと操作しながら俺たちを招く。「さっき高宮から電話があった。防犯カメラの映像は共助に出してもらわんといかんが、被害者《マルガイ》の所持品リストはこれで見られる。好きに見ろ。減るもんじゃないしな」

周囲の管理官たちに聞こえないよう小声でそう言う。捜査本部員以外に勝手に資料を見せるのはもちろん問題であるが、おそらくは独断でこっそり、ということなのだろう。俺たちも囁き声になり、最低限の言葉で礼を言った。大会議室に残っているのは数名であり、全員が忙しく電話をかけたり出入りしたりしているとはいえ、静かである。海月は早速、コートを長机に置いてパソコンを操作し始めた。

古森係長は二つほど離れた長机の上にあるファイルを取り、戻ってきた。

「で、こいつがキャリア各社から回答があったマルガイらの携帯の通話記録だ。上野の事件時のは後ろの方だが……」古森係長は、もともと低い声をさらに低くした。「なんでこれが見たいんだ？　高宮が何か言っていたのか」

「違いますが、そうです」ファイルを受け取ってめくりながら、海月はよく分からない答え方をした。

古森係長は不審げに彼女を見ていたが、一つ息をつくと、納得した様子で頷いた。

「……なるほどな。君らは病室の高宮に頼まれて、あいつのかわりに資料を確認しにきた」

「そうです」海月はファイルから目を上げないまま答えた。

まあ、そういうことで口裏を合わせておいた方がバレた時にはいいかもしれない。俺は納得し、海月が途中まで操作したパソコンで上野の被害者の所持品を表示させた。

海月が俺の後頭部に尋ねる。「どうですか」

「伴は携帯、財布、回収済みの現金が入った封筒、それに煙草とライターと……普通ですね。特におかしなところは。伊藤と大学生も似たようなものです」

振り返ると、海月は抱いた大判のファイルに顔をうずめるようにして見ている。「古森さん。伴の携帯電話の、最後から二番目の着信ですが……この番号の方はどんな方ですか？」

すでに席に移って何かの書類の束をファイルしていた古森係長は、のっそりと立ち上がって海月の差し出したページを覗いた。「……ああ、こりゃ赤木組の下っ端です。事件の時、名無しに脳味噌を抉《えぐ》られて死んでいる」

「この男は以前から、伴とつきあいが？」

「どうも、そのようですね」古森係長は腰に手を当て、囁き声になった。「組対の連中は最初から摑んでいたようですが、どうやら、伴とこいつは趣味のつきあいがあったようでしてね」

「趣味、ですか」海月は興味深げに古森係長を見た。どうせ彼女のことだからお茶お花でも想像しているのだろうが、無論そんな品のいいものではないだろう。

「これですよ」古森係長は注射針のジェスチャーをし、手首の内側を人差し指でつついた。

「献血ですか？*」

「シャブですよ」目を丸くしている古森係長のかわりに俺が囁く。「ああ、シャブっていうのは覚醒剤のことですからね」

「メタンフェタミンの略が、どうして『シャブ』なのですか？」

そういえば語源の方は知らない。俺が答えに窮すると、古森係長が胡乱《うろん》な目で海月を見ながら答えた。「やり始めると骨までしゃぶられるからですよ**。……本当に知らんのですか」

「勉強になりました」海月はファイルを胸に抱き、綺麗なお辞儀をした。

「いや……ええ、どうも」古森係長は腕を組んだ。

奥の椅子に座っている管理官が、何事かという目でこちらを見ている。

＊　最近の献血ルームは無料で飲み物や菓子パンを提供していたり、漫画喫茶並みにサービスが充実しているため、献血ルームでのんびりするのが趣味、という人も多い。輸血用血液は常に不足しており、それを必要とする患者もいるので、人道的な趣味ではある。
＊＊　語源については諸説ある。

「警部。今は」

　俺が言いかけると、海月が先に言った。「今はそんなことを気にしている場合ではありませんね。……つまり、この二人は普段からつきあいがあり、この着信自体は不自然ではない、ということですね？」

「ええ……まあ」古森係長は困惑顔で頷いた。海月は分かっていないようだが、普通の人間は彼女ほど素早く思考の切り替えができないのだ。

「死亡時の持ち物は、普通ですね……」海月の方はさっさと切り替えて、俺とパソコンの間に割って入って画面を見ている。「では、次は防犯カメラですね」

「はあ」古森係長は呆気にとられている。普段はもっと厳しい顔をしている人だと思うのだが、海月と波長が合わずに困惑しているようだ。「しかし、あれは店内を映しているもんです。犯人車両は映っていませんが、いいんですか」

「店内が大事なのです」海月は何かを思い出した顔になった。「そうだ。撃たれたというアルバイトの学生さんにも話を聞かなければなりませんね。連絡先をお願いします」

「あ、ああ」古森係長は手帳を出した。

　俺が瀬尾というアルバイトの連絡先をメモすると、海月は長机に置いていたダッフルコートを取り、俺の袖を引っぱった。

「行きましょう設楽さん。次は捜査共助課です。それが済んだら瀬尾周さんです」

　引っぱられて転びそうになりながら慌てて海月に続く俺を、古森係長は口を開けたまま見ていた。

「……ええ、入口があって、入ってすぐ左に券売機があって……そうですね。入口側から見ると、席は『J』の字になってます。確かに」

「特にどこの席が埋まりやすいとか、奥の席は狭くて避けられる、といったようなことは」

「ないです。どうせうちの店、どこの席だって狭いですし」

高宮さんと違い、体を起こしていても辛くはないらしい。上野牛丼屋銃撃事件の被害者であるアルバイト店員の瀬尾周は、ベッドに腰かけた状態ではっきりと喋った。

「では、死亡した件という人ですが、この人はよく店に来ていましたか？」

「……そうですね。僕も顔を覚えていましたし」

「隣の伊藤という人は？」

「覚えていません。前に来たような気はしますけど」

「その隣の学生さんは」

「あの人はいつもあの時間にいました。だいたいあそこの席だった気がします」

俺が横から付け足す。「アルバイトに行く前にあそこで食事していく習慣だったそうです」

「……常連さんでしたね」

瀬尾周は頷き、苦そうな顔をした。アルバイトという身分ではあるが、彼からしてみれば、あの日店に来なければ鎌田翔馬は死んでいなかった、というふうに考えてしまうと、平静ではいられないのだろう。

病室を訪ね、警察だということを伝えると、寝て携帯をいじっていた彼は起き上がって、海月がたて続けに出す質問にてきぱきと答えた。事件時のことはすでに何度、あるいは何十度となく警察から質問されているはずで、慣れているのだろう。しかしそうだとしても、小柄でどことなく柔《やわ》そうな顔立ちとは裏腹に、精神的には二十歳そこそこと思えないほどしっかりしているようだった。

俺と同じことを感じたのか、傍らの椅子にかけた海月は遠慮なく質問した。「犯人の車は、ずっと前から停まっていたのですね？」

「はい。いつからかは分かりませんが……」

「つまり、死亡した三人が店に来る前から？」

「……たぶん、そうだと思います。忙しかったし、いつの間にかいる、という感じだったと思いますけど」

メモを取る俺をちらりと一瞥《いちべつ》して、海月は質問を続ける。「では、事件時の席の埋まり方ですけど……まず入ってすぐ、店の外から背中が見える向きで席が四つありますね。外から見て左側の隅、十一番席は少し前から埋まっていて、その後、右隅の八番席に死亡した鎌田さんが座った。それから、後から入ってきた伴・伊藤両名がそれぞれ十番と九番に座った」

「はい」瀬尾は視線を上の方に向けて動きを止めた。頭の中で店内を思い浮かべて確認してくれているようだ。

「それから店の右側に、左を向く形で奥に向かって席が一列ありますね。これが奥から順に一番から七番席。店の左側には右を向く形の席が、奥に向かって四つあります。十二番から十五番席ですね」

「……はい」海月は随分と細かく訊いているが、瀬尾も必死で記憶を探り、ついていってくれている。

「一番から七番席と、十二番から十五番席の埋まり方はどうでしたか？　どこが空いていて、どこが埋まっていたか覚えていますか」

「だいたいは」

　意外なことに、瀬尾は頷いた。普通ならとっくに忘れているはずだが、警察にすぐに質問されてそれに答えているうちに、事件時の記憶が固着したのかもしれない。楽なことではないはずだが、彼は冷静に答えた。「一番から三番は空いていました。四番から六番にはお客さんがいて……一番は丼を片付けたとこだったな。あと七番が空いてて、左側は……たしか十二番と十三番は空いてました。十四と十五は覚えてませんけど、たしかどっちもお客さんがいたような」

　防犯カメラには店内の記録が残されている。だがカメラは記録というよりむしろ防犯体制のアピールのために取り付けられていたようで、奥の方の席は死角になっていたのだ。確実でないとしても、店内の様子を知る上ではこの証言はありがたかった。

だが、海月の後ろでメモを取りながら俺は内心、首をかしげていた。海月は闇雲に質問しているわけではないようだが、被害者から離れた席の状況が何か関係あるのだろうか。

しかし海月は、決められた手順をこなすような迷いのなさで質問を続けた。「防犯カメラではあまりきちんと映っていなかったのですが、事件時、伊藤礼也の隣の学生は何をしていましたか？」

「何を、って……」瀬尾は海月を見て、まともに目が合って照れくさかったのか、あたふたとそっぽを向いた。「……ああ、なんかまた文庫本読んでましたね。だいたいいつも長居します。いつもつゆだく頼むし、まあ、でも、常連だし」

店としてはあまり歓迎しない客、ということらしい。

「では伴と伊藤の二人は？」

「あの二人は」瀬尾は海月に視線を戻し、彼女がまだ自分をじっと見ているので困ったように俯いた。「……ええと、たしかオーダーは取って、クイックメニューだし、もう出てくるとこでしたね。そういえばあの丼、どうなったんだろう。誰か食べた……わけないか」

彼が顔をしかめると、海月は頷いた。「お察しします。どんな理由であれ、せっかく用意したお料理を食べずに処分しなければならないのは」

　俺は海月がそんなところにお悔やみを言うとは思わなかったが、言われた方もぽかんとした顔になっている。それから、薄く笑った。「……まあ、それもそうですよね」

　こいつ大丈夫なのか、くらいには思われただろうか。俺は肩をすくめた。

　だが海月は、満足した様子で頭を下げた。「ご協力、ありがとうございました」

「あ、はあ。……もういいんですか」

「はい。大変参考になりました」

　後ろで聞いている俺ですら意外だったのだから、何やら関係なさそうなことばかり訊いてそれだけ、という海月の態度は奇妙に映っただろう。瀬尾はきょとんとした顔で彼女を見ていた。もちろんこちらとしては、必要事項さえ聞ければそれ以上に証人の手を煩《わずら》わせたくはないのだ。

　だが、俺たちが礼を言って立ち上がると、後ろから「あの」と声をかけてきた。

「……犯人、捕まるでしょうか」

　振り返ると、彼はこちらをじっと見ていた。強い視線ではない。だが切実だった。

　病室の時計の長針が、かちり、と動いた。開きかけのドアから、廊下の冷えた空気が流れ込んでくる。

「……ご安心ください。近いうちに必ず逮捕します」

　隣の海月がそう答えたのを聞き、俺は少し緊張した。普通、警察はそんな言い方はしないものだ。結果を予言するような言い方は市民に保証のない期待を抱かせることになるし、捜査員自身のプレッシャーにもなってしまう。普通は「全力を尽くしております」とか、こちらの姿勢を示して安心してもらうものだ。

海月はそれを知らなかったのだろうか。それとも知った上で無視したのだろうか。

「……お願いします」瀬尾は、ゆっくりと頭を下げた。「いえ、僕はそんな、代表でお願いするような立場じゃないかもしれません。亡くなった三人は、ただの客だし。でも……」

俺と海月は彼に向き直り、背筋を伸ばして聞いた。

「でも、なんとかお願いします。犯人がまだそのへんをうろついてるなんて怖いし、許せないし……」瀬尾は拳を握り、また開いた。「でも、僕は何もできないから」

身動きした覚えはなかったが、腰のケースにしまっている手錠が、かちゃり、と鳴った気がした。

「……お任せください」

自然とそう言い、敬礼していた。

俺や海月は警察官だ。手錠と警棒を持ち、必要ならば拳銃を撃つこともできる。命令と令状があれば容疑者の荷物を開けさせることもできるし、検問でも家宅捜索でも何でもして、犯人探しができる。だが、彼ら一般市民は違う。近所で犯罪が発生して、怖いと思ったとしても、怪しいやつに職務質問一つできない市民は戦うすべを持たない。警察が頑張ってくれるのを、ただ待つことしか許されていないのだ。

もちろん、そのことは分かっている。名無しがどんなに危険な相手だろうと、まず立ち向かわなければならないのは俺たちなのだ。

だが、廊下に出た海月は開口一番、気の抜けたことを言った。

「設楽さん、お腹が減りませんか？　瀬尾さんのお話を聞いているうちに、わたし、牛丼屋さんというものに行ってみたくなりました」

12

気負いすぎはよくない。早く解決しなくては、と焦れば焦るほど視野が狭くなるし、捜査方針を修正しにくくなるし、ついでに体に悪い。捜査活動は体が資本だ。たとえ話を聞くだけの場面であっても、集中力を保って注意深く証言者を見ていなければ、目の前に転がっている情報を見逃す結果になりかねない。だから捜査員はしっかり飯を食うべきであるし、それで眠れなくなるようなら道場に寝泊まりするべきではない。もっとも警察学校時代の暑苦しい寮生活のせいで、ほとんどの警察官は周囲にどんな鼾《いびき》や足ムレがあろうと、地面さえ柔らかければ眠れるようになってしまっているのだが。

とはいえ、随分と切り替えが早い。海月は牛丼屋に入るなり物珍しそうに店内をきょろきょろし、こう座るのですね、と他の客が座っている椅子をじろじろと観察し、ついでに食券を買うことを知らずに店員を呼び、俺が教えると券売機を興味津々という顔でいじり回した。まさか食券というものを買った経験が皆無ということはあるまいに、券が出てきただけで「これを渡すのですね？　なるほど、合理的です」としきりに感心していた。頼んだ牛丼が出てくるスピードに感心して拍手していたのは可愛らしいとも言えるが、隣にいて恥ずかしいとも言えた。拍手された店員は何やらやたら嬉しそうに頭を下げていた。

「素晴らしいです。このお値段でこれだけの量の牛肉を載せられるのですね。ところでこれは何ですか？　あ、紅生姜ですね。なるほど。バタークーラーのようなものですね」

「分かりましたからちょっと落ち着いてください」

「こちらにお箸、その横に爪楊枝、ですか。割り箸を使わない点も、徹底しています」

「ええまあ、最近はそうですね」

「あっ、あちらの方、もう食べ終わりましたね。早いのですね」

「じろじろ見ないでください。……いえ、それはただのキャンペーン広告です」

働く男たちが窮屈そうに行き交う店内。賑やかなようでいてお互い無関心に目の前の飯と向きあう空間。俺にとっては普段行き慣れたいつもの夕食である。そのはずなのだが、隣の海月を落ち着かせるのに忙しくていつもの味が分からない。遠い国の王女様がニッポンの庶民生活を体験しにきました、という構図になっている。お付きの者は大変である。

海月は大盛りを頼んだくせに食べるスピードがやたらとのんびりしており、俺が三杯目のお茶を頼もうかどうかと悩み始めたところでようやく箸を置いた。入店時にいた客はすべて入れ替わり、後から入って隣に座った男ももう席を立っている。やれやれと思ったが、海月は店内を見回して満足げに一つ頷き、呟いた。「……実地で確認がとれましたね」

「何をです？」

「右側は一番から三番は空席で一番には丼が残っていました。四番から六番は埋まっていて七番が空席です」

「……はあ」

呪文のように言っているのは、先刻、瀬尾周が証言してくれた事件時の店内の状況である。どうも海月は、さっきからやたらとそこにこだわっている。一体何が気になるというのだろうか。

「手前側は八番に被害者一でその隣の九番と十番に被害者二と三。十一番が埋まっていて左側、十二番と十三番が空席で十四番以降は埋まっていました」

店内を見回す。無論この店舗は席の配置が違うが、午後五時半というやや中途半端な時間帯もあって、混み具合は確かに事件時のものに近い。

「……警部？」

海月はまだぶつぶつ言っていた。「……だとすると、やはり、おかしいですよねえ」

蛍族《ほたるぞく》、という言葉が昔、あったらしいということを思い出し、なるほどなと納得した。水のない噴水の前で、赤い光が小さく、しかし確かに灯っている。ここにおるで、と示すポインタのような煙草の火。ジャック・オ・ランタンのようだと思った。ハロウィンはとっくに過ぎているのだが。

高宮さんから聞いてはいたが、監察医の出良大介氏は本当にこの寒い中、東京都監察医務院の建物周囲でなく、近所の公園まで出て煙草を吸っていた。どうも相当変わった人であるようで、大阪で何かやらかしてこちらに来たらしいのだが、詳しい事情は誰も知らないのだという。あるいは本当にジャック・オ・ランタンのような経緯*があるのかもしれなかったが、今は訊いている暇はなかった。

「おお、ほんまにちっちゃいな」出良さんは挨拶をした海月を見て、面白いものを見つけた、という顔になった。「ほんまに大人かいな。お嬢ちゃん、もう暗いで。子供はお家に帰らな」

「出良さん、わざわざ出てきていただいてすみません」海月が何か言い返そうとしたのを遮って頭を下げる。「上野の現場について、二、三、確認したいことがありまして」

「こないだは高宮と里見っちゅうのが来たで。なんや俺、急にもてるようになったな。

＊　悪魔を騙して「何があっても地獄に落とされない」という契約を取りつけたが、悪人であったため天国にも行けず、死後もずっと現世をさ迷っているのだという。

ごつい男にばっか」

「そうでもありません」俺は頬を膨らませて下を向いている海月を指さした。「こちらの海月警部の指名です」

「可愛いけどなあ……」出良さんは首を突き出して海月を観察する。身長差があるので上から覗き込むようになり、ドラゴンと捕われのお姫様、といった構図になる。「あと五年は待たんと犯罪やな。設楽君、青い果実は腹こわすで」

「はあ」小田桐と同じようなことを言う。とりあえず、俺たちのことは高宮さんから聞いているらしい。

「でも警部《オブケ》さんなんやろ。これってあれか。最近流行りの、ギャップ萌えとかいう」

「被害者のうち伴は、明らかに殺害する意図で撃たれています」海月はやや怒った声で切りだした。「銃撃を受けた他の三人について伺いたいのです。『雑感』で結構です。死亡した伊藤礼也、鎌田翔馬、それに重傷の瀬尾周。この三人の『撃たれ方』から、撃った人間のどんな意図を想像しますか？」

「本当に『名無し』らしいな」出良さんの口許《くちもと》から笑みが消えた。「でも、本当に奴が意図した通りの結果かどうかは分からへんで。三発も外しとるし、関係ない鎌田が死んどる。もし奴がカッとなってやったっちゅうことやったら、その質問には答えにくいな」

「いいえ。名無しは冷静です。彼にとって予想外の結果は一つもなかった。その前提でお願いします」

暗くてあまりよく分からないが、煙草の光に浮かぶ出良さんの眉がかすかに動いたようだ。

「……何か、そう言いきる根拠があるんか？　なぜ、そう思う」

「あります。高宮さんが生きているからです」

海月は即答したが、出良さんは煙草を噛み、なんやと、と呟いた。

「言い方が不充分でしたね」海月は眼鏡を外し、鞄から出したケースにしまった。「三浦さんが胸部を銃撃されているのに、高宮さんは昏倒させられただけだからです」

出良さんは沈黙した。俺も、海月が何を言いだしたのか、すぐには分からなかった。

だが、考えてみれば確かにそうだ。

「名無しは上野の時は、無関係なはずの鎌田翔馬と瀬尾周まで銃撃し、鎌田翔馬の方は殺してしまっています。なのに松が谷の時は、正面から向きあったにもかかわらず、高宮さんを素手で攻撃しています。その直前には三浦さんの、しかも胸部を狙って発砲しているのに、です」

「高宮から聞いたで。あいつが手錠で叩き落としたんやろ、銃」

「高宮さんの話の通りなら、それを拾い直す余裕は充分にありました。バッグの中には赤木組から奪った他の銃があったのですから、それを出してもよかったはずです」海月は挑みかかるように出良さんを見上げる。「何より、いきなり三浦さんの胸部を狙って撃った名無しが、昏倒させた高宮さんにはそれ以上何もせずに去っています。顔を見られたのにもかかわらずです」

「つまり」出良さんは言葉を選ぶ様子で一拍置いた。咥えた煙草が短くなっている。

「……三浦はんと高宮の『扱いが違う』ちゅうことか」

「とどめを刺されていないのは三浦さんも同じですから、正確には、最初の銃撃とその後の格闘で態度が違う、です」

高宮さんから、名無しと格闘した時のことは詳細に聞いている。赤木組の五人を殺害した方法からして、おそらく空手か軍隊格闘術のようなものなのだろうとは思っていたが、よく考えてみると変だった。殺すつもりでやる場合、名無しは目を狙う。それなのに高宮さんに対しては回し蹴りや掌底《しょうてい》を出している。

「……確かに、おかしいな」出良さんは煙草を携帯灰皿に押し込んだ。「高宮に手錠で殴られてからは、名無しは試合みたいなことをやっとる。せやけど最初の銃撃、あれは間違いなく殺るつもりやで。そうでないなら脚か、せめて腰あたりを狙う。至近距離で腸や腎臓を貫通しただけなら殺さずに済むかもしれんし、人間、顔や胸をのけぞらすことはできても、腰の高さで撃たれたらよう躱《かわ》せんしな」

海月は結論を言った。「つまり名無しは、高宮さんと格闘になってすぐ、彼を殺す気をなくしたということです」

「なんでやねん。叩かれて改心したんか」

「いいえ。相手が警察官だと分かったからです」

出良さんは沈黙した。

おそらく、そういうことだろうと思う。最初の銃撃の時点では、名無しはおそらく相手の顔を見ていない。だが高宮さんは銃を叩き落とした直後、「警察だ」と叫んでいる。海月は続けて言った。「名無しは、これまでと何も変わっていないのです。関係ない人間は殺さずに済ませる」

「ちょい待ち。おかしいで。なんで上野の時は……」

「そう。おかしいのです」海月は頷いた。「出良さんもそう思っていたのですよね？おかしい、と。……なぜ上野の時だけ、名無しは鎌田翔馬を殺してしまったのでしょうか」

「殺そうとしたかは分からん。当たったのは消化器系やったし、でも、まあ……」出良さんの声が途中で萎《しぼ》んだ。「……二発当たれば、死ぬな」

「なぜ鎌田翔馬には二発当たったんでしょうか」海月はこちらをちらりと見た。俺にも問うたつもりらしい。「そもそも、おかしいと思いませんか。ターゲットであるはずの伴は、立ち上がってから頭部を一発で撃っています。なのに、二つも席が離れた鎌田翔馬には二発当たっている」

「最初、狙いが右にずれすぎて、徐々に左に修正していった」出良さんは煙を斜め上に吐き出し、頭をがしがしと掻いた。「……かのように見えるけどな。確かに、それやったらおかしい。普通、一発目が二つも右の席の人間に当たってもうたんなら、二発目の照準はもっとずっと左にするはずや。右に外れて左に外れて、それから当たる、ちゅうのが自然やろ」

俺も頷いた。照準は徐々に左に動いている。

「照準をずらしながら連射したなら、伴のところでぴたっと連射が止まる理由がよう分からん。弾切れかもしらんけど……」

俺が続きを言った。「弾丸が八発しかないなら、もっと慎重に狙いそうなものです」

「ああ。四発目なんか足元やで。どう見ても、わざと外しとる」

海月は頷いた。「それを踏まえて、もう一つの事実について考えていただきたいのです」

声の強さで分かった。おそらく、こちらが本題なのだろう。

海月はごそごそとポケットを探り、携帯を出して何かの図面を表示させた。「これが事件直前、伴と伊藤が入店した時の、店内の席の状況です」

移動中に携帯をいじっていたと思ったら、こんなものを作っていたらしい。出良さんが首長竜《くびながりゅう》のように上から画面を覗き込んだ。「おう。こんなんあったんか」

「右奥から順に三席空きがあり、三つ置いて七つ目の席も空席でした。続いて店の外に背中を向ける位置は一番右に鎌田翔馬がいて、その次の二つに伊藤礼也と伴一郎が新たに座りました。その左には先客がいました」

「ああ。……よく分かったな、こんなん」

「瀬尾さんがよく覚えていてくださったのです。……そして、左側の席は手前の二つが空き、奥の二つは埋まっていました。この時、食後の丼が残っていたのは右奥の一番席だけです」

海月が先刻からさかんに呟いている呪文である。俺はもう訊いてしまうことにした。

「警部、それのどこが気になるんですか？」

「おかしいからです。伴と伊藤の座った席が」

「おかしい？　どこが？」海月から借りた携帯の画面を覗き込みながら、出良さんが怪《け》訝《げん》そうに言う。「空いてるとこ座ったんやろ」

「ですよね……あ、いや」画面を横から覗き込んだ俺は気付いた。「そうか」

海月が俺に頷きかける。

「なんやねん二人して。俺にも教えてえな」

海月は俺に説明を任せた様子だったので、俺がかわって答えた。「いや、単純にちょっとおかしいんですよ。伴と伊藤はなんでわざわざあそこの席に座ったのか」

「なんでって、二つ続けて空いてるやん」

「でも、九番と十番は両側を人に挟まれた間ですよ」俺は図面を指さした。八番には鎌田翔馬が、十一番には彼が座る前から別の客が陣取っている。「たとえば一番から三番なら三つ続けて空いていました。一番にはまだ前の客の残した丼があったそうですけど、それでも普通、左右を人に挟まれたところよりはこちらを選ぶでしょう。あるいは、左側なら十二番と十三番が続けて空いています。十二番は左側の列の端ですから、人の間に座るくらいなら、普通はこちらに座る」

「ああ、なるほど」体がでかいせいで実感があるのだろう。出良さんは図面を見ながら頷いた。「じゃ、何や。伴と伊藤、あそこに座りたい理由があったんか」

「何らかの手で犯人に誘導されたのかもしれません。あのあたりに座るように、と」

「なんでそんなことすんねん」

「それは……」

「鎌田翔馬の隣に座ってもらうため、だとしたら?」海月が言った。「瀬尾さんに確認しました。鎌田翔馬は大抵いつも同じ席で、ほぼ同じ時間帯にあの店で食事をとっていました。アルバイトに行く前に食事、という習慣だったのですね。アルバイト先には時間ぴったりに行きたいようで、いつもあの店舗で本を読んだりして、ぎりぎりまで時間を潰していたようです」

「つまり、そこを狙って……おい、ちょい待てや」出良さんが身を乗り出した。「なんで鎌田の隣でなきゃあかんねん。他の客がいくらでも」

言いかけた出良さんが沈黙し、口を半分開けたまま静止した。

結論は俺たち三人の目の前、すぐ手の届く場所に等しく存在していた。

「つまり」海月が口を開いた。「犯人が狙ったのは鎌田翔馬の方だったのです。伴一郎と伊藤礼也の巻き添えで鎌田翔馬が死んだのではなく、鎌田翔馬の巻き添えで伴一郎と伊藤礼也が死んだのです」

冷たい風が吹き、街路樹の枝が揺れる。石畳の上を枯葉が滑り、かさかさと鳴った。長く警察官をやってきた人間には絶対に考えつかないことだった。組織犯罪対策部の人間ならなおさらだろう。名無しのターゲットが、もし鎌田翔馬の方だったとしたら。伴と伊藤は、鎌田翔馬への銃撃を暴力団の抗争と見せかけるために、彼の隣に呼び出されただけだったとしたら。

おそらく名無しにとっては、赤木組などどうでもよかったのだ。それよりも、警察の追及をかわしつつ鎌田翔馬を殺したかった。巻き添えで殺される役に伴が選ばれたのは偶然だ。たまたま鎌田翔馬の行動圏にいて、赤木組の関係者だっただけだ。伴の場合は仕事方面で人の恨みも買っているはずなので、名無しにとってはさらに都合がよかった。

「そう考えると、名無しの技術と上野の事件の結果が、すんなりと結びつくのです」海月は言った。「伴から二人分も離れた鎌田翔馬がまず撃たれたのは、彼が本来のターゲットだったからです。もちろん、いきなりヘッドショットでは疑われますから、致命傷になりうる部位を二発撃った。三発目以降は、それをごまかすために他の人間を撃った。だから、瀬尾さんは肩を撃たれただけで済んだのです。伊藤礼也は死んでもよかったので脊柱を撃った。伴一郎は死ななければならなかったので頭部を撃った。伴が死ねばそれで偽装は充分なので、八発目で冷静に銃撃をやめた」

とっさに何か言おうとしたらしい出良さんは、口許に手を当てて考え始めた。「……いや、それならある。伊藤のは確かに、『死ぬかもしれないが死なないかもしれない』当て方や。鎌田も一発ならそうやけど、あれが二発となると、ほぼ確実に死ぬ」

「名無しの行動は最初から一貫しています。殺すべき人間は殺す。そうでない人間は殺さない。どちらでもいい人間は『重体』で済ませる」

「いや、まさか……」出良さんの声に熱がこもってきた。「まさかやけど、しっくりくるで」

「出良さんから見て、いかがでしょうか。わたしのこの考えは、無理がありますか?」

「無理はない。信じられんけどな」出良さんは携帯を海月に返しながら、空いた手の拳を握った。「鎌田の線、まだ誰も考えてないやろ。大穴かもしれへんぞ」

海月と顔を見合わせ、頷きあう。

海月が牛丼屋の席順にこだわっていた理由がようやく分かった。それに、被害者の持ち物と携帯の履歴を見たがっていたのもそういうことだろう。おそらくは伴の方が、あの席に座るように誘導された。最後に電話をしたのが「覚醒剤仲間」だというなら、売人に紹介する、などの口実を設けたのかもしれない。そしてその「覚醒剤仲間」は赤木組の下っ端で、この間の襲撃により殺されている。名無しの目的は赤木組などではなく、伴を呼び出したことで鎌田翔馬の線につながる手がかりを保持したままになっていた下っ端を始末することではなかったか。

「名無しは伴を呼び出すのに協力した男を狙ったことがばれないように、赤木組の事務所にいた人間を皆殺しにしたのかもしれません」海月は眼鏡を出してかけ直し、頷いた。「木を隠すなら檻の中に隠せ、です」

森の中、である。

だが、誰もそのことは言わなかった。頭の中では急流が渦巻いている。もし海月の推理が正しければ、事件の様相が一変する。

```
    Cursor cursor = cr.query(cData, null, null, null, null);
    cursor.moveToFirst();
    dn = cursor.getString(cursor.getColumnIndex(Data.DISPLAY_NAME));
    cursor.close();
}
return dn;
```

13

夜の街を走りながら、悪夢の中にいるようだ、と思った。こういう悪夢を、子供の頃から何度か見た気がする。定番の悪夢。抽象的に暗いビル街を急いでいる悪夢。急がなくては間に合わないことを知っているのに、目的地がころころ変わってしまったり曲がりたい路地で曲がれなかったりして、どんどん間に合わなくなっていく悪夢。だが違う。これは悪夢ではない。息がこんなに苦しいし、腿や背中が汗ばんでいる。悪夢と違って信号は青のこともあるし、通行人の視線がある。だから悪夢ではない。絶対に間に合わないなんてことはない。そもそも。

走りながらそこまで考えた神崎は、そもそも、の後に続くはずの言葉が出てこないことに気付く。そもそも何だったのか。しかし全力疾走の時間が長くなりすぎ、息苦しくて思考の続きが出てこない。そもそも。

赤信号で立ち止まり、膝に手をついて荒く息をする。周囲の通行人が何事かという顔で注目しているらしいとは感じていたが、それよりも幸菜のことが先決だった。そもそも。そう。そもそも、さっきの電話が最後の電話のつもりなのかどうか分からない。幸菜が本当に死のうとしているのかも分からない。

信号が変わり、神崎は胸が内側から引きちぎられるような痛みに耐えながらまた走り出した。悪夢のように似た情景が続くメインストリートから外れ、やはり悪夢のように静まった路地を走る。この二本むこうに大きめの道があり、その道沿いにあのマンションがある。幸菜は「屋上に出られる」と言っていた。間違いなく、そこだ。

何もないはずだ、と思う。今死ぬ理由などない。彼女にとっての地獄は二年前に終わっているはずではないのか。あの時に彼女は死ななかった。だから今さら死ぬ理由などない。その理屈がただの祈りであることに気付かないまま、神崎は走る。

そして、マンションの前の道に人だかりができているのを見つける。十人程度。それならきっと大ごとではない。あの人たちは、あの子には関係ないことで集まっているに決まっている。

だが人垣の間から裸足の足が見える。見覚えのあるワンピースの裾が見える。さらに近づき、倒れている彼女が全く動かないことを認識する。

左右の人間を押しのけて駆け寄る。両目を開けたまま、血だまりの中に幸菜が倒れている。ざっと見て大きな出血がないようだからまだ大丈夫だと思い、かすかでもいい、何か生命の兆候を見つけようとして傍らに膝をつく。頭部を見て、その期待が無駄であったことを知る。

なぜ、と思う。幸菜の手から少し離れたところに、彼女の携帯電話が落ちている。かしゃり、と音がして振り返る。前列にいた数人はすぐに目をそらしたが、その間で携帯のカメラを構えていた手が引っ込むのがちらりと見える。別の方向から、再びかしゃりと音がする。振り返るが、撮った人間の姿は見えない。

撮るな。見るな。

幸菜の体を覆いかぶさるようにして隠す。周囲の人垣から、おい何撮ってんだ、という声が聞こえ、わずかにざわめきが起こる。

それから、周囲が静かすぎることに気付く。誰も救急車を呼んでくれなかったのだろうか?

かしゃり、という音が背後でする。今度は、咎《とが》める声はなかった。

神崎は絶望する。死んでいる。

なぜ。

幸菜の携帯が落ちている。神崎は無意識のうちに、それに手を伸ばしていた。

14

〈さて、上野の事件からは一週間が経ったわけですが。警察の発表では現在のところ、暴力団同士の抗争という見方で――〉

昼の報道番組が始まり中年のキャスターが正確な早口で切りだすと、高宮はテレビを切った。責められているような気がした。個室であるし、そこは高宮の勝手だ。マスコミに対して不満を言うつもりはない。今の番組だって、特に警察を咎めるニュアンスではないのだ。

だが、それもじきに変わる。「警察から新しい情報は入っていないようですが」「警察の捜査に進展はないのでしょうか」「捜査は難航している模様です」――必ず、言いだす。あれだけ派手に都内で銃を撃ちまくっていた犯人一人、なぜ捕まえられないのか。顔を晒《さら》していたはずではないか。やられた警察官は生きているではないか。それなのに何をやっている。

特捜本部は進展のない捜査に苦しんでいる。マスコミに提供すべき餌すら充分に集まっていないから、広報課の人間はプレッシャーで眠れない日々だろう。自分も似たような気分だった。犯人と直接接触した貴重な証言者であるとはいえ、もうとっくに歩けるこの体で、いつまで王侯貴族のように寝ていればいいのか。奴を取り逃がしたのは自分なのだ。失点を取り戻すため働け、と言われる方がよほど楽だ。昨日から一般病棟に移されたらしい三浦も、二、三日すれば似たような感覚になるだろう。

ベッドに腰掛け、動けない罪悪感をわずかでも紛らすため、友人に持ってきてもらったハンドグリップを握っていると、ノックとともに二人の男が入ってきた。二人とも揃ってメタルフレームの眼鏡をかけ、どことなく役人臭がする男たちだ。きびきびとした動作でベッドの脇に来て敬礼する男たちに、高宮は目礼を返す。

「おそらく、たびたび似たような用件で来られて参ってらっしゃるかと思いますが」前に立つ男がそう言いながら鞄を探り、タブレットを出した。「高宮さんに、犯人の特徴をもう一度、証言していただきたく思いまして」

「了解しましたが」高宮は二人をさっと観察した。二人とも、どうやっても目が笑わなそうな男だ。「お二人、どちらからいらしたんですか」

「警務です」

前の男は最低限の答え方をしたが、高宮はそれですぐに理解した。警務部ということは、監察官室だ。この男たちは二人とも監察官室員なのだ。

公務員においてはその不正行為を取り締まる部署として監察部が置かれているのが一般で、警察の場合は警察庁と警視庁に、それぞれ監察官室がある。彼ら監察官室員を指揮するのが監察官たちで、就くのは全員が警視以上のキャリアである。癒着を防ぐために一年ほどしか在任しないのが一般的であり、出世コースの一つであるともされているポジションであるが、実働部隊たる監察官室員にまでどこか役人臭があるのは、指揮をする監察官のにおいが移った、といったところだろう。

「まさか、今回の件……」

監察官室員の男は喋ろうとした高宮を遮り、タブレットを差し出してきた。「この画像をご覧ください。この中に犯人――名無しと似た男はいますか」

高宮が見せられているのはつまり、普段、自分たちも面割りに用いている写真台帳だった。男の視線が突き刺さり、こちらから訊いても何も答えまいということが分かったので、高宮は大人しく指示に従って証言した。名無しの情報に関しては、すでに各部の人間に散々しゃぶりつくされたのだ。隠していることなど何もない。

ひと通り高宮が証言すると、二人の男は手早く質問を打ち切り、おざなりに「ご協力ありがとうございました」とだけ言って出ていった。高宮たち刑事が、市民の目撃者に対してする聞き込みとはだいぶ違う。相手を人間ではなく、証言の入っている箱のように見ている印象があった。ろくに交番勤務をしてこなかったのか、それともすでに、監察の色に骨の髄まで染まっているのか。

高宮は溜め息をつき、古森の携帯に電話を入れた。古森はすぐに出た。

「古森さん、今、電話大丈夫ですか」

携帯電話にかけた時は常にするべきやりとりだったが、二人の間ではこれが一種の符丁になっていた。普段はそんなことは訊かず、いきなり用件に入る。話ができない状況であった場合、電話を受けた方が「かけ直す」と言って切るのだ。このやりとりを入れた時における「大丈夫」とは、こっそり話ができるか、という意味だった。

古森はすぐに答えた。

——ああ。何があった。中野の病室だよな？

「さっきですが」高宮は戸を見る。閉まっている。「監察が来ました」

——何？

「名無しの特徴なんかを質問して帰っていきました。すでに特定の線で固めている、という印象まではありませんでしたが」

そう報告して古森から「了解した」の返答をもらい、高宮は電話を切った。窓の外を見る。今日はうす雲が空を覆い、太陽の位置を分からなくしている。

……監察官室が動いているということは、名無しの正体は警察官なのか。

認めないわけにはいかない。自分でも考えていたことだった。名無しの動き。あれは軍隊か何かの格闘術かと思ったが、空手の動きにも見えた。あの蹴り。掌底。一戦交えている間に、確かに、道場で稽古をしているような印象を受けた。そして名無しは、なぜか自分を殺さなかった。三浦にとどめを刺さなかったのも、警察官だと分かったからではないか。

だが、はたして警察にあんな化け物がいるのか。高宮には知りようがなかった。

角を曲がった途端、早足で歩いてきた刑事と海月がぶつかった。簡単に弾き飛ばされて転びそうになるのをとっさに受け止め、軽いなと思いながら立たせる。ぶつかった相手の刑事とその後ろにいた相棒は二人とも恐縮して頭を下げていたが、去り際に「こいつは何だ」という目をしていたのが見えた。実際にそうだろう。黙っていれば、海月はどこかのお姫様のように見えてしまう。警察署にはいないはずの人間である。

「……びっくりしました」眼鏡を直しながら海月が感想を漏らす。「急いでいる方が多いのですね」

「ありゃ報告に戻ってきたところですね」ぶつかった二人が去った先を振り返る。「警察署の中はせかせか歩く人間が多いんで、気をつけてください」

ただでさえ視界に入りにくいのだから、と言いかけてやめる。言えばまたふくれる。

午後八時をだいぶ回っていたが、この時期の捜査本部員はそうそう上がりにしてしまうわけにはいかない。おそらくまだ大部分の捜査員が聞き込みの最中だろう。夕食時ではあるが、留守による空振りを避けるためである。もはや対象者に遠慮している状況ではなくなっているし、おそらく管理官たちは、夜遅くまで刑事たちが歩き回っているというアピールもかねてそう指示している。地域住民に安心感を与えるという理由もある。だが、特捜本部のそうした努力は、捜査に進展がないという事実を裏書きしているように見える。おそらく記者室にいる中で経験の長い者はもう気付いているだろう。警察は行き詰まっている。

先刻会っていた古森係長の口ぶりからもそれは窺えた。赤木組の線からは何も出ていない。そして目撃証言も集まっていない。もっとも、事件直後にどちら方向に歩いていった、という証言がもし得られたとしても、それでどうにかなるわけではないのだ。名無しの素性は誰も知らない。殺しを繰り返していたはずなのに、前科前歴がまるでないのだ。仮にモンタージュを作って指名手配をしたとしても、この状況ではどれだけの効果があるか。

エレベーターをやめて階段で下りることにし、向かいから歩いてきた別の刑事二人を海月がさっと避けた。廊下が狭い上に台車やロッカーが出ているので、二対二で行きあうとお互い避けにくい。海月は壁に張りつく恰好になっていた。

特捜本部の本音は分かっている。今のままでは、名無しを見つけ出すのは極めて難しい。奴が「次」でも起こさない限りは。

だが、当然そうはいかない。名無しにとっての「次」というのはつまり、市民に何人か死者が出るということだろう。それを待っていては、何のための警察か分からない。

俺たちが古森係長に上申してきたのは、それを避けるための可能性の一つだった。地取りで「後ろから」追うのではなく、名無しの計画を先に暴き、次の——本筋のターゲットの周囲で張る。つまり「前から」追いつめるわけだ。そのヒントが、出良さんに話してきた可能性だった。

壁際に寄って階段を上ってくる刑事二人に道を譲り、また歩き出す。次々と戻ってくる特捜本部員たちと逆方向に歩くのは、何か自分たちがアウトサイダーになったような感覚を俺に与えた。俺たちは逆を向いてしまっている。それで本当にいいのか。

古森係長の反応を見るまでもなく、特捜本部を動かすのは難しそうだと分かった。海月の推理を補強するような事実はいくつか挙がっている。だがたったそれだけで、これまで人員と予算を割《さ》いて進めてきた本筋の路線をひっくり返すことはできない。古森係長は「鎌田の線は確かに手つかずに近い」と認めていたが、そちらにどれだけの人員を割けるかというと難しいだろう、と答えた。組対、公安の各係長と課長、数名の管理官。そういった幹部が合議している場で、大筋の方針と全く別の捜査に人をくれと要求するのはかなり困難な作業だろう。そのくらいは、管理職をやったことのない俺でも分かる。だが古森係長は少なくとも海月の話を真剣に聞き、伴と最後に話したという組員の携帯の発着信履歴を確認したい、という海月の申し出に対し、台東署の里見巡査部長に報告させる、と約束してくれた。どうやら、高宮さんは俺たちをかなり強く推薦してくれているらしい。

もちろん俺も海月も、鎌田の線を無理に進めることはできなかった。もともと俺たちは特捜本部とは関係がなく、立石署の捜査本部からすら外された立場なのだ。上野の件の捜査には何の権限も持っていないし、それで特捜本部が動いて、外れだった場合の責任も取れない。警視庁全体をあげて取り組んでいる事件に部外者が横からちょいちょいと口出しする——他人からすればそう見える。

「難しいものですね」階段を先に下りる海月が、前を向いたまま呟いた。「わたしは、今の自分が本当に公平にものごとを考えられているのかどうか、自信が持てません」

「どういうことです」

「警視庁全体をあげて取り組んでいる事件についての画期的な視点を、わたしはたまたま見つけました」海月は前を見たままである。「わたしはたまたま自分で見つけたそのアイディアを、きちんと公平に見られているのでしょうか？　見つけたことに興奮して、自分の仮説に客観的な評価ができなくなってはいないのでしょうか」

「そいつは俺も分かりません」自分に照らし合わせても、そうとしか答えられなかった。

「ですが、どうせ俺たちは戦力外通告された身です。何もやらないよりはいいでしょう」

「えっ、戦力外通告というのは、いつのことですか」

「捜査本部にいたのに、待機命令とかいうよく分からんもの貰ったでしょうが」

「……そうだったのですか」海月は本気で驚いているようで、階段を下りながらうなだれた。「わたしはてっきり、自由に動け、という指示だと」

余計なことを言ってしまったのだろうか。前向きなのは大変よろしいのだが。

落ち込む海月の肩を叩きながら階段を下りると、一階の玄関を出たところで声をかけられた。「おい、なんでまた会うんだ」

小田桐だった。台東署の人間のような訝しむ目ではなく、どちらかというと興味深げに俺たちを見ている。

「お前ら、東四つ木の放火の方じゃなかったのか」

「そういうお前は何しに来たんだ？　特別捜査班だろう」

質問を返すと、小田桐は海月に会釈してから台東署の庁舎を見上げた。「こっちの特捜本部が人手をかき集めているだろ。近々、五強《うち》にも赤紙が来るってんで野暮用だ」

「そうか」俺の所属する火災犯捜査二係にも来るかもしれない。もっとも、その時に俺たちに声がかかるかどうかは分からない。逆に嫌がられるかもしれない。

「で、お前らの方はどうなんだ。スパイ稼業は順調か？」

「誰がスパイだ」

「特捜本部内で噂になってるみたいだぜ。捜一の古森さんだっけ？　あの周辺をちょろちょろしている可愛いのがいるって」

海月が隣の俺を見上げ、怪訝そうな顔で首をかしげた。そこでなぜ俺のことだと思うのだろうか。

「入院中の高宮さんの使いだ。伝書鳩だよ」

「違うね」小田桐はにやりと笑った。「何か上申してきたんだろ。そういう顔だ」

「お前、そういうところ鋭いよな」隣の海月は自分の顔をぺたぺたと触っている。「別に隠すことじゃないから言うが、上野の件、伴じゃなくて死んだ学生の方の線はどうかって言ってきたんだ。どうも、伴がカムフラージュかもしれないって点があってな」

「何？」上野の状況は大方把握しているらしい。小田桐の目つきが変わった。「おい、ちょっとそれ、詳しく話せ」

一応こちらの方が上席なので、俺は海月に目線で許可を求めた。海月は黙って頷いた。

駐車場の隅に移動して立ち話になった。街路灯の光が届かない暗がりである上、冷え込みが厳しくなってきたので三人とも首をすぼめての話である。あまりまっとうな雰囲気でないように見えたし、噂の台東署から出てきた刑事がこんなふうに話しているところをマスコミ関係者にでも見咎められたら面倒だと思ったが、幸いにしてそういうことはなかった。単純に寒いということもあるし、本命である特捜本部員の「出待ち」にはまだ早い。記者の姿は少なかった。

普通に考えれば突飛な話に聞こえてもおかしくなかったはずだが、聞いている時の表情に目を凝らした限りでは、小田桐は俺が説明する海月の仮説を真剣に検証しているようだった。あるいは、特捜本部という「内部」にいないことが、小田桐にある種の公平な態度をもたらしているのかもしれなかった。

「……なるほどな。確かにぶっ飛んだ話だが、絶対にありえないとは言えない」

話を聞き終わると、小田桐は頷いた。「どうでもいいがそれ、お前が考えたのか？

それともこっちの海月警部か」

俺は黙って海月を見る。

「へえ。可愛いだけじゃなくて面白い頭してるんだな」小田桐は変な言い方をした。「まあ、いい。うちのボスにも伝えとくよ。特捜本部に加わる前でも後でも、もしかしたら俺たちがそっち方面に当たれるかもしれないしな」

「頼む」

俺がそう言うと、小田桐は呆れ顔になった。「設楽、お前ちょっと人が良すぎるぜ。五強《おれたち》が手柄かっさらっちまったらどうするんだよ」

「好きにしてくれ。もともと俺たち二人だけじゃどうにもならないんだからな」

小田桐はすぐには答えず、ほう、と漏らして俺を見た。

「……お前、なんか変わったな」

「そうか?」自覚はないのだが。

「お前ってさあ、昔はもうちょっと出世欲あったんじゃなかったか?」

「今もあるよ。人並みには」

できなくなっただけだ、とは言わないでおいた。俺の書いた始末書の数を小田桐が聞いたら、桜田門の警視庁本部庁舎より高くぶっ飛ぶだろう。

「ふうん」

小田桐は俺をひと通り観察し、海月と見比べた後、じゃ、何か分かったら俺のとこに連絡しろよ、と言って去っていった。俺たちも背を向け、台東署を出る。鎌田翔馬の線を洗うにあたって、要点整理をして優先順位を決めなければならなかった。

だが、駐車場の入口のところで海月が振り返った。

「警部、どうしました」

「設楽さん、あの小田桐さんなのですが」海月は後ろを見ている。小田桐のことらしい。

「あの人は……」

俺は次の言葉を待ったが、海月は「いえ」と言って沈黙した。

海月が喋るのを待つか、それとも何事なのか訊いてみるか、と悩んだところで、仕事用の携帯が鳴った。

――もしもし設楽くん？　今、どこで何やってるの？

電話は麻生さんだった。「いや、ちょっとよそにいるけど」

台東署にいる、とは言いにくい。麻生さんは「そう」とだけ言ってそれ以上は訊いてこなかった。

――それより立石署《こっち》の捜査本部、盛り上がってるよ。現場付近で不審者が捕まったから。

電話機を握り直す。「本当か」

――事件時、東四つ木の近くで携帯で話してたやつがいるの。山口《やまぐち》とかいう学生。

「携帯で……」

東四つ木の放火では、携帯電話が発火装置に使われていた。しかし、事件時に現場付近でたまたま通話していたというだけでは逮捕はできないだろう。「……そいつ、何か持ってたのか？」

――いいえ。遺留品の発火装置の方から分析結果が上がったの。使われてた電話機、フラッシュメモリは焼けてたけど、じっくり分析したら生きてるデータがサルベージできたみたい。着信履歴が出たんだって。

「それが、捕まったそいつだったと？」

――ええ。たぶん、決まりでしょうね。

俺の横にくっついて通話の内容をアナログ式に傍受していた海月は、自分の携帯が鳴っているのに気付いて離れた。

麻生さんはすでに一段落、という声になっていた。

――取調は双葉さんがやってる。被疑者《マルヒ》、気が弱いみたいだから、もう落ちたも同然ね。

火災犯捜査二係の双葉巡査長は体がでかくて顔に凄味がある一方で、笑うと途端に恵比寿顔になる。これを利用して硬軟使い分ける手口は非常に強力で、これまで完黙の被疑者を何人となく落としている。双葉さん自身が被疑者を落とすことを趣味にしているようなふしもある。某国の工作員ならいざしらず、そこらの学生など赤子の手を捻るがごとしだろう。

「了解。教えてくれてありがとう。俺たちは外された身だから『おめでとう』と言うしかないけど」

――設楽くんは祝宴に交ざれるほど厚かましくないか。ま、明日でも飲みましょうか。

「いや、嬉しいけど今はちょっと無理そうなんだ、これが」俺は海月を見た。海月は無表情になり、電話の相手とやりとりしている。誰だろうか。

――無理って、今、何やってるの？

「それこそ明日にでも話す。じゃ、事務作業頑張ってくれ」

――ああ、忘れてた。……帰りたいわ。

書類仕事が嫌いな麻生さんが嘆息しながら電話を切ると、海月もちょうど話が終わったらしく、こちらに戻ってきた。

だが、その表情は電話を受ける前とは違っていた。頭の中に何か重いものを入れられたかのようだ。

「警部、どうしました？」

「台東署の里見巡査部長から早速連絡がありました。伴に最後の電話をかけていた、阿《あ》部《べ》という赤木組の組員ですが」

「……はい」携帯をしまって向き直る。聞き流してよい話ではなさそうだ。

「阿部の携帯電話に残っていた発信履歴のデータが、キャリアに残っている通話履歴と一致しませんでした。まさか、とは思ったのですけど」

海月の言っていることがどういうことなのか、俺にはすぐに理解できなかった。「どういうことです？　つまり……」

「つまり、阿部の携帯電話のデータを誰かが消した、ということです」海月は俺の目を見て言った。暗がりでよく分からなかったが、その目は全力で事態の深刻さを伝えようとしているようだった。「そして消されていた発信履歴というのは、あの最後の、伴一郎に対してかけていた部分です」

　海月の言っていることを頭の中で整理しようとして、うまくできないことに気付いた。誰かが阿部の携帯の発信履歴を消した。伴に電話したところだけだ。だとすれば、やはり阿部が伴を呼び出してあそこに座らせた、ということだろうか。だが。

「……しかし、何のために発信履歴を消したんでしょうね。警察の捜査ならキャリアの通話履歴を調べるから、電話機のデータを消しても意味がないですし」腕を組んで考える。「それとも、伴を呼び出したことを赤木組の誰かから隠すためですか？　伴の殺害に噛んでるとばれたら殺されるでしょうし」

「いいえ。もし赤木組に疑われた時のためだというのなら、本人が自由に消せる発信履歴のようなものを消しても意味がありません。むしろ、履歴を消していることで犯人だとばれかねません」

「確かに」俺は唸らざるを得ない。

　だとすればどういうことだろうか。そもそも、携帯の発信履歴を消す目的というのが今ひとつ思いつかない。阿部は伴に電話をかけていたことを、一体誰から隠したかったのだろう。隠すべき相手は確かにいるが、その相手は皆、発信履歴を消した程度ではごまかされない連中ばかりだ。

「設楽さん。さっきの、麻生さんからのお電話ですが、わたしも聞いていました」

「はい」あれだけ接近されていれば知っている。

「その内容と合わせると、一つの仮説が考えられるのです」海月の表情が曇っている。

「とても危険な仮説です。偶然かもしれないことです。ですが……」

俺は黙って聞いていた。海月がこういうふうに何かを思いついた場合、往々にしてそれが重大な結果をもたらすことを、俺は経験で知っている。

「設楽さん、夕食をいかがでしょうか？」

どんな重大発言が来るのかと身構えていた俺は、すぽんと脊椎を抜かれたような気分になった。何か重大なことに気付いたのではないのか。

「警部、さっき牛丼食ったじゃないですか」

「もう一度、落ち着けるお店に行きましょう」海月はごそごそとコートの内側を探り、名刺入れを出した。「ただ、ご一緒したい方がいるのです。よろしいですか？」

「……はあ。それはもちろん」

海月と組まされてから、それなりにいろいろと経験を積んできた。だが、未だに彼女の頭の中はよく分からない。お花畑が広がっているのか超精密な回路が組まれているのか、それとも銀河系を超越した『２００１年宇宙の旅』的超世界が広がっているとか、そういうものなのだろうか。

15

入った店は予想よりずっと古風な雰囲気の居酒屋だった。店内は暗く、テーブルや椅子は使い込まれて朽ち始めたような木組みである。カウンターの奥だけでなくフロア周囲の壁にも日本酒のボトルがずらりと並んでおり、調理場からは店主が串を焼く野性味溢れた匂いが漂ってくる。意外だった。この人の行きつけの店というと、もっとつるりとして洒落たカフェか何かだろうとイメージしていたのだ。

案内してくれたのは以前、海月がさらわれた時に世話になった、株式会社ライトスタッフカンパニーの楠野《くすの》蓉子《ようこ》さんである。店主と短い会話を交わし、注文の際も俺が聞いたことのない日本酒の銘柄を挙げて店員に尋ねていたから、本当に行きつけの店なのだろう。

午後九時過ぎという時間帯でもあり、店内の席はほとんど埋まっていて、俺たち三人はぎりぎりカウンターに座れた。六本木の路地の地下であり、看板もごく控えめにしか出していない店であるから、あるいは知る人ぞ知る名店なのかもしれない。実際に、頼んだ串の盛り合わせは牛丼がまだ七割がた胃に残った状態でもうまいと感じられた。素材もいいし焼き具合も丁寧である。

猪口《ちょこ》を傾けていた楠野さんがひょい、と前かがみになり、間に挟まる海月越しに言う。

「設楽君は飲めるみたいだけど、こういうお店はあまり来たことがないの？」

「いえ、意外だなと思いました」俺の目の前にも「男山」の徳利があるが、楠野さんに会う前、海月に「まだお仕事が続くかもしれませんから、控えめにしてくださいね」と言われているので、まだ半分ほどしか空けていない。「純和風の店ですね。日本酒がお好きなんですか」

「ここは出てくるものがおいしいしね」楠野さんの方はわりと速いペースで飲んでいる。「働く独り者の息抜きっていうと、こういうとこになるのよ」

うるさい店ではないから納得はいく。もっとも俺たち平刑事の給料では、まず「安く飲める店」という条件で大部分の店が足切りされてしまうのだが。

「それでですね、楠野さん。続きを伺いたいのです」ノンアルコールがそれしかないこともあり、海月は終始一貫してウーロン茶を頼み続けているのだが、なぜか頰が赤くなっている。「パソコン向けのウィルスができることはスマートフォンのアプリ向けでもできる、ということになりますと、現実にすでに、パソコンの場合と同じような手口があったのでしょうか？」

「まだ、ひどい話は聞いていないかな。PCの方はMS‐DOSの時代からウィルスとの戦いの歴史だったから、スマートフォン普及期は随分警戒された。PCと同等、あるいはそれ以上のレベルで流行るんじゃないかってね。でも結果的には、少なくとも今のところはそうなっていない」楠野さんは頭の中を検索する様子で視線を上に向けた。

「実際、流行りのアプリにおかしなものが含まれている可能性はまずないでしょうね。何万DLっていう人気アプリは看板商品なんだから、広告費も桁違いにつぎ込んで社運をかけたプロジェクトになる。当然中身のチェックも厳しいし、よほどいいかげんな会社でない限り悪戯をする余裕なんてない。それに、OS提供側がアプリを承認制にしている場合はまず怪しげなものは流行らないでしょう。あそこの審査、無駄に厳しいのよ。どうでもいいいちゃもんで何回突っ返されたことか」

その時の恨みがあるのか、楠野さんはぐい、と猪口を空けた。海月が優雅な手つきで徳利を取り、注ぎ直す。

「ありがと。……まあ中国のとか、正規のアプリストア以外で入手したものには怪しげなのもありそうだけど。でも、そういうのはたいして流行らないし、流行ったらその時点で危険性も伝わる」

「アプリに入っている以外に、マルウェアを送る手口にはどんなものがあったのですか？」

「小規模な感染ならいくらでもあるわ。セキュリティ意識の低い人間は驚くほど低いから、たとえば『通話料を無料にするアプリ』なんていう、本当だったら違法なものでもほいほい落とす。あとはファイル交換ソフトとか、ＳＮＳを介して落とした怪しげな画像にマルウェアが仕込んであるとか」

「すみません。俺はまずその『マルウェア』っていう単語からついていけないんですが」

「『悪意あるソフトウェア』のことです。要するにコンピュータウィルスのことですけど、『ウィルス』という単語は本来自己複製機能を持つプログラムを指すものなので、現代ですとそれに当てはまらないものが多いんです」楠野さんより先に海月が言い、俺の頬を指でつついた。「もう設楽さん、そのくらい知っていていただかないと困りますよう」

「すみません」こいつ酔っているな、と思ったが黙っておく。

「あれ？　海月さん、ずっとウーロン茶よね？」

「いえ、この人すごい下戸《げこ》でして。周囲で他人が飲んでるとそれだけで酔うんです」

「大丈夫なの？」

「もちろんですよう」海月が拳を握ってみせる。「近代オリンピックの開催地、全部言えます」

俺は言えない。

「それよりも楠野さん。さきほどのお話です」海月は袖を引っぱらんばかりになって催促する。いきなり夕食をなどと言いだすからどういうことなのかと思ったのだが、どうも海月は、いろいろと楠野さんから聞いておきたい話があるらしかった。つまり、仕事である。「つまり携帯電話の場合、感染能力の極めて高いマルウェアを開発してパンデミックを起こす、という手口は考えにくいわけですか？」

「ＰＣの流行時代にあったような、とにかく高性能で画期的なワームを作る、という手口はもう流行らないでしょう。〈LOVELETTER〉とか〈CodeRed〉とかいったものは、マルウェアがまだ遊びであった時代の精神によって作られたものよ。現代のは完全にビジネスだもの。金庫の中の現金を盗むかわりに、ハードの中の情報を盗む」

そういえば、コンピュータウィルスの作成・頒布《はんぷ》事件に関しては、最近は暴力団絡みばかりになっていると聞く。目的が金だとはっきりしているのだ。

楠野さんは少しも酔わない様子で言う。

「そのせいもあって、巧妙なのは減ったわ。最近の事例は、マルウェア自体はひどく単純だったり、有名なものの模造品であったりする。そのかわりに、やたらと数をばら撒いたり、大衆が興味を持ちそうなタイトルをつけていたりする。百万件ばら撒いて、そのうちの最もセキュリティ意識の低い１％が引っかかれば一万台のボットネットができるし、商売としても成り立つもの。そして『セキュリティ意識の低い１％』というのは、本当におそろしく低いのよ。知らない電話番号からいきなりかかってきた電話で『銀行の者です』と言われれば、その場で暗証番号を答えてしまうレベルなの」

「スマートフォン普及期はひどかったようですね。普及率が五割弱に達した二〇一二年末の段階で、スマートフォン向けのセキュリティソフトを導入していないユーザーが半分近く。そのうちの何割かは、スマートフォン向けのセキュリティソフトというものの存在すら知らなかったようです」海月はウーロン茶のグラスを指で撫でた。「現在では改善されていると思いますが、それでもまだ十人に一人はそのままかもしれません。そこを狙うわけですね」

「でなければ標的型攻撃ね。機器のセキュリティをきちんとしていても、携帯電話を電車の隣の席から覗かれて暗証番号が漏れる危険はある。もっと巧妙なものなら、たとえば」楠野さんは自分の携帯を出してカウンターに置いた。「携帯には加速度センサーがついている。だから、こうやってPCの隣に携帯を置いておくだけで、机を伝わる振動を感知してキーロギング*ができる。だけど、個人情報を扱う人間の全員がそこまでのことを警戒しているとは思えない」

横で聞いている俺には驚くような内容だった。だが確かに、興信所の人間は普通の市民相手なら、一週間あれば住所や電話番号から行きつけの店、夕飯の内容まで調べ上げ

＊　その名の通り、どのキーがどの順番で押されたかを記録することで暗証番号などを知る手法。情報機器の内部には必ず「過去にどの順番でキーが押されたか」を記録する機能があるので、通常はそのデータを盗む。

る。そうやって得た情報をもとにターゲットを尾行すれば、後ろからちょっと端末を覗いたりしてウィルスを仕込むチャンスなどいくらでも見つけられるのかもしれない。

海月と楠野さんはその後は普通の雑談をしていたが、海月は「聞くことは聞いた」ということなのか、わりと早めに勘定にし、楠野さんに頭を下げた。「ありがとうございます。大変、参考になりました。こちらのお支払いはわたしたちにさせてください」

「あら、経費で落ちるの？　なら遠慮なく」楠野さんは笑った。「普段、嫌というほど税金で持っていかれてるんだし」

「はい。そうさせてください」

海月は頷いたが、無論こんなものは捜査費用にならない。とはいえ、この間に続いて世話になっているのだ。この程度なら自腹を切る覚悟はあった。

「まあ、また訊きたいことがあったら連絡して」楠野さんは気軽にそう言ってくれた。「私の仕事用じゃない方の携帯を教えとくわ。設楽君、赤外線通信はできる？」

「はい」さすがにそれはできる。

とはいえ、忸怩《じくじ》たるものもあった。犯罪がハイテク化していくのに、いくら火災犯捜査とはいえ知識が足りなすぎた。

店を出ると、楠野さんはやはり少しも酔っていない様子で地下鉄の駅の方を向いた。

「じゃ、海月さんをちゃんと送り届けてね」

「大丈夫ですよう。わたし、酔っていませんから」

そう言ったそばからガードレールに激突しそうになった海月の手を摑んで止める。

「警部」

「おかしいですね。世界が不安定です」

「あんたが不安定なんです」足取りが怪しい。

「困りました」海月は俺の腕を引っぱったりしながら言う。「まだお仕事なのです。川萩さんのところに行かなければ」

「今からですか」

だが、容疑者が逮捕されたばかりだ。係長はまだ捜査本部に詰めているはずだった。ポケットから携帯を出すと、楠野さんに会っている間に現状報告でもしてくれたらしく、麻生さんからのメールが二件、届いていた。

「じゃ、係長には俺が説明します」夜とはいえ、酔っぱらって捜査本部に顔を出したりしたらそれこそ大目玉である。俺はまだほとんど酒が回っていないから、どこかのドラッグストアで口臭防止のタブレットでも買えば、酒臭くもなくなるだろう。「一体何ですか。急いで話すべきことですか？」

「もしかしたら、そうかもしれません」海月はふわふわと体を揺らしながら言った。

「東四つ木の放火と上野の銃撃は、つながっているかもしれないのですから」

※

小出浩史《こいでひろし》が電車内の心地良い揺れと座席の暖かさにうとうとしていると、隣の座席にどすんと飛び乗った何かがいた。目を開け、まずは車内の電光掲示板を見て乗り過ごしていないことを確認してから隣を見ると、小学生と見える男の子が座って携帯電話を出していた。学校指定のものらしい紺色のコートに、灰色の帽子をかぶっているのが可愛らしい。小出が育った地方では私立の学校に通うために電車に乗る子供など皆無だったから、東京のこうした光景には未だに違和感がある。一人で電車に乗せるのが不安で、同郷の妻も「私立にこだわることはない」という意見だったので、二人の息子はどちらも地元の公立に行かせた。それで特に問題があったというわけでもないようで、上の子は高校に、下の子は中学にそれぞれ進学し、グレたりいじめられたりすることもなくやっている。成績の方は「中の中」以外の何物でもないようだが、父親である小出だって会社でその程度の存在なのだ。自分が人並みの努力しかしてこなかったのに、息子たちに「他人より努力しろ」などとは言えない。

子供が操作している携帯の画面がちらりと見え、おやと思った。子供は熱心にゲームをしていた。小出もやっているゲームだ。ファンタジー世界の「魔物使い」になり、良い魔物を操って悪い魔物を倒す。五百万ダウンロードとか謳《うた》って、最近はテレビＣＭも盛んに見る。そういうものを見ると、今「アツい」業界なのだろうなと思う。現にこんなおっさんまで熱心にプレイしている。

画面から垣間見える情報から、隣の子供はやり始めてそれほど間が経っていないことが分かった。それを見て、「おじさんもそれ、やってるよ」と話しかけてみたくなった。小出の方が先に進んでいて、強い魔物もいいアイテムも持っている。最近のゲームは通信機能がついていて、プレイヤー同士が交流したり、お互いに助けあったりできる。この子のIDを聞けば、小出の持っている珍しいアイテムを分けてあげられるし、この間のアップデートで手に入れた最新の魔物も貸し出せる。子供はそういうのは喜ぶものだ。が、隣席の子供は電車が次の駅に着くと、ぱっと立ち上がり、携帯の画面をちらちらと見ながら降りていってしまった。ああそうか、と思う。長々と遊んでいる時間などないのだ。最近の子供は忙しい。小出が子供の頃は、時間はもっとゆっくり流れていたし、子供は一つのことにもっと集中していたように思う。

とはいえ、現在の小出も、電車に乗れば携帯を出し、昼食の後に携帯を出し、隙間の時間を携帯電話に向きあって過ごしていた。もともとテレビゲームは好きだったし、当時としては珍しく、親が理解を示してくれたことも手伝って、ゲームばかりやっている子供だった。現在の妻と交際している時はそのことを隠していたし、実は今でも隠している。子供たちもそこまで熱心ではないから、家にあるゲーム機は十年前に買ったもので、今では下の子が時々、思い出したように引っぱり出すくらいだ。小出が一番熱心だと言って間違いない。

ゲームの中の世界では、小出はけっこうな英雄だった。世界各地の悪い魔物を退治して町の人からはありがたがられている。ゲームの中のキャラクターだけでなく人間にもありがたがられている。通信機能を使って新人の魔物使いに珍しいアイテムを分けてあげたり、苦戦している他の魔物使いのところに援軍に駆けつけたりしているのだ。他のプレイヤーの大半が自分の利益にならない交流はしない中で、気前よく初心者を助けて回っている小出は貴重な存在として、一部で名を知られていた。そんなふうにしてちょっといい気分を味わっている自分を、小出は時々恥ずかしく思う。この歳になってまだ架空の世界でヒーローになるのが楽しいとは、随分と子供っぽいことだ。

子供の頃からずっと、いきなり現れた悪者をとっさにやっつけてヒーローになる、という想像をしていた。刑事ドラマやアクションヒーロー、漫画も随分読んだ。道で可憐な少女がチンピラにからまれていたら。体育館の裏でひ弱な級友がいじめられていたら。過激派が学校を占拠したら、自分が犯罪者を取り押さえるのだ。平凡ないち生徒だと思われていた自分がとっさに活躍し、周囲の皆が驚くのだ。

想像の中では、小出は強かった。見た目は普通の男だが、想像の中の小出は、実は幼少の頃から古武術をやっているのだ。そこらの不良など、五、六人までなら一人で相手できる。相手の力を利用してひっくり返す。最小限の動きで関節を極《き》める。だが怪我はさせないよう手加減する。小出の技は他人を傷つけるためのものではない。本気でやったら殺してしまう。

進学し、就職して大人になっても、その想像は形を変えて残っていた。武装した銀行強盗に遭遇したら。乗っている飛行機がハイジャックされ、エンジンが爆破されて飛行不能になったら。子供の学校に刃物を振り回す男が乱入したら、古武術をやっている方の小出は颯爽《さっそう》と息子を助ける。息子も子供なりに協力してくれる。

そういう想像を膨らませた後は、必ず理性の揺り戻しがきた。自分で自分を馬鹿だと思う。幼稚だと思う。現実の自分は何もやっていない。颯爽と他人を助けてヒーローになりたいとか、悪者をやっつけられるように強くなりたいとか本気で思うなら、ゲームなどしていないで警察官や消防士を目指せばいいのだ。災害派遣に出る自衛官。不審船と戦う海上保安官も現実のヒーローだ。彼らはタフで、恰好いい。自分はただのサラリーマンだった。大学時代、警察官採用試験を受けようと考えたこともあったが、話を聞くにあまりにきつそうで、運動の苦手な自分には絶対無理だと思った。現在では古武術どころか、運動不足で腹が出ている。

電車が駅に停車し、数名が降りて数名が乗ってきた。

その中に、わずかに足を引きずっている若い男がいることに、小出は気付いた。手すりを摑み、手の力でなんとか体を支えながら車内を移動している。空いた座席を探しているようだったが、車内にはすでに立っている客が十名以上いる。

若い男は動き出した電車の揺れが辛いようで、ふらつきながら手すりを力一杯摑んでいる。

譲ろうか、と思った。声をかけて、こちらにどうぞ、と言えばいい。自分は元気で、それどころか運動不足なのだ。

だが、若い男はふらふらと歩き、小出の方には見向きもしないまま前を通り過ぎ、連結部のドアを開けて隣の車両に移動していった。一見しただけでは怪我人には見えにくかったからだろう。優先席に座っている人間たちは誰一人、席を譲ろうとしなかった。

小出は溜め息をついた。声をかけそびれた。

だが、仕方がない。こちらを見てくれれば声をかけられたが、その機会がなかった。それに自分の座っている席はロングシートの真ん中で、あまり楽な場所ではない。そもそも、優先席の人間がまず譲るべきではないか。まあ、隣の車両にはまだ空席があるかもしれなかったし、自分が譲らなくてもあれだけ辛そうにしていれば誰かが譲るだろう。自分が譲らねばならない理由など何一つない。それに、本当に辛いのだったら、むこうから声をかけてくるはずだ。そうしなかったということは、大丈夫なのかもしれない。

向かいの窓に貼ってあるメイク落としの広告を見ながら、小出はまた溜め息をついた。自分はどうして、たったこれだけのことにこんなにずらずらと言い訳を並べているのだろう。いや、それ以前に、自分はどうして声をかけられなかったのだろう。立ち上がって「どうぞ」と言うだけでよかったのに、とっさにはそれもできなかった。

小出は言い訳がましく考える。男の子はみんなこんなものだろうし、内面では、男はみんな「男の子」のままだ。いつかヒーローになる機会が降ってくるのを待ちながら、現実では電車で席を譲ることさえできない。これが普通の人間なのだ。

小出は思う。だから、悪くない。あの時、あの人たちを見ていながら何もできなかったとしても、自分の力では仕方がない。普通の人間は、現実ではこんなものなのだ。

16

「……遠隔操作だと？」

デスクに座った川萩係長が俺を見上げる。四角い背中をやや丸め、二割くらい「メンチを切っている」という雰囲気の混じった表情になっているのは、待機命令を出されたはずの俺と海月が勝手に動き回り、台東署の特捜本部までついてきた、という事実に対しての怒りだろう。

「海月警部の意見です」

肘に手が触れる感触を覚えて隣を見ると、海月はふらつくのをこらえるため俺の袖を摑んでいた。見ているうちにひくりとしゃっくりをする。お願いなので、酔っぱらっていることがばれないようにしていただきたい。「その、自分が台東署に行ったのは、顔見知りの、六係の高宮巡査部長に頼まれてのことでして、決してその、勝手には」

「要するにお前ら、山口がシロだって言いたいわけか」

「……その可能性が存在する、と思料します」いいえと言うわけにいかない以上どういう言い方をしても棘《とげ》があるのだが、仕方がない。

立石署の会議室に戻り、酔いがまだ回っているらしき海月を隠しながら川萩係長に報告したのだが、意外なことに、勝手に台東署の事件に首をつっこんだことを怒鳴るかと思った係長は、俺たちの報告内容について先に言った。

「山口は悪戯で発火装置を作って仕掛け、犯行時は結果が気になって近所をうろついていた。電話の着信履歴を調べられることまでは考えていなかったか、発火時にフラッシュメモリが燃えちまうから大丈夫だとたかをくっていた。だから捕まった」係長の声が低くなった。「それじゃ不満か」

「いえ、妥当な線だと思います」俺は即答した。「ただ、その、可能性として」

「そういうのは俺たちが考える。お前らはよそにちょっかい出してる暇があったら、近所の一軒でも聞き込みに行ってこい」

俺は頭を下げた。だが、妙だなと思っていた。普段の係長なら、ここでもう雷を落としているはずだ。それなのにまだ小雨程度にしかなっていない。まさか持病の痔が悪化して元気がない、などというわけではないだろう。これは、つまり。

「可能性としては、まあ考えられる」係長は腕組みをし、背もたれに体重をかける。安物の椅子が絞められる家禽《かきん》のような音をたてた。「だが、全く根拠がないぞ」

その言い方で分かった。捜査本部、少なくともこの川萩係長は、逮捕された山口という学生が本当に犯人なのかどうか、疑い始めている。

入ります、と声がしてドアが開く。双葉さんのでかい体がぬうっと現れた。「お、設楽。お前ら何やってんだ？」

俺は海月がふらつかないよう気をつけながら敬礼した。「ご苦労さまです。山口の取調に当たられていたんですよね」

「おう」双葉さんは俺と海月を見比べ、困ったような顔を作った。「いいなお前らは。こっちが被疑者と根比べしてる間にしっぽりデートか？　どこのホテルだ」

口調のわりに怒ってはいないらしいと分かる。皆、休みは欲しいが捜査から外されたくはないので、俺たちはどちらかというと憐《あわ》れまれているようだ。

「台東署です。上野の事件とこちらの件、関係がある可能性があるようなので」

「あの辺だと湯島あたりか。最近は処女でも怖くならないようなホテルもあるそうだからな」

「双葉さん、奴はどうだ」俺たちの無駄話を遮る形で係長が訊く。「まだだんまりか」

「逆ですよ。野郎、ぴいぴい泣きやがって」俺たちが横にどくと、双葉さんが係長の前に立った。「しかし『知らない』の一点張りです。『ガサでもなんでもしてくれ』だそうで」

「その家宅捜索《ガサ》が済んだ。大外れだ。何も出やがらねえ」係長はまだ腕を組んだままだが、何かを考え始めた様子である。「どうも野郎、怪しいな」

双葉さんも考え込む顔になって頷いた。「私もそう思いますね。かといって、他に当てもありませんよ」

双葉さんは意外なほどすんなりと頷いた。この人は所轄時代から無数の被疑者とやりとりをしてきたそうだから、経験と勘で、犯人かどうかおおよそ分かるのだろう。そして今回の山口という学生は「違う」と感じた。

「その『当て』を海月警部がご指導くださったぞ」係長が海月を見る。やはり何割かは勝手にやったことに怒っているようで、鼻孔《びこう》が広がったままである。「山口の野郎、携帯をコンピュータウィルスで遠隔操作されたのかもしれん」

「遠隔操作。……携帯電話でもできるんですか」

「だそうだ」

係長と双葉さんは沈黙した。

やはり二人とも、ベテランの警察官である。「遠隔操作」という単語は当然のことながら、二〇一二年のパソコン遠隔操作事件を思い出させる。警視庁だけでなく神奈川、大阪、三重の各府県警までが大恥をかかされたあの事件は、警察官にとっては一種のトラウマになっている。

係長に目で促され、俺が双葉さんに言う。

「そうだとすれば、被疑者の行動の不自然な点に説明がつきます。携帯電話の端末はもともと火に強い。発火装置まで作った犯人が、どうせ内部のフラッシュメモリが燃えてくれるだろう、と思って発火装置となる携帯に自分の携帯からかけた、というのは考えにくいです。そもそも、ばれないようにするなら公衆電話からかければ済む。それに、LED電球型のカメラまで調達して仕掛けていたのに、自分が現場付近に来てしまうのは奇妙です」

「要するに、あの山口は『人形』か」双葉さんも腕を組んだ。「だとすると、奴をいくら叩いても何も出ない」

「いいえ、可能性はあります」俺の横でふわふわしていた海月が口を開いた。「犯人が山口さんの携帯に遠隔操作用のトロイプログラムを仕掛けたというなら、何かその痕跡があるはずです。最近何か、不審なものをダウンロードした、ですとか」

「あるいは、山口がスケープゴートになったのは偶然でないかもしれません」海月に喋らせていると呂律《ろれつ》が怪しいのがばれそうなので、俺も言った。「山口の周囲に、そういうことをやりそうなやつがいるのかもしれません。山口が最近そいつと喧嘩したか何かで、腹いせでターゲットにされた、といった可能性もあります」

「おい。どうでもいいが千波ちゃん大丈夫か？　海月《クラゲ》みたいになってるぞ」双葉さんは俺を見て呆れ顔を作った。「お前、そんな足腰立たなくなるまでやったのか」

係長が言った。「双葉さん、やり方を変えてくれ。山口からは、周囲の怪しいやつを訊き出す。それと携帯の任意提出だな」

「了解です」双葉さんは敬礼した。「奴の言い分を聞いて容疑を外してやる形になるんです。たっぷり恩を着せながらやれば楽勝ですよ」

本当に冤罪《えんざい》だとするなら問題になるようなことを言い、双葉さんは意気揚々と出ていった。

「夜の会議がこれからだ。俺たちは、山口にウィルスを仕込んだやつを探す方針に変える」係長は俺たちをじろりと見た。「お前らは出るな！　酔っぱらいが座ってちゃ士気に関わる！」

俺は肩をすくめた。結局、ばれていた。考えてみれば、いくら楠野さんにリラックスしてもらうためとはいえ、飲まないで済ませることもできたかもしれないのだ。

「だが、もう一つ教えろ」そう発言すること自体が面白くないらしく、係長は便秘のような顔で唸った。「上野の件とこっちが関係してるってのは、どういうことだ」

「は」俺は敬礼するしかない。「ただそれは……まだ、可能性ですが」

「だからその可能性を訊いとるんだ」

「はい。……上野のマルガイ、伴《ばん》の方ですが、電話であの店に呼び出されたようなのに、呼び出したとみられる阿部という組員の携帯のメモリから、その電話の履歴が消されているんです」

「……何？」係長の片眉が上がる。

「伴を呼び出したことを警察に対して隠すために阿部がそうした、というなら、履歴をわざわざ消すのは逆に怪しまれて危険です。赤木組に対して隠す場合もそうでしょう。

発信履歴がないから、なんていう理由でヤクザが疑いを解いてくれるとは思えませんし、当日の伴には同行者がいました。同行した伊藤が『伴が阿部からの電話を受けていた』と赤木組に注進するかもしれない。そうなったらやはり、履歴を消していることはマイナスにしかなりません」

　というのが海月の意見なのだが、本人はふわふわしているため、俺がかわりに言った。

「本部の見立て通り阿部が伴を呼び出したと考えると、履歴が消されていたという事実が浮きます。やはり、第三者による何らかの関与があった可能性が」

　係長はまだ黙って聞いている。俺が話していることの結論に予想がついたのかついていないのか、それは分からない。

「ですが、もし阿部の携帯が遠隔操作され、真犯人《ホンボシ》が阿部の携帯を使って伴を呼び出したというなら、履歴が消える理由があります。遠隔操作して電話をかけさせれば、身に覚えのない発信履歴があることを阿部自身に気付かれるかもしれない。仮に気付かれたとしても阿部がそれを赤木組に言うとは思えませんが、万一ということもあります。それにそもそも、阿部本人が、自分の携帯に知らない発信履歴があることを不審に思ってすぐに伴に電話をかければ、阿部を装って牛丼屋に呼び出すという犯人の計画が失敗してしまう」

「……つまり阿部も、遠隔操作された人形ってことだな」係長は唸った。「だとすると、ウィルスの出どころが同じかもしれんな。東四つ木《こっち》の放火《アカ》だけでなく、上野の真犯人《ホンボシ》についても何か得られるかもしれん」

可能性ですが、と言おうとしてやめた。係長はそのことを理解した上で悩んでいる。海月からこれを聞いた時は背筋が冷えたが、今も俺は、体の表面に鳥肌がたっているのを感じていた。この部屋の暖房の効きが悪いだけが理由ではないだろう。

「……よし、やるぞ。管理官は俺が黙らせる」係長は頷いた。「ウィルスの線から、その遠隔操作野郎をあぶり出してやる」

後で考えてみれば、酔っぱらった海月は捜査本部にとって救いの女神だったのかもしれない。せっかく逮捕した山口が外れらしいと分かり、捜査本部は道を見失いかけていたのだ。

麻生さんから聞いたのだが、早速その日から、新しい捜査方針について発表がなされたらしい。山口が最近携帯で怪しいファイルを落としていないか。山口の周囲に怪しいやつはいないか。聞き込みと携帯電話の分析が始まった。

だが、捜査はすぐに壁に突き当たった。

双葉さんが根気強く調べたにもかかわらず、山口本人には心当たりが何もなかった。山口の携帯は分析にかけられたが、仕込まれていたはずのトロイプログラムは綺麗に削除されてしまっており、二日、三日と経過しても、どこからどのタイミングで送られたものなのかは不明なままだった。上野の件については里見巡査部長が報告してくれたが、鎌田《かまた》翔馬《しょうま》の周囲に、犯罪につながりそうなものは何も出なかったのだという。鎌田翔馬は犯罪のにおいのないただの大学生であり、素行はむしろ優良と言っていいほどで、怪しげな人間たちとのつきあいも見つからなかった。

だとすれば、名無しはなぜ鎌田を殺したのか。それとも、海月の推理はもともと大外れだったのか。形式上は待機のまま聞き込みを続けた俺と海月だが、頭の上では不安が徐々に嵩《かさ》を増してきた。

だが名無しは、今も動いているはずだった。

海月の推理が正しかった場合、東四つ木《ひがしよつぎ》の放火事件はやはり「実験」だったと言っていい。だとすれば名無しは、同じような発火装置をどこかもっと別の場所で使うつもりなのだ。そしてその時は、もっとずっと火力の大きなものになるだろう。もちろん、その時のターゲットが空き家程度であるはずがない。現住建造物等放火、で済めばいい。もっと大勢の人の集まる駅や空港だったら。要人の集まる官公庁だったら。そしてそれより恐ろしいのは、爆発するような施設かもしれないということだ。ガソリンスタンド、化学工場、製油施設。危険な場所はいくらでも考えられる。そしてその犯罪が実行されたとしても、警察は名無しに辿り着けない。捕まるのは、ウィルスで携帯を遠隔操作された「人形」だ。

市民の側からすれば、恐ろしいのはそこだろう。携帯を持っている以上、どこの誰であってもテロリストに仕立て上げられてしまう可能性があるのだ。しかもそれは、一人だけとは限らない。
　急がなければならなかった。

```
memory = new Array();
for(i = 0; i < 100; i++)
  memory[i] = spray + shellcode;
attack_code = "<XML ID=I><X><C><![CDATA[<image SRC=./>]]></C></X></
XML>";
tag = document.getElementById("x");
tag.innerHTML = attack_code;
```

17

やたらと寒い日だった。空は綺麗な夕焼けを見せているが、何か不満でもあるかのように風が殴りつけてくる。しかも冷たい北風なので、俺は電話をしながら、吹くたびに風上に背中を向けてしのぐしかなかった。そうしたところで冷たさが変わるわけではないが、体の前面でまともに受けるよりも、背中とうなじが寒い方がまだいい。隣の海月はというと、あれでは呼吸が苦しいのではないかというほど首元をマフラーで膨らませ、それでもまだ寒いのかフードをかぶっている。

警察というところはだいたいにおいて常に人手不足なのだが、今回の東四つ木のように、捜査本部が捜査方針を転換するとそれを痛感させられることになる。遠隔操作の証拠は山口の携帯からもまだ出ていなかったが、新たに現れたその線は捜査本部員に対して大量の「早急にすべきこと」を積み上げる結果になった。自然、使えるものは何でも使うということになったらしく、川萩係長は「お前らは待機しながらここところここに行って話を聞いてこい」という矛盾した指示をした。今は山口の出身高校に出向いた帰り、台東署で里見巡査部長を通じて情報を交換してきたところである。東四つ木の事件同様、上野の進展も重要だった。むこうの捜査次第では、こちらの参考になる情報が出るかもしれないのである。

上野の特捜本部もいよいよ人手が欲しくなってきたのか、高宮さんからも退院したという電話が来た。事件発生時の混乱は収まったものの、上野周辺では小学校の登下校時に保護者が送り迎えするなど、まだ緊張が続いている。「いつまでこれを続ければいいのか」「いつになったら犯人が捕まるのか」という声もそろそろ出てきているはずで、高宮さんとしても、もうゆっくり寝ている方がストレスで体に悪い、とでもいうところなのだろう。

一方、公安の三浦は一般病棟に移ったものの、まだ捜査に復帰する許可は出ていないとのことで、もどかしさを紛らすため眉間に皺を寄せてがむしゃらなスピードで編み物をしては看護師や警備課員にプレゼントする、という日々らしい。一体どれだけのスピードで編み続けているのか不明だが、元気になったということではある。

寒い中、他人の電話が終わるのを待つというのがもどかしかったのだろう。俺が高宮さんからの電話を切ると、行列に並んでいてやっと店内に入れた、という顔で海月が話しかけてきた。「いかがでしたか」

「時間ができたら、三浦さんとこに見舞いに行きたいですね」行ったら行ったでマフラーでも渡されそうだが。「もっとも、退院までにそんな状況になるかどうか」「……気温、十一度あるそうです。今日」

「そうですね」海月は下を向き、その途端にまた風が吹いて肩をすぼめた。「納得がいきませんね」だが確かに、吐く息が白くなるほどではないようだ。とりあえず海月を建物の裏に誘導する。台東署の駐車場は大きめの交差点に面しているため、風が無駄に通る。「とりあえず、歩きますか」

とにかく今は、自分の仕事をしなければならない。形式上は待機のままとはいえ捜査本部に戻れて仕事が与えられていることと、名無しがいつ動き出すか分からないという不安で、つい歩調が速くなって海月を置き忘れてしまう。

だが、焦ったところで何かが好転するとも思えなかった。山口の線からは何も出ていないし、里見巡査部長からの報告では、鎌田翔馬も同様とのことだった。大学から小学校まで遡っても、鎌田翔馬は品行方正であり、中学・高校とバドミントン部に所属。学業成績はそれなりに優秀で、高校も大学も準一流といったあたりに行っている。素行不良になった時期もなければ柄の悪い友人がいた時期もなかった。恋人もおらず、女のいる店で遊びもしない。適度に授業に出て時折さぼり、ジャグリングサークルでリングを操り、盆正月にはきちんと秋田の実家に帰る。教員志望だという、真面目な普通の青年だった。無論、最近ではそういう学生が裏で大麻栽培だの振り込め詐欺だのに加担しているケースもなくはないのだが、それにはやはり「悪い友人」の存在が不可欠であり、周囲を探ればそういう噂のある人間が一人は浮上するものなのだ。しかし、彼の場合はそれもないという。「ある程度経験を積むと、まっとうな人間とそうでない人間は、なんとなくにおいで区別できる気がします。まっとうでない人間は表面上真面目に見えても、調べているうちにどこか怪しげな、崩れた雰囲気がのぞく。しかし鎌田翔馬にはそれがないんです」——里見巡査部長はそう言った。捜査の現場にいる彼は、俺たちよりずっと強く不条理を感じているのだろう。玄関前で立ち話をする間、終始首をかしげていた。

また置いていきそうになっていた海月を振り返り、上野駅に向かって歩きながら、俺は胃のあたりにある嫌な感じに耐えていた。このまま鎌田からも山口からも、何も出なかったらどうなるか。赤木組の線を追っている組対も空振りを続けているというが、いずれはこの二人の線に疑問が持たれ始める。だとすれば、海月の推理は間違っていたのか。

何より問題なのが、そうなった時にはもう、「早期解決」と呼べる期限は過ぎているだろうということだ。そして下手をすれば、それより早く名無しが動く。

だが、手詰まりの感じに悶々としている俺の後ろから、聞き覚えのあるごつい声が聞こえた。

「兄貴!」

俺をそんなふうに呼ぶ人間など一人しかいない。立ち止まって振り返ると予想通り、なんとなく周囲の通行人に避けられている図体のでかい男がいた。

「江藤《えとう》か」

「うす。江藤蓮司《れんじ》っす！」江藤は応援団めいた大声で言い、大仰に直立不動になって最敬礼した。「兄貴、姐《あね》さん、お勤めご苦労様です！」

現在は肉体労働のアルバイトをしているということだが、以前の江藤はいきがったガキどものグループと用心棒のような雰囲気でつきあっていたチンピラだった。俺と海月はこいつの仲間が煙草と変な薬をやっていた場面に出くわし、諸事情によりやむなく殴り倒して生活安全課に引き渡したのだ（海月はその間、ずっと気絶していたが）。その時になぜかこの大男になつかれてしまい、以後、俺は立ち回り先で待ち伏せをされたりしている。ごつくて空手も強いくせに細々としたものが好きなオタク、という変な男である。

「頼むから、その挨拶やめてくれ」ヤクザだと思われるからやめろと言っているのに、一向にやめない。「奇遇だな。上野に何か用だったのか」

「うす。いえ、まあ、用といいますか」江藤はでかい図体に似合わない仕草で何やらもじもじした。「台東署に刑事さんがたくさん集まってるんで、まわりをうろついてればもしかしたら兄貴も来るかも、と思いまして」

不審者そのものである。「捕まるぞ」

「あと、上野動物園に兄貴に似たタテガミオオカミがいるんで、『恭介《きょうすけ》二号』って名付けて時々挨拶にいってます」

「やめろ」

「わたしは、設楽さんはオオカミというより柴犬の方が似ていると」

「警部、今までずっとそんな目で見てたんですか？」初耳である。

江藤はああなるほど、と何やら納得しながら俺を見ている。「いや、でもやっぱり一号の方が男前っす」

「やめろ。……それでお前、特に目的もなく台東署のまわりをうろついてたのか」

「まあ、今日はバイト休みなんで」江藤はガッツポーズをした。「いやあ、まさか兄貴に直接会えるとは。今朝の占いで水瓶座九十八点ってなってたの、本当でした」

「チェックしてんのかよ。……だからってうろつくな」警備課と揉めでもしたら、俺に火の粉が飛んでくる。「最近ブログ覗いてないのは悪かったが、忙しいんだ」

「いえ、ブログの方はまあ、暇な時に読んでいただければ」自分のブログに言及されただけで、江藤はやたらと嬉しそうに大きな体を縮めたが、すぐに真面目な顔になった。「やっぱり兄貴、上野のヤクザの抗争を追ってるんすか。あれ、大丈夫なんすか。なんかテレビ見てても続報がないっすけど」

「マスコミには捜査の邪魔にならない範囲でしか教えないんだ。心配するな」意外と鋭い。

「いえ、なんかネット見てると、噂がいろいろ聞こえてくるんで。『警察はすでに犯人を射殺して隠してる』とか」江藤は携帯を出し、図体に似合わない素早い指さばきで操作した。「これなんかひどいっすよ。『ヤクザの抗争に見せかけて赤木組を潰したのは警察』とか」

「見せるなよ。んなもん」

俺は江藤が見せてくる画面から目を背けたが、海月はなぜか逆に画面に注目した。

「……江藤君、ネットはよく利用しているのですよね？」

「うす。人並みには」どう見ても人並みでない江藤は、遠慮がちに頷いた。

「では、ネット上で最近、流行っているものは何ですか？　たとえば特定の画像ですとか、アプリですとか」

海月の口調はとっさに思いついただけ、という感じだったが、俺はその可能性をこれまで考えていなかったことに気付いた。鎌田翔馬に怪しげなつきあいはなかったようだが、ネット上ではどうだろう。通常、ある人間がネットでどういうサイトに出入りしているかは、親しい人間でも知らない。上野の特捜本部は、鎌田翔馬のネット上でのつきあいまでちゃんと把握しているのだろうか。東四つ木の件でも、たとえば山口の携帯を遠隔操作したウィルスが、ネット上に無作為にばら撒かれたものである可能性も大きいのだ。警察やマスコミが察知する前に、ネットユーザーが携帯ウィルスの噂を察知しているかもしれない。

俺は人の流れを避けて電柱の陰に移動する江藤について動き、訊いた。「江藤、携帯向けのウィルスの噂とか、ネット上にないか」

しかし、江藤は頭を下げた。「すんません。知らないっす。自分、最近携帯の方はドラハン専用端末になってるんで」

「何だそれ」

「〈ドラゴンハンドラー〉っていうゲーム、兄貴、知らないすか。流行ってるんすけど」

江藤は何か思いついた様子で顔を輝かせ、ちまちまと携帯を操作して俺に画面を見せた。

「これっす。魔物を操って魔物を狩るゲームで。ハマると面白いっすよ」

「……テレビでCMやってた気もするが」

類似のCMが多すぎて覚えていない。だが確かに、スマートフォン向けゲームアプリのCMは現在、酒や車に匹敵する頻度で目にする。それだけ資本も市場もでかいのだろう。

「兄貴どうっすか」江藤は目を輝かせた。「ドラハンやらねっすか。面白いっすよ。電車乗ってるときとか動画落とす時の空き時間でできますし、基本、無課金でできるんで」

「いや、忙しくてな」

「大丈夫っす。通信で自分とパーティー組めば、ランク高いクエストいきなり行けるんで。兄貴は自分が護ります」江藤は携帯の画面を見せながらぐいぐいと寄ってきた。

「今キャンペーン中で、新規ログインすると『倶利伽羅剣《くりから》』とか『ティルヴィング』が入ってるガチャが十回無料で」

「分かった。分かったから」

「通信でトークとかアイテムのやりとりもできるんで、自分が手取り足取りお教えするっす。一緒にベルゼブブ倒しにいきましょう」

「おい。この『ID:kyosuke_s footman』って何だ」

「自分のIDっす」

「やめろ」

「江藤君。わたしはそのゲームについて、聞きたいです」

下の方から声があがった。海月である。「そのゲームは流行っているのですか?」

海月が興味を示すとは予想外だったらしく、江藤は一瞬沈黙したが、すぐにうんうんと激しく頷いた。「うす。ちょっと前に五百万ダウンロード記念キャンペーンの配信やってたっす。女性のプレイヤーも多いっすよ。『ジークフリート』とか美形キャラもいるんで。ちなみに」

「五百万ダウンロードということは、それに近い数の人間がこのアプリを落としているということですね?」海月は江藤を見上げる。

「はい。まあ実際には一人で複数回落とすとか、あと配信側が数だいぶ盛るらしいんすけど」

「プレイヤーは老若男女問わず、ですね」

「はい。まあ四十代とかおっさん層もけっこう多いっすよ。通勤途中とかにできるんで。あと小学生とか」

海月はそれだけ聞くと、ふっと視線を落として沈黙した。周囲の空気まで一緒に静められたような感覚があり、喋ろうとしていた江藤も黙っている。

俺も気付いた。鎌田翔馬の周囲には「悪い友達」はいない。だがそれは、現実世界の話だ。こうしたゲームを通じて知り合った「友人」の中に、何かろくでもない人間がいるのではないか。最低のヤクザだろうが変態の連続殺人犯だろうが、ゲームの通信機能でやりとりするだけなら簡単に普通の人間を装える。そういうゲームを、何も知らない小学生がダウンロードしていたりする。技術的にそういうことが可能なのかどうかは分からないが、たとえば子供なら、「いいアイテムをあげる」と言われて何も疑わずにウィルスをダウンロードするのではないか。

「警部。鎌田の携帯ゲームの履歴は台東署で確認できるかもしれません」

「はい。それと、江藤君。この〈ドラゴンハンドラー〉の配信会社は、ここに書いてある『株式会社フレイムワークス』で正しいのですね？」

「はい」江藤は海月の部下ででもあるかのように直立不動になった。「フレワの看板タイトルっす」

「ダウンロード数の多いゲームで、この〈ドラゴンハンドラー〉のようなものは他にどれがありますか？」

「今はドラハンがダントツだと思います。他にもDL数多いのはあるっすけど、通信でいろいろやれるのはこれくらいかと」

「では、まず株式会社フレイムワークスですね。江藤君、わたしたちはお仕事です。ありがとうございました」海月は江藤に対して綺麗なお辞儀をし、俺の袖を引っぱった。

「それから、とりあえず楠野さんに電話してみましょう。こうした業界は人間の移動が多いので、楠野さんの周囲にフレイムワークスの関係者がいるかもしれません」

18

「……ですから、それも何度も申し上げた通りです。個人情報なんですから、たとえ一部であってもお教えすることはできません」

応接室の向かいの椅子に座った総務課長の声が徐々に大きくなってきた。どうしてこんなことが分からんのか、という口調になっている。ドアは閉まっているので、多少声を荒らげたとしても外を通る従業員たちに聞かれることはないのだろう。

「個人情報という点がありますから、それは分かります。ですが、〈ドラゴンハンドラー〉は御社の主力商品ですよね。五百万ダウンロードのこのアプリが犯罪的なやりとりに使われていたとなれば、配信停止だけでは済みません」

「……脅すつもりですか？」

「いえ、犯罪の可能性を申し上げているだけです。その場合、御社も被害者になってしまう」

俺は少し間を置き、テーブルの真ん中に置かれた名刺をちらりと見た。株式会社フレイムワークス総務課長、仁藤昭義《にとうあきよし》。出てきた人間がこの肩書ということは、フレイムワークス側には、俺と海月は完全に「対応が面倒になってきたクレーマー」として認識されているらしい。

「とにかく、正式な令状がなければ無理です。令状を持っていらしてください」

暖房がききすぎているのか、仁藤氏はまた汗を拭く。角刈りの四角い顔に細身で小柄な体格、というアンバランスな外見だが、役職相応の粘り強さは持っているようで、俺がどう説得しても、〈ドラゴンハンドラー〉ユーザー間の通信履歴は見せてもらえそうになかった。直接俺たちが見なくても、鎌田翔馬か山口と頻繁にメッセージを交わしていた人間を教えてくれればよかったのだが、仁藤氏は「令状がないと」の一点張りで数十分粘った。

「そうですか」これ以上押せばあまりに業務妨害である。俺は海月を見て目線で許可を得ると、頭を下げた。「では、任意では伺えないということで了解いたしました。お仕事中にすみません」

仁藤氏はそれを聞き、いからせていた肩をようやく落とした。

「ドラハンはうちが総力を挙げて広告しているトップ商品なんです。ソフト自体もアップ時に厳しくチェックしましたし、不正利用がないよう常時、監視しています。ご心配には及びませんよ」

「了解いたしました。ただ、こちらとしては捜査の過程で、通信機能を利用した犯罪行為の可能性が浮上したものですから。それをお知らせしないというのも不親切かと思いましてね」

我ながら随分と図々しい物言いをするようになってしまったなと思う。仁藤氏からすれば、できないことを頼みこんでくる警察の相手に何十分もとられたということになるのだから、本来ならきっちりと謝らねばならないはずなのである。だが、警察官としての経験が長くなるにつれて、謝らない体質が徐々に体に染みついてきている。いかんなあ、と思うが、しかし言わなければならないこともあるのだ。俺は仁藤氏を見た。「不正利用の可能性、そちらの内部でも確認した方がよろしいかと思います。それでは」

ようやく頭を下げて立つ。海月も隣で綺麗なお辞儀をして、俺について廊下に出る。うんざりという顔ながらも仁藤氏はドアを開けてくれた。

午後五時半過ぎに天王洲《てんのうず》の高層ビルに入っている株式会社フレイムワークスを訪ねてから、すでに一時間半近くが経っていた。制作部門の人間から話を聞けないかと数十分粘り、出てきた人間を捕まえたりして断られ、結局、正規ルートで受付を通して今この状態なのだが、令状なしでできるのはここまでだった。仁藤氏の声がだんだん大きくなってきたのも、帰宅を遅らせるようなタイミングで俺たちが粘ってしまったからだろう。夕飯時も近づいているから、多少苛々《いらいら》するのも仕方がない。

受付に頭を下げてオフィスを出る。仁藤氏は廊下のむこうに歩いていったが、足取りにはやや焦ったものが見えるような気がした。

隣を見ると、海月もそれを見ていた。

「……警部、どう思いますか」

「初耳、という感じですね」海月は仁藤氏の背中を見送り、エレベーターに向かった。「通信機能の犯罪利用がすでに社内で認識されている、という感じではありませんでした」

「の、ようですね」海月を追い抜き、エレベーターの下降ボタンを押す。「まあ、ああ言っておけば調べ始めるかもしれません。何か見つかったとしてむこうから申告してきてくれるのは望み薄ですが、ちくちくチェックしておくべきでしょうね」

無論、可能性は低い。犯人がゲームの通信機能を使っていたという確証はないし、そのゲームがこの会社の〈ドラゴンハンドラー〉だという確証もないのだ。

しかし、エレベーターに乗ると、一緒に乗る人間がいないことを確かめた海月が口を開いた。「やはり、楠野さんにも頼んでみましょう」

「はあ」エレベーターの急下降で鼓膜が張り、聞こえにくい。酔いそうなので、正面についているガラス窓から外を見た。眼下に見える街はもう、完全に夜景になっている。

俺は昔からエレベーターの浮遊感が苦手だった。足元が落ち着かない。楠野さんのいるライトスタッフカンパニーもそうだが、なぜかＩＴ企業というのは高層ビルに入りたがる。異人種だなと思った。

「確かに楠野さんの知り合いにここの元従業員か何かがいる可能性はありますが、そこからどうやって通信記録に辿り着くかが問題ですね」

「それも、楠野さんに訊きましょう」海月は、急速に近づいてくる町並みを見ながら言った。「キーロギングの方法なども知っていましたから、何かあるでしょう」

「えっ」あれはパスワードを盗む話だった。「まさか、警部」

「のんびり捜査している時間はありません。名無しは今日にも動くかもしれないのですから」

海月はそれしか言わなかったが、俺も訊かなかった。要するに、盗んででも通信記録を確認するということだ。警察がそんなことをしたとばれれば大スキャンダルになるのだが、海月はどうやら本気らしい。

しかし、これは現場のいち捜査員が勝手に判断してよい範囲を明らかに超えている。エレベーターから無言で降りながら、本庁に行って越前刑事部長に確認しなければ、と思ったが、玄関を出たところで海月が言った。「設楽さん、これから警視庁本部庁舎に……」

言いかけた海月は、なぜか俺から視線を外し、前を走る道路を見た。

「警部？」海月の視線の先には特に何もない。小豆《あずき》色のミニバンが一台、テールランプを遠ざからせていくだけだ。「どうしました？」

「いえ、何でもありません」海月は歩き出した。「桜田門に行きましょう」

俺はその袖を掴んだ。「警部、天王洲《てんのうず》アイル駅はそっちじゃないです」

桜田門というのはつまり、警視庁本部庁舎のことである。海月は越前刑事部長に直接報告するつもりなのだ。台東署の特捜本部についてはトップに刑事部長自らが名を連ねているが、実際に指揮をとっているのは管理官や捜査一課長たちだろう。その頭上を飛び越えて刑事部長に行くというのは通常ありえないことだったが、俺たちは特捜本部から指示を受ける立場にないし、海月は立場上、刑事部長と個人的に話ができるという例外的な位置にいる。刑事部長の親戚ということで、あくまでプライベートなふりをして話すという手もあった。警察機構を無視したとんでもないやり方だが、部外者である俺たちが報告できる相手は、せいぜい古森係長か里見巡査部長、でなければ刑事部長しかいないのである。

俺たちは警視庁本部庁舎に戻り、台東署の方に行っていて不在だという刑事部長を追って上野に行き、台東署の前で一時間半ほど待ってようやく刑事部長に会うことができた。もっとも、本来の俺の立場からすれば、雲の上の存在である刑事部長に「会う」ことなど、首覚悟で突撃でもしない限り一生無理なのだが。

刑事部長は海月の話を聞いたが、無論それですぐに動けるというわけではない。「了解した。ご苦労。頭に入れておこう」と言ってくれただけで、こちらの仕事としては充分なはずだった。

一日歩き回った俺は、帰宅する頃にはぐったりと疲れていた。そのため、上野駅までの道中、夜道を歩きながら海月が何度か背後を気にしていたことにも気付いていなかった。

提げているコンビニのレジ袋が邪魔で、玄関の鍵を開けるのがもどかしい。靴を脱いで上がり、いつも通り暗く沈黙している自宅の廊下に「ただいま」と囁く。脚は張り、腹が鳴っている。六畳一間のローテーブルに袋を置いてコートとジャケットを脱ぎ捨て、ネクタイを外してどっかりと尻を落とした。脱いだ上着は本来ならハンガーにかけるべきなのだが、すぐにまた立つ気力がなく、まず飯、と思ってレジ袋をあさる。しかし飲み物が何もなくては食べられないことに気付き、結局また立ち上がった。ビールが欲しいところだが、酒が入ると疲れが抜けにくい。水道水で充分だった。

よく動いた、と思う。電車とバス。タクシーと徒歩。地下鉄とモノレール。ついでに水上バスでも使えばフルコースだっただろうか。今日一日で、できることはやった。なんだかんだでもう夜十時に近いのだから、これ以上は無理だ。しかしそれでも落ち着かなかった。名無しはこうしている間にも、どこかに発火装置を仕掛けているかもしれない。そして携帯を持っている誰かが、犯人に仕立て上げられるかもしれない。そう考えると気が休まらない。海月はどうなのだろうか。

最近気付いたのは、足が遅くて腕力がなく、三百万年前のアウストラロピテクスが見たら「こんなのが我々の末裔《まつえい》なのか」と嘆き悲しみそうな海月だが、歩き回ることに関してなら疲れた様子は一切見せないということだ。階段を上るスピードは遅いが決して止まりはしない。他人と何時間話していても喋る調子はそのまま。意外と体力があるのか、それとも根性でカバーしているのか。今夜などは、どちらかというと俺の方が疲れている気がする。

だから、休まねばならなかったし、食わねばならなかった。どんな仕事でもそうだが最後にものをいうのは体力であり、休養をしっかりとって自分をよい状態に保つのは、聞き込みや現場検証と同じく刑事の仕事の一つだった。俺はシンクに置いたままのコップに水を入れ、レジ袋をあさり、横倒しになって蓋の間から汁がたれ始めている親子丼のパックを出した。買う時に温めてもらった親子丼はもうだいぶ冷めているが、ここからさらにレンジに入れる気は起こらない。ローテーブルに置いてあったリモコンでテレビをつけ、ニュースを映す。

こういう夜には時々、一緒に住む相手がいればいいと思う。身の回りのことは自分で適当にこなせるが、特に冬、部屋に帰った時のこの静けさだけはどうにもならない。だが六畳一間のこのアパートでは室内犬一匹飼えない。結婚も今のところ全く当てがない。こんなことなら単身寮を出なければよかったのかもしれないが、ではあそこにまた戻りたいのかと訊かれれば全力で首を振らざるを得ないのだし、俺ぐらいの歳になって出戻り、などという人間は上からも下からも嫌がられるに決まっている。つまり、寮を出て数年という歳になってきたら、そろそろ結婚しろということなのである。もっとも、双葉さんと川萩係長を除いた二係の面々はほぼ全員が独り者だし、殺人犯捜査の高宮さんや公安の三浦も独身らしい。一応「安定した公務員」のはずなのだが、この独身率はどうだ。皆、仕事が忙しくてそれどころではないのだろう。時々飲みにいっても浮いた話は誰もしない。そういえば海月はどうなのだろうか。しかしあれは俺たちとは別の人種だから、家同士が決めた許嫁《いいなずけ》か何かがいるのかもしれない。

ベランダの方から、ごつり、という音がした。

親子丼に箸を伸ばしていた俺は顔を上げ、閉められているグレーブラウンのカーテンを見る。重量感のある音だった。音がしたのがうちのベランダであり、隣でも上でもないことはほぼ間違いない。

俺は箸を置いて立ち上がった。なんとはなしに忍び足になり、窓に近づく。頭の隅に、うちは一階だ、という意識がある。つまり。

カーテンを一気に開け放した。

窓ガラスに自分が映っていた。そしてそれと二重写しになり、目の前に男が立っていた。

男は驚くふうもなく、すっと右手を上げ、こちらに突き出した。

眼前で爆発が起こり、掃き出し窓の上半分が派手な音をたてて砕けた。反射的に倒れ込み、絨毯に横倒しになっていた俺は、視界の隅で本棚が木片を飛ばし、棚板と本がなだれ落ちていくのを視界に捉えていた。

絨毯に散乱した大小様々なガラスの破片。警視庁の競技会の常連であるため、普段から射撃の訓練をしていたのは幸運だった。一瞬で理解できた。撃たれた。拳銃だ。

撃ったやつを確認しようと顔を上げる。ベランダの男もこちらを見下ろしていた。

とっさに両手両足で絨毯を蹴り、部屋の中に向かって転がっていた。肩が床で擦れ、足がローテーブルにぶつかる。回転しながら爆発音を聞いていた。顔を上げると、窓の下半分も吹っ飛んでいた。

ベランダの男は二発目も外れたことに少しもうろたえる様子がなかった。それを認識した瞬間、俺の全身が一瞬に粟立《あわだ》った。危険だ。ローテーブルとテレビ台の間、何も遮る物がないこんなところに寝転がっている今の俺は危険だ。

絨毯に爪を立てて掻き、靴下のままで滑る足を必死で蹴った。だが足の裏にごりりとした感触があり、熱い痛みを感じた。ガラスの破片が足に刺さったらしい。体がなかなか起きない。動かないと撃たれる。背後では窓の開く、ががらという音がしていた。

やっと体を起こし、ベランダに背を向けて駆け出そうとする。体が起きている。これでは的が大きい。どうか撃つな。外れろ！　山勘《やまかん》で頭を下げて体を丸めた瞬間、破裂音とともに背中から衝撃が走った。台所のフローリングに倒れながら、玄関のドアにチェーンがかかっているのを見た。出られない。だがこのままでは撃たれる。いや、おそらくもう撃たれたのだ。死ぬのだろうか？

立ち上がらなくては次を撃たれるのに、足の裏に痛みがあって体を起こせなかった。ちょっとガラスの破片が刺さった程度のはずだというのにこれか、と腹立たしい。だが背中と左肩のあたりも熱い。シャツが赤黒く染まっているのが視界に入った。左腕はまだちゃんと胴体にくっついているはずだった。だが肉がえぐれて垂れ下がっているかもしれない。四つん這いになり、尻から撃たれる恐怖に押されるようにして横に転がり、洗面室の冷たい床に脇腹をつけた。背後でまた破裂音がし、玄関ドアに驚くほど大きな火花が散る。

六畳間から丸見えになる台所から、死角になる洗面室に移動したことで、俺は数秒の余裕を得た。痛む右足を無理に蹴って尻を持ち上げ、左肩の激痛に耐えながらしゃがむ姿勢になり、風呂場のドアに向かって洗面室の壁に背中をつける。このましゃがんでいては駄目だ。奴が追ってくる。

一瞬だけ考え、右拳を握って怒鳴った。「来やがれ」

丸腰で激痛に耐えながらこの位置で使える武器といえば、もう怒鳴ることぐらいしかなかった。はったりだ。身を隠して威嚇する。いかにも何かあるぞというふうに誘う。うまくいけば、奴が警戒して攻撃をやめるかもしれない。

来るな、と祈る。恐れずにこちらに入ってこられたら、もう俺は何の抵抗もできないのだ。

その祈りは数秒だけ通じた。部屋からは沈黙が返ってきた。

激痛と苦しい呼吸と恐怖の合間をぬい、自分の体の状態を確認する。左腕は上がらないが、だらりと下げていると痛むので、右手で持ち上げて膝の上に乗せた。血が相当出ているが、どうやら撃たれたのは左肩のようだ。おそらく、何発目だか忘れたが玄関に向かって駆け出した時にやられたのだろう。山勘で体を丸めていたから肩で済んだ。立って走っていたら心臓を撃ち抜かれて即死だったかもしれない。他に怪我はないかと思い、右足が滑ることに気付いて足元を見たら、自分の足の裏から出た血を踏みしめていた。しかし足の指は動いた。こちらはガラス片《へん》が刺さっただけだろう。

いきなり撃たれた。一体どうなっているのだ。奴は何者だ。

ベランダから侵入してきたのだ。そして俺がカーテンを開けるや、驚きもせずにいきなり撃ってきた。本棚の壊れた位置からして、反射的にかがまなければ頭を撃ち抜かれていただろう。二発目も同様だった。窓ガラスの下半分は曇りガラスになっていて見えないのに、奴は全く躊躇《ためら》わずに次弾を撃った。初弾がかわされたら少しは焦ってよさそうなものだが、全くその様子がなかった。

それで確信した。名無しだ。赤木組の七人を何気なく殺し、上野の牛丼屋では必要なだけ当てて必要なだけ外し、ついでのように一発撃って、立ち上がった伴の頭を弾けさせた。普通なら一発目で死んでいる。四発もかわせたのは奇跡だ。

だが奇跡というやつは大抵、そうと自覚した瞬間に終わる。

次にもう一発撃たれた時には、もうかわせないだろうと分かっていた。今までが幸運すぎただけだし、この狭い洗面室で、しかも左腕を抱えながらでは避けようなどない。次に来られたら終わる。それまで何秒あるだろうか。

洗面室の薄闇の中で、湿気取りのためガラスドアを開けたままにしている風呂場が視界にある。うずくまったままの俺は考えた。もう逃げられない。玄関のチェーンを外している暇などない。ベランダ方向からは奴が来る。他に出口はない。袋のネズミだ。この物音を聞きつけて誰か、助けにきてくれないだろうか。その誰かは殺されるかもしれないが、その間に俺は逃げられるかもしれない。だがそれも望み薄だと分かっていた。物音はしているが、隣の滝田《たきた》さんは休暇中のはずだった。上の住人はそうではなかったはずだが、そういえば俺は帰宅してから一度も足音を聞いていない。普段はうるさいほど音が伝わるのだから、まだ帰ってきていないのだろう。つまり、ここの物音を聞き咎めて来てくれる人間は、いない。叫んでも二つ隣の部屋までは届かない。携帯電話もローテーブルの上だ。

自分は死ぬのだと分かった。自分が生きていられるのは、あと何秒かだけなのだ。それまでにせめて何か目に焼きつけたいと強烈に思ったが、今、目の前にあるのは古くて汚い自宅の風呂場だけだった。ひどい死に方だ。もう少し何かないのか。せめて名無しの人相でもどこかに遺そうかと考えたが、奴が眼鏡とマスクで顔を隠していたことも思い出した。これでは高宮さん以上のことは書けない。では何も遺せないのだろうか。

しかし俺は、それを考える時間すら与えてもらえなかった。背後でぎしりと足音がした。

来る。黙っていればそのまま殺されるだけだ。何かしなければならない。

俺は洗濯機の脇に置いてあったトイレ用洗剤を取り、膝で挟んで右手でキャップを外した。体を反転させて右手を台所に向ける。ボトルを傾けて握りしめ、ありったけの力で台所に中身をぶちまけた。ボトルからは頼りない細さで洗剤が出るだけだったが、それでも台所の床に毒々しい青さの水たまりができた。

足音がやんだのを感じ、独り言のふりをして囁く。「よし……来い」

火をつけるとか有毒ガスを出すとか、ましてや足を滑らせるとかいったことをしようと思ったわけではないし、不可能だ。ぶちまけた洗剤は実際には何の意味もない、さっき怒鳴ったのと同じ、ただのはったりだった。

だが、奴からしてみれば異様な、予想外の行動に映ったはずだ。他の何でもない、洗剤をぶちまけたのだ。何かある、何か罠を仕掛けている、と警戒し、すぐには踏み込んでこなくなるかもしれなかった。

名無しはプロだった。それはつまり慎重だということだ。状況を把握しきれていないままの戦闘は避けるはずだった。現に、俺が洗面室に隠れたら、すぐに追ってはこなくなった。俺が待ち伏せて飛び出せば接近戦になる。そうなれば、拳銃というアドバンテージは限りなく小さくなる。

慎重なやつだ。……だからどうか、臆病でいろ。

俺は痛む左肩が揺れないように気を配りながら、靴下のまま風呂場に入った。音だけで、俺の動きは名無しにばれているだろう。奴が意を決して攻撃してきたらそこまでだ。風呂釜の脇にかがみ、追い焚き用のガスホースを握る。揺すっただけでは動かず、右足を上げて踵《かかと》の部分で思い切り踏んだ。どうか来るな。今はまだ来るな。祈りながら二度、三度と踏みつけると、ガスホースが予想外に大きな音をたてて外れた。元栓を開けるとかすかな音がし、ガスの臭いがした。

やった。この部屋の風呂釜が古くて助かった。

現在、ほとんどの風呂釜は浴室内にガスなど通していないし、通していたとしても、踏んで外せるゴムホースでつないでいたりはしない。だがこの部屋は違うのだ。何しろ、二十三区内にあって平巡査の給料で困らない家賃の部屋だ。信じられないほど古い昭和の設備がここではまだ現役である。

俺はすぐに後退して風呂場から出た。ガスの音はかすかだったが、奴は俺が何をしているのかを探ろうと耳を澄ましている。それに都市ガスは火災防止のため、非常に鼻につきやすい臭いをつけられている。

「銃を捨てろ」ありったけの体力を振りしぼり、なるべくしっかりとした声が出るように気を配りながら、俺は怒鳴った。「臭いで分かるだろう。ガスが充満している。撃てばドカンだ！」

嘘だった。まだ、そこまでの量は漏れていない。奴がそれに気付いて殺しにくれば、それで終わりだった。だが心理的に、ガスの臭いをわずかでも嗅いだ以上、銃など撃てはしないはずだった。

足音がどすりと聞こえた。こちらの言葉が衝撃を与えたのか、それとも冷静に、武器をしまって襲ってくるのか。後者のような気がしたが、そうなったらもう、死ぬ気で殴りあうつもりだった。それでも生き残るのは見込み薄だが、拳銃で一方的に狙われる今の状況よりははるかにましだ。

だが、外から音が聞こえた。サイレンの音だとすぐに分かった。救急車ではない。警察だ！

――武器を捨てなさい！

女性の声がした。聞き覚えがあった。あれは麻生さんではないだろうか。

――殺人未遂の現行犯で逮捕する。武器を捨てて出てきなさい。

サイレンの音はベランダの外まで来た。何かがおかしいと思った。なぜ他の誰でもない麻生さんなのか。捜査一課の彼女がPC《パトカー》で駆けつけるはずがない。何より、他の乗務員は一体どうしているのだ。

だが、名無しが踵《きびす》を返し、ベランダに向かうのが足音で分かった。助かったのだ。

俺は洗面室を出た。名無しはコートをはためかせてベランダに飛び出し、手すりに足をかけて飛び降りたところだった。肩と足の痛みに耐えながら、追ってベランダに出る。

「止まれ！」

ベランダの外、一メートルほど下の位置で、スウェットとパーカーという恰好の麻生さんがこちらを向いて身構えていた。その前に名無しが舞い降りる。

俺は叫んだ。「いい！　逃がせ！　銃を持ってるぞ！」

だが、麻生さんが反応するより先に名無しが彼女に襲いかかった。高めに上げた両手から左、右、と突きが出され、それをかわした麻生さんの左脚を下段回し蹴りが襲う。ふらついた彼女に名無しが肉薄する。コートの裾が舞い上がり、猛禽類が翼を広げたように見えた。

「やめろ！」

俺は右手を伸ばし、ベランダの物干し竿に残っていたハンガーを投げつけた。麻生さんの頭に腕を巻きつけて捻ろうとしていた名無しの注意が一瞬こちらに向き、その間に彼女は体を丸めて腕から頭を引き抜いた。引き抜くついでに脇腹に肘を入れたようだが、名無しは一瞬のうちに体勢を立て直してブロックしていた。

動きが速い。強い。

俺は必死でベランダを蹴り、柵を乗り越えて外のアスファルトに飛び降りた。足に痛みと衝撃が伝わり、支えを失った左腕もだらりと垂れて激痛を発する。叫び声をあげてそれに耐えている間に名無しは麻生さんの膝蹴りを受け止め、残った足を刈って彼女を押し倒していた。俺は後ろから蹴りを入れてやろうと思って突進したが、それより早く下から後ろ蹴りが飛んできて腰に当たり、尻餅をついた。少し動くだけで左肩が悲鳴をあげる。格闘は無理だ。

駐車場の暗がりの中に破裂音が響いた。

「動くな！　両手を上げなさい！」

海月の声だった。俺がそちらを見るより早く、名無しは立ち上がって走り出した。受身を取っていたらしい麻生さんは起き上がったが、その時にはもう名無しは闇の中に消えていた。

「至急、至急！　こちら中野区××-××、殺人未遂事件発生、被疑者逃走中。黒のロングコートとスーツ、灰色のネクタイ。徒歩ですが付近に車両を用意している可能性があります。緊急配備をお願いします！」

暗がりの中から海月が無線機を持って現れた。「身長百七十センチから百八十センチ、中肉、マスクと眼鏡を着用していますが変装と思われます。なお被疑者は拳銃所持の模様。注意してください」

海月は一気に言い、無線機からの音声とやりとりをしながらこちらに来た。

「海月さん……」

俺は信じられない思いでその名前を呼んでいた。海月まで来た。どうなっているのだ。

「設楽さん、麻生さん、大丈夫ですか」

海月は無線機をしまい、心配そうに俺たちを見比べる。しかし、俺たちの心配より先に無線で緊急配備を要請したのは、なかなかたいしたものだと言えた。そういえば海月は、度胸だけはボルトで固定してあるかのようにどっかりと据わっているのだ。

「大丈夫です。……頭、打ったけど」麻生さんは後頭部をさすりながら俺を見て、ぎょっとした顔で目を見開いた。「設楽くん、血」

「う。……ああ」血液中に満ちていたアドレナリンがなくなったのだろう。左肩が急に痛みだした。「……たぶん、死にはしない」

しかし、痛みがどんどん激しくなってきた。俺が立っていられなくなってしゃがみこむと、麻生さんが着ていたパーカーを脱いで傍らに膝をつき、ちょっとごめん、と言って俺の肩に当てると、いきなり前後から挟むように押しつけた。全く優しさのない荒っぽい手つきなのでこちらは呻き声が出る。

「まずいなあ。動脈やられてるかも」力一杯傷口を押しながら、麻生さんが呟く。

そういえば、肩だけでなく背中と脇腹まで血がにじみ、シャツが冷たく張りついている。だが意識ははっきりしているから、俺の怪我はたいしたことはないのだろう。とりあえず、助かった。まだ生きられるのだ。

「設楽さん」海月が来て、なぜか俺の頭に手を置いた。「よかったです。ご無事で」

「警部」あまり喋れなかった。痛いので脂汗が出る。しかし灼熱痛は疼痛になっている。

「……どうしてここに？」しかもPC《パトカー》に乗って、拳銃まで用意して」

「どちらも、ありません。乗ってきたのはタクシーですし、サイレンの音と発砲音は、携帯のアプリで探しました」海月は携帯を出した。「フレイムワークスを出た時、不審な車両があったのです。こちらを監視しているような」

「……そういえば」

海月は後ろを気にしていた。その時の情景ははっきりとは浮かばなかったが、たしか、小豆色のミニバンではなかったか。

「設楽さんの携帯にお電話をしても出ないので、念のために上の部屋の秋梨《あきなし》さんにもお電話をしてみたのです。そうしたら、家の近くに戻ってきたけど何か変な音がする、というので。……麻生さんが近所なので、応援をお願いしました」

「秋梨さん？」上の住人は表札を出していないが、そういえば、たしかそういう名前だった。「……なんで電話番号、知ってるんです」

「設楽さん。わたしは設楽さんの相方ですよ？」

「はあ」それではお笑い芸人だ。

「もしものことがあるかもしれないのですから。設楽さんの近所の方の連絡先ぐらい、把握しています。庶務も所轄の地域課もあるのですから」

「はあ」勝手に訊いて回っていたらしい。職権濫用に思えなくもないが。「……いや、ありがとうございました。危うく二階級特進でした。もうお会いできないかと」

「……わたしも、怖かったです」

海月は深く息を吐き、膝をついている俺の額に息がかかった。「よく、ご無事でいてくださいました」

海月が救急車を呼び忘れていることに気付き、焦って電話をして時報*などに間違い電話をし、ようやく救急車が来るまでの間、麻生さんの荒っぽい手当てを受けながら、たしか彼女はウィスキーを飲むんだったな、と思った。体が治ったら、俺の命に見合う程度にいいものを買おうと決めた。

＊　117番。夜中に一人で聞き続けていると、音声に混じって囁き声でも聞こえてくるのではないかと勝手に想像して怖くなってくる。

19

退院する高宮さんと電話で話したのだが、病室のテレビで自分がやられた事件を見たそうである。苦い記憶を呼び戻されると同時に、今テレビで話題にしている本人がここにいるのだと考えると、妙にくすぐったい気分にもなったらしい。それがよく分かった。

俺はベッド脇の物置き台からリモコンを取ってテレビを消し、ベッドから下りてカーテンを開けた。中野駅北口のこのあたりは昔、警察大学校があった土地をまとめて再開発したため広々としており、整然と並ぶ街路灯が、ゆったりと幅の広い道路を静かに照らしている。だが人と車は多いようだ。ここのところ休みなしで動いていたため曜日の感覚がなくなっていたが、そういえば今日は土曜日だった。午後八時前だから、外で夕食を、という人たちが動いているのだろう。まだ街は平穏だった。だが、おそらくはこの東京のどこかで、名無しが何かをしようと今も準備を進めている。

怪我は重傷と言えるレベルだったが、動けないというほどのものではなかった。弾丸は左肩甲骨から入って鎖骨の下から出たとのことだった。左腕は使えないが、吊ってさえいれば多少動いてもそう痛まない。これまでの経験から、左腕を吊る生活には慣れていた。

名無しの足取りは現在もなお、全く摑めていなかった。

奴がタクシーと徒歩で来たのか、それとも二輪や四輪で来たのか、それすら分からないのだ。加えて服装や背恰好もありふれている。緊急配備の網にかからなかったというよりは、かかっても気付かなかったのだろうが、それも無理のないことだった。何かはっきりした特徴を目に焼き付けていれば。あるいは傷の一つも負わせていればまだ違う結果だったかもしれない。しかし要するに、俺も麻生さんも一方的にやられたのだ。処分はされまいが、減点の対象になってもおかしくない。到着した機動捜査隊が俺に証言と現場検証への立ち会いを求め、救急車が来たというのに、海月が「現場検証が済んでから乗ってください」と鬼のようなことを言ったため、昨夜の時点でひと通りの捜査は済んでいる。救急隊員は「動脈破れてる人になんてこと言うんですかっ！」と激怒していたが、まあ、せめてそのくらいはしなければ、取り逃がしたことに関して申し訳がたたなすぎるとも言える。

俺と海月は昨夜から今朝にかけて、機捜と所轄の鷺宮署員と押っ取り刀《おっとりがたな》で駆けつけてきた上野の特捜本部員に、これまでの捜査の経緯を繰り返し話した。しかし、特捜本部員の反応は芳《かんば》しくなかったようだ。従えた刑事たちとともに頷いて「大いに参考になった」と言った荒籾《あらもみ》係長の台詞がそれをよく表していた。当然の結果といえば、その通りだった。まだ赤木組の線を追っている組対はもちろんのこと、分析中の携帯からウィルスの痕がまだ出ていない以上、古森係長ら殺人犯捜査六係の人間ですら、上野の大事件と東四つ木の火災を結びつけることには懐疑的だった。昨夜の事情聴取の時点で海月はフレイムワークスを出たところにいた不審車のことを話していたが（ナンバーは覚えていなかったが）、株式会社フレイムワークスは一応、聞き取りの対象になっただけだった。海月の証言がどこまで信用できるのかは分からなかったし、フレイムワークスを出た直後に不審車があったとしても、それはただの偶然かもしれないのだ。

カーテンをそのままにしてベッドに戻る。廊下の外を、複数のスリッパが通る足音がする。そろそろ面会時間は終わりだが、週末なので患者の家族も多かった。

麻生さんが電話で教えてくれたところによれば、今朝訪ねてきた川萩係長ら二係の面々は積極的に動いているようだった。分析によって山口の携帯が遠隔操作されていたらしきことは分かっていたし、山口が〈ドラゴンハンドラー〉をダウンロードし、かなり積極的に他のプレイヤーと通信していたことも判明したからだ。しかし、こちらもあまりうまくはいっていないらしい。退院して捜査本部に復帰した高宮さんは鎌田翔馬も〈ドラゴンハンドラー〉をダウンロードしていたことを教えてくれたが、だからといってさしたる確証もない現状では、特捜本部の担当事件に横入《ヤマ》りしてゆくことはできない。もともと五百万ダウンロードを謳っているゲームであり、とりわけ鎌田翔馬の世代はプレイヤーが多い。ただ通信機能のあるゲームをダウンロードしていたというだけでは何の根拠にもならず、フレイムワークスやその従業員に対しても、任意で協力を求めることしかできなかったらしい。天王洲のフレイムワークス本社には川萩係長が直々に出向き、「山口と通信していたやつを教えないとテロが起こるぞ」と凄んだらしいが、総務課の仁藤氏は頑として譲らなかったという。フレイムワークス側としては、顧客の通信記録をほいほいと警察にばらしては信用に関わる。それだけでなく、もしこちらの指摘通り、ゲーム内で犯罪に関わるやりとりが発見された場合でも、まずは社内で対応し、自社の責任が問われない報告の仕方を選びたい。そういったところなのだろう。非協力的なことだが、責めることもできない。

しかし、こちらとしては、山口と鎌田翔馬の通信履歴を見ることができなければ捜査は進展しないのだ。つまり、捜査本部はまだ泥沼の中にいる。名無しの目的も足取りも、何も分からないままだった。

山口以外にウィルスを仕込まれたのが誰なのかが分からなければ次の事件が起こる。こういう時、俺はどうしても法律というルールを恨んでしまう。いくら怪しいと思っても、危険が迫っているかもしれなくても、警察は令状がなければ動けない。

だが、ベッドの上で溜め息をついた時、俺は一つ気付いた。

昨夜、てっきり俺は尾行されたのだと思っていたが、よく考えてみればそれは困難だったはずなのだ。もし海月の見たミニバンが名無しのものだったとするなら、奴はフレイムワークスのビル前からどうやって俺の自宅まで跡をつけたのか。俺たちはあの後すぐにモノレールに乗り、以後は電車で移動している。すぐに車を降りて追いかけるのは無理なはずだった。それに、俺のアパートの周囲はひと気のない路地で、尾行などされていれば気付いたはずだ。それなのに名無しは、俺の部屋まで正確にやってきた。

もしかして、と思う。名無しは俺の住所を知っていたのではないか。

体の動きが止まっていた。名無しが俺の住所を知っている。脳が急速に回転数を上げ、そのことの意味を吟味する。

これは良い意味でも悪い意味でも重大な事実だ。もしそうだとするなら、俺は今後も名無しに捕捉され続けることになる。俺が負傷すればこの病院に入ることは予測できるからだ。現在は病室前に常に警備がついているから安全だが、いつまでもというわけにはいかない。そしてそれ以上に、海月の方が危険かもしれない。あるいは文京区のアパートに住んでいる妹も。

だが、もしそうだとするなら、名無しは俺の住所を知りうる立場の人間ということになりはしないか。つまり。

海月に電話をしようと思って携帯を取ったところでドアがノックされた。また聴取かと思うが居留守を使うわけにもいかない。どうぞと言ったが、入ってきたのは捜査員ではなく、よく知っている眼鏡だった。

「よう。血もしたたるいい男」

「牛肉か俺は。……そろそろ面会時間、終わりだぞ」

小田桐だった。手に何やら紙袋を提げているということは、仕事ではなく単に見舞いにきてくれたということらしい。

「肩に穴があいたって？　まあ、ちょっと隙があった方が女にはもてる」

「物理的な隙間でもか？」携帯を置く。「耳が早いな。病室、どこで聞いた」

「警備のごついおっさんが目印だから、大変分かりやすかった」小田桐は傍らの丸椅子を引き寄せて座り、床に置いた袋をがさがさとあさり、ビニールに包まれたサボテンの鉢を出した。「殺風景だろうと思ってな」

「ありがたいけど鉢植えかよ。そんなに長くいねえよ」

小田桐は続いて、ピンクと白の毛糸で編まれた肩かけを出した。「これは三浦警部補からだ」

「……おう」まさか俺の入院後に編んだのだろうか。早すぎる。

「それからこれが俺の見舞いな。食い物、いいんだろ？」小田桐は袋から和菓子屋の箱を出すと、さっさと開封した。「饅頭《まんじゅう》だ。今のお前にちなんで」

「ありがとう」不謹慎なやつだ。*

＊　警察では死体のことを「マンジュウ」と言う。白昼堂々、往来で死体死体と口にするのはミステリファンだけである。

「ま、それはついでなんだがな」小田桐は開封した饅頭をさっさと食べ始めた。「お前、何やってる」

声の調子がそのままだったので一瞬反応が遅れたが、丸椅子にどかりと座って俺を見る小田桐の目は、明らかに俺を観察していた。

俺は一、二秒、沈黙した。

「……何、とは？」

「とぼけるなよ。お前んとこの冷蔵庫みたいな係長《おっさん》が動いてる。立石署は東四つ木の放火を追ってたはずだ。なぜ上野に興味を示す」

小田桐の目は俺を捉えたままだった。

俺は溜め息をつき、体を捻ってカーテンを閉めた。小田桐はその動きを目で追っているだけで、体はぴくりとも動かさなかった。

海月と一緒にすでに何度も証言した内容を、俺は繰り返した。小田桐は今は特命所属だと言っていた。もしかしたら川萩係長たちより自由に動き、何か見つけてくれるかもしれない。

だが、これまでの経緯を話しながら俺は、内心で首をかしげていた。小田桐は全くメモを取っていなかったのだ。俺はてっきり見舞いのふりをして情報収集に来た仕事《しごと》のだと思っていたのだが、違ったのだろうか。

「……参事官のゴリ押しで待機命令、ね」小田桐は納得したように頷いた。「で、お前が知ってるのは、そこまでか」

ああ、と言って頷く。

妙だと思った。視線の置き方や相槌《あいづち》のタイミング。そうしたものを見ていると、どこか違和感がある。小田桐の興味は事件のことというより、俺たちのことにあるように思える。捜査活動として来たのではないのだろうか？

「……小田桐」

問いかけた俺を遮って、小田桐が言った。「現在、警視庁全体が臨戦態勢に入っている」

俺は小田桐を見た。小田桐は俺を見るでもなく見ないでもない曖昧な顔で、ジャケットの内側に手をやった。黒光りするオートマチックが出てきた。

「おい」

小田桐は、抜いた拳銃を撫でた。「上はぴりぴりしてるよ。解決の仕方一つで、警視庁の評価がどうなるか分からん」

「拳銃携帯の指示が出た。警備もフル装備だ」

「……ああ」

「食えよ」小田桐は饅頭の箱を俺の前に差し出した。

「すまん」

一つ取ったが、それより小田桐の態度の方が気になった。もともと俺とは、腹に何か隠したりしない間柄だったはずだ。それがどうも、おかしい。

「小田桐」

「下手なことはするな」

小田桐らしからぬ抽象的な物言い。というより、奥歯に物が挟まったような、と言った方がいいだろうか。どういうことなのだろう。

「……何を言ってる？」

「分かるだろう？」

小田桐と視線がぶつかる。俺は目で問いかけたが、小田桐はただこちらを捉えているだけで、言葉で答えようとはしなかった。

その時、部屋のドアがまたノックされた。小田桐は拳銃をしまった。

「設楽さん、失礼します」

入ってきたのは、ボストンバッグを提げた海月だった。

小田桐はそれを見るや、ぱっと普段の気楽な目に戻り、ああどうも、と笑顔で頭を下げて立ち上がった。「おっと、お邪魔だな」

「設楽さん、お休み中ですか？　……あら」

海月は小田桐を見て、きょとんとした顔で頭を下げた。だが、小田桐が挨拶をして出てゆく間、その背中をずっと目で追っていた。

「警部」

海月は閉じられたドアの方を見ている。「設楽さん。今の小田桐さんですが……」

「ああ。見舞いです」俺は小田桐が置いていったあれこれの物を手で指し示した。

海月はまだドアの方を向いたまま沈黙していたが、やがて、そうですか、と頷いた。

「……警部？」

「気になりますが、それよりも先にすべきことがありますね。……設楽さん」海月は、持っていたボストンバッグを俺に示した。「今から退院しますよ」

「はい？」俺が、ということか。

「着替えは持ってきました。電話をするとか、トイレに行くとか言って、警備を撒いてください。外で落ちあいましょう」

「どういうことです」いきなり何だ。

もちろんこの状況だ。一刻も早く退院はしたいが、それは許可が出てからのことである。

しかし海月は、当然という顔をしていた。「設楽さん、ここにいたら殺されますよ」

そう言われ、俺は沈黙した。

海月はボストンバッグのファスナーを少し開き、中身を俺に見せた。見覚えのある俺のスーツやジーンズが、綺麗に畳まれて入っている。

「名無しはじきにここに来ます。設楽さんを殺すために」海月はいそいそとファスナーを閉める。「今夜、これからかもしれません」

「いや、分かってますが、しかし警部」俺はドアと窓の外を交互に見た。自宅でカーテンを開けた途端に名無しと対面した経験がある関係上、嫌な確認作業ではあったが、今は誰もいない。「だから俺が警備付きでここにいるのでは」

海月はかぶりを振った。

「それは……」夕方、自販機に飲み物を買いに出た時の記憶を辿る。警備は二名だけだった。

「設楽さんがここにいては、警備の方と、下手をすれば病院の方が巻き込まれます。居場所を変えなければなりません」

シーツに視線を落とす。確かに、そうだった。「警備がつけば大丈夫」などと安心している場合ではなかったのだ。名無しは赤木組の武装した七人をあっという間に殺している。その気になれば、二人程度は簡単に倒す。

「しかし、俺はここにいろと指示を……」

「新たな指示を待っている時間はありません。それに、指示された場所に行ったのでは、名無しにも察知される可能性があります。ホテルの部屋を用意しましたから、そこに移動してください」

「しかし、それでは無断……いや、行方不明ということに」

「そうするしかないんです。設楽さんはもう、名無しに狙われているのですから」

海月の言葉を否定しようとして、それができないことに気付いた。そうなのだ。奴があらためて俺を殺しにこないという保証など、どこにもない。

その事実を確認すると、頭の中がすっと冷えた。

「大きめの部屋を取ってありますから」海月は言いながら、ベッドの周囲に置いてある俺の私物を取ってボストンバッグに入れ始めた。「わたしたちはしばらくの間、そこで外部との連絡を絶ちます。今後の捜査時の拠点もそこになります」

「しかし、捜査といっても」所属部署と連絡も取れない状態になる。それではほとんど何もできないのではないか。

「今日の間にこちらで少し、進めておきました。一つ、新たな可能性が浮上していますす」

「新たな？」

「あとで説明します。それと、以後の捜査活動はすべて、非公式のものになります。つまり、わたしと設楽さんが命令を無視し、勝手にやった違法行為ということです」海月は傍らの引き出しも開け、俺の私物が入っていないのを確かめながら言った。「フレイムワークスに対して令状がとれない現状では、捜査本部は動けません。ですが」

海月は俺を見た。俺も彼女を見る。

「『命令を無視し、勝手にやっている』俺たちは、動ける――ってことですか」

「そうです」海月は頷いた。「もう、これしかありません」

海月の目には迷いがなかった。捜査本部から離れる。連絡を絶つ。

とんでもないことになった、と思う。しかし、確かにそれしかなかった。それに、むしろ俺の方が、状況が切迫していることに気付いていなかったのだ。名無しは次の事件を起こすかもしれない。あるいは殺しにくる。俺を。

「了解しました」俺は頷いた。「一階の売店に行くついでに抜け出すチャンスを窺います。玄関前にタクシー停めといてもらえますか」

海月は頷いた。「急ぎましょう。一刻の猶予もありません」

動けるのは俺たち二人だけ。数万人の警察官を擁する東京にありながら、あまりに絶望的な戦力だった。

20

「売店ですか」

「ずっと病室で寝てるだけなんです。何かつまむものでもと思って。そちらもコーヒーとかどうです」

「いえ、要りません」

　まあそう答えるだろうなとは思っていたが、二人いる警備のうちの一人が黙ってついてきた。俺たち刑事部の人間とはだいぶ違う、見るからに屈強そうで、「押しても動かなそう」な雰囲気を持った男だ。仕事熱心なのだろうなと思う。

　海月が帰ってから三十分ほど経っている。エレベーターで一階に降りると、時間は遅かったが売店はまだ開いていた。東京警察病院にはコンビニのチェーン店が入っており、食品の充実ぶりなどは「売店」のレベルを超えている。入院患者に必要になる肌着やスリッパなども充実しており、商品棚はいつも様々なものでぎゅうぎゅうになっている。

それが好都合だった。俺はなるべく無目的に見えるようぶらぶらと歩き、さして必要そうに見えない棚まで時間をかけて眺め、警備の男が呆れ顔で溜め息をつき、入口に留まっているのを確認して奥の雑誌棚に移動した。立ち読みをするふりをして死角に入る。雑誌棚の隣の棚には最上段にスリッパが並んでおり、俺の姿はうまく隠れた。室内履きは音がしない。反対側の出口から売店を出て、足音がついてこないのを確認すると早足で受付の前を通り過ぎた。総合受付のカウンターに置いてあるピーポくんのぬいぐるみが俺を見上げていたが、特に俺に注目する者はおらず、俺はなにげないふうを装って玄関から出た。車止めにはすでに海月の呼んだタクシーがおり、俺が近づくとドアが開いた。

車内から海月の顔がのぞいた。「設楽さん」

「どうも」パジャマのまま乗り込み、海月につめてもらって助手席の後ろに尻を据える。それと同時に車が動き出した。

「どうでした?」

「すんなりいきました。殴り倒さずに済んでほっとしてますよ」

まずは脱出成功である。捜査を始めるより前にまずこんな、逃亡犯のようなことをしなければならないとは、どうにも因果なものだ。

「警備のやつには申し訳ないですが」おそらくそろそろ、俺が消えたことに気付いて騒いでいる頃だろう。

「仕方がありません。本人のためでもありますよ」

とはいえ、俺の勝手な行動のせいで、警備の二人は警護対象に逃げられるという大失態を演じることになってしまう。あまりに申し訳ないので、一応、手紙をしたためてベッドに置いておいた。勝手にいなくなることに対する謝罪と、そうすべき必要性。それに、警備の二人に落ち度がなかったことの釈明。どれだけ効果があるのかは分からなかったが、やらないよりはましだろう。

海月は「新宿駅西口まで」と運転手に指示すると、ボストンバッグを開けた。「設楽さん、着替えてください」

「……ここでですか」

とはいえ、他に場所もない。今の俺はパジャマなので、路上に降りるだけで目立ってしまう。海月が窓の外を向いてくれている間に、片手でもぞもぞと苦労しながら大急ぎでズボンと靴下を穿いた。だいたい怪我をしていると着替えというものが極めて困難になる。左手を吊ったままできるのはシャツを羽織るところまでで、ボタンをとめるのは海月がやってくれた。もっとも、海月はネクタイの結び方を知らないらしく、これはどうにもならなかった。

運転手は「何だこいつらは」という顔でちらちらとこちらを見ていたが、それでも手伝ってもらいながら靴を履くと、それだけで何か心丈夫だった。これで仕事ができる、と感じる。スーツはやはり鎧《よろい》なのだ。

新宿駅西口のバスターミナル付近でタクシーを降り、京王線改札の横にあるコインロッカーにボストンバッグを入れた。さすがに土曜の夜であり、改札前の広い空間では出てくる人間と入る人間と、周囲に立って何かを待っている人間たちが黒っぽい濁流を作っていた。外からはスピーカーで何かをわめく連中と、募金を呼び掛ける人々の声が混ざりあって聞こえてくる。この雑踏なら確かに見つからないし、この後俺たちがどこに向かったかなど分かりようがないだろう。だが、それでもこの大荷物は目立つし邪魔だった。

「タクシーをつかまえて渋谷に向かいましょう」海月は行動のプランをすでに頭の中で作っていたようで、コインロッカーを閉めるとすぐに、雑踏の中を出口に向かって歩き出した。「楠野さんに会わなければなりません」

「楠野さん、ですか」羽織ったコートの前を合わせながら海月に続く。左腕を吊っているので右しか袖を通せず、はためく左袖が隣の男に当たって顔をしかめられた。「フレイムワークスに聴取にいくのでは？」

「それではおそらく、何も得られません。だからこそ、わたしたちが非公式で動くのです」

非公式、という言葉が急に不穏な響きを発した。つまり。

海月は言った。「楠野さんはセキュリティに詳しいでしょう。それに、あの業界は人の動きが激しいということです。楠野さん本人にお願いして駄目でも、ライトスタッフカンパニーの中に、フレイムワークスのどなたかに近づける人間がいるかもしれません」

「警部、それはつまり……」

それ以上は口に出せなかったし、海月も「分かっているならいい」という顔で頷いただけだった。「楠野さんに偶然知り合うことができたわたしたちは幸運です。渋谷で事件に遭《あ》ったのは正解ですね」

「たまたまでしょうが。あれは」

俺は天を仰いだ。つまり楠野さん本人か、誰かを紹介してもらうかして、フレイムワークスのコンピュータから〈ドラゴンハンドラー〉の通信記録を抜こうというのだ。非公式どころか、完全に犯罪行為である。

だが、俺たちは犯罪者にならなかった。なれた方がまだましだった、と言っていい。名無しの方が速かったのだ。

出口正面のタクシー乗り場に向かう途中、後ろで海月の携帯が鳴った。人の流れから出て、邪魔にならないところに控える。受け答えを聞いて、捜査本部の麻生さんからだと分かった。まだ俺たちが逃亡したことは伝わっていないらしく、何かを報告する調子のようだった。なんとなくでも話を聞いておこうと思い隣に行く。

が、海月の表情がさっと険しくなったのが分かった。「……了解しました。わたしたちも、然《しか》るべく対処します」

「警部」

海月は電話を切り、俺を見た。

「……設楽さん。状況は、わたしが予想していたよりずっと悪いようです」

何か重大な報告が入ったらしいということは、すぐに分かった。「やはり、フレイムワークスが？」

「先程、株式会社フレイムワークス総務課から捜査本部に報告があったようです」海月は携帯をしまって言った。「〈ドラゴンハンドラー〉のすべてのユーザーに対して、ウィルスがばら撒かれた可能性があるそうです」

「すべての？」

「わたしはこれまで、犯人は〈ドラゴンハンドラー〉の通信機能を使って、アイテムやメッセージのやりとりと同時に、ターゲットにウィルスを送り込んでいたのではないかと思っていました」

俺もそう思っていた。「……違ったんですか？」

「技術的には、それはとても困難なんです。その方法をとるためには、ダウンロードされた〈ドラゴンハンドラー〉のゲームプログラムそのものを改変しなければなりません」

楠野さんの話にあった。万単位のダウンロード数を誇る人気ゲームは、制作・配信会社が社運をかけて送り出している。だからチェックも厳しく、おかしなものが仕込まれることはまず考えられないと。

「ですが、配信側の端末に侵入できれば、プレイヤーに届くアップデートのメッセージを改変することはできるんです。元のゲームそのもののチェックは厳しくても、数日に一回というスパンで繰り返されるアップデートがすべて厳重にチェックされているとは限りません。しかもこの場合、ゲームのプログラムそのものには手をつけていないのです」

「……つまり、どういうことですか？」

「〈ドラゴンハンドラー〉のアップデート通知は、ゲームのタイトル画面を開くとポップアップで制作会社のサイトへのリンクが表示される形式です。お知らせメッセージの着信はホーム画面にも表示されますから、ユーザーはその画面を通じて、リンクの貼られたサイトへ行くのが通常です」

そういえば、江藤に勧められて一応ダウンロードしただけの俺の携帯にも、しょっちゅう「お知らせ」が届いていた。俺はそういったタイプのゲームをダウンロードしたのは初めてだったので、やってみると随分煩《うるさ》いものなのだな、という程度にしか思っていなかったが。

「ドライブバイ・ダウンロードという言葉があります。細かい話は省きますが」海月はこちらを見ないまま言う。喋りながら同時に、次にどうするべきかを考えているように見える。「ウェブサイトを閲覧するという行為は、それ自体すでにいくつかのファイルをダウンロードしていることになるのです。つまり、悪意のあるウェブサイトは、閲覧するだけで他に何もしなくても感染することがあるのです」

「……まさか」ようやく、俺にも分かってきた。

「一週間前、五百万ダウンロード記念のアップデートを配信するメッセージが、株式会社フレイムワークスからすべてのユーザーに送信されました」海月はこちらを見た。

「しかしその直前、外見上は全く同じメッセージが、何割かのユーザーに先行配信されました。そのメッセージは犯人により改変がされていて、リンクの先にあるのはフレイムワークスの正規サイトではなく、それにそっくりな偽サイトでした。当然そのユーザーには、後から正規のアップデートメッセージが届かないようにプログラムされています」

俺は思わず、手元の携帯を見た。

「その偽サイトを閲覧すると、その時点でウィルスが注入されます。すべてのプログラムが一度に注入されるわけではありません。最初は、一部分だけです。そのウィルスは感染した携帯電話の内部をチェックし、そのユーザーのセキュリティ意識の高さをまず確認するんです」

「セキュリティ意識を?」どうやって、と言おうとして気付いた。簡単なことだった。

「つまり、セキュリティソフトを入れてるかどうか、とかですか」

海月は頷いた。「そして、一定レベルのセキュリティ意識があるユーザーだと判断した場合、ウィルスはそれ以上のことをせずに『撤退モード』に入ります。つまり、自分の痕跡を消す作業を始めるのです」

……つまり、感染相手を自ら選ぶウィルス。俺はよく知らない。そういうものは、これまでにあったのだろうか。

「ですが、もしユーザーのセキュリティ意識が一定レベル以下だと判断した場合、行動を開始します。このウィルスは、まずセキュリティプログラムを改変して自分を無害なプログラムだと認識させます。そして裏口《バックドア》を作って以後の侵入ルートを構築し、端末内部の情報を逐一送信しながら、何かを待っています」

「……『何か』？」

「分かりません。今はまだ潜伏しているだけですから」海月の前を若い男が通り過ぎた。その男も携帯を出していた。「このウィルスが何をするつもりなのかは、フレイムワークス側もまだ把握していません。ですが、配信規模から考えて、おそらく百万以上の端末が感染した可能性がある、と」

「な……」思わず周囲を見回す。「……百万？」

都民のうちの何十人とか、そういった規模ではなかったのだ。到底、把握できる数ではない。

俺は新宿駅の改札を振り返った。駅舎の明かりの下、改札を出る人間と入る人間が間断なくすれ違っている。あの人間たちはほぼ全員、携帯を持っているだろう。すでにあの中にも何人か、感染している者が交じっているかもしれない。

「百万……」

一週間前から。少なく見積もっても日本国内で百万台の携帯電話が、何をしだすか分からない得体のしれないウィルスを載せて今も動いている。東京全域、首都圏全域――だけではない。北海道から沖縄まで、日本全土で事件が進行していたのだ。

「しかし」新宿駅西口の雑踏を見ながら、俺は言わずにはいられなかった。「そんなに感染させてどうしようってんです。遠隔操作で火をつけるとか、それだけが目的ならそんなに必要ないはずでは」

「分かりません。個人情報を取れば巨額の利益を生むことができます。ですが」海月も先刻からずっと何かを考えているようで、視線は何もないところに向いたままだ。「この犯人が、営利目的で動いているとは思えません」

「犯人のとこにはデータが集まっているわけでしょう。そしたら、どこに向かってデータが流れてるかとか、追えないんですか」

「フレイムワークスが現在、その作業をしているはずです。ですが、間違いなく複数のボットを経由しています。送信者に辿りついても、それはおそらく『人形』です」

俺は名無しの姿を見た。だがあいつがどこの誰なのかは全く分からないのだ。今、目の前を通り過ぎたあのワゴンに乗っているかもしれない。後ろの線路を駆け抜けた今の快速電車に乗っているかもしれない。だが、何かとんでもない幸運によってばったり出くわしでもしない限り、俺たちは名無しに辿りつけない。ウィルスが発動する前に名無しを捕まえる方法など、あるのだろうか。

そして俺は気付いた。「発動する前に」ということはもう、ありえないのだ。

名無しはフレイムワークスを訪ねた俺たちを消そうとした。フレイムワークスの線が当たりだったからだ。そして俺たちを始末しそこねた今、川萩係長ら二係が本格的に動き出したこともおそらく把握している。だとすれば、奴はもう動き出すはずだった。潜伏中の百万のウィルスが発動する日は、すぐに来る。

そして、俺がそう思ったまさにその瞬間、それは始まった。

```
shadow@ubuntu:~$ build
shadow@ubuntu:~$ ./wake-up all
sending wake-up cmd.
..............................................
..............................................
completed!
```

※

土曜出勤の長い一日を終えて帰宅する途中、小出浩史は自分の携帯電話の挙動がおかしいことに気付いた。ゲームの通信が頻繁に止まる。インターネットを閲覧するにも、速度が遅い。何かが詰まっているようにロードが停滞している。帰宅途上、メールの着信があったようなので歩きながら確認しようとしたら、メールの受信画面を見る時でさえ動作が遅かった。

壊れたのだろうか、と思った。この間、靴紐《くつひも》を結ぼうとかがんだ際に胸ポケットに入れていた電話機を落としてしまった。あるいはゲームのやりすぎだろうか。容量が一杯になったということなのか。

「小出さん、どうしました」隣を歩く後輩の真壁《まかべ》が声をかけてくる。

「いや、何だか携帯がね、おかしいみたいなんだ」

真壁とはたまたま退勤時刻が重なった。真壁は独身だが小出は家で家族が待っている。一杯やらないかと言いたいのをこらえ、駅まで一緒に、ということになっただけなのだが、小出は、真壁がいてくれることをありがたく思った。こういうものには自分よりずっと詳しいのだ。

「おかしい、ですか。どのように」真壁は興味を覚えたらしく、手を差し出してきた。

小出は携帯を渡す。「なんだか動きにくいっていうか、動作が……重い、って言うんだっけ？」

「携帯のですか」真壁は画面を見ながら首をかしげた。「つながりにくい、とかではなく」

真壁は歩道の消火栓の陰に移動し、駅に向かう人の流れを避けて立ち止まった。小出も隣に行き、横から携帯を覗く。「ほら。なんだかこう、アプリを起動するだけでも変だろ」

「ビル街ですから電波が悪いってのは分かりますけど、これは……」真壁はコートの内側から自分の携帯を出した。「僕のは別に……ん？　何ですかねこれ」

「何だ？」

「いえ、小出さん、僕にメールしました？　あれ、でもさっきだな、これ」

「いや、してないよ」

「だってほら、空のメールが来てますよ小出さんから」

「だって、さっきって会社出たとこだろ。真壁君、一緒にいたじゃない」

小出のその答えを聞き、怪訝な顔で携帯を操作していた真壁の動きが止まった。

「……まさか」

「何？」

真壁は携帯にかじりつくような姿勢になり、慌ただしく指を滑らせて操作し始めた。

「あっ、くそっ、駄目だ開いちまった」

「どうしたの」

「どうしたの、じゃありませんよ」きょとんとした目でまるでのんびりしている小出に半ば苛立つ様子になり、真壁が訴える。「これウィルスもらってますよ。小出さんのさっきのメールです。小出さん、どっかで携帯にウィルスもらってきたでしょう」

「ええ?」

ようやく事態に気付き、小出も自分の携帯を真壁から受け取る。しかし、彼には知識がない。画面を覗き、メールの送信履歴を覗く程度のことしかできない。コンピュータウィルスという単語は知っていたが、実際にそれに感染したら、どうすればいいのか。

「さっき小出さんから来たメールで僕のも感染しちゃいましたよ。どうしてくれるんです」

「そんなこと言ったって、俺、送ってないよ」

「勝手に送ってるんですよ小出さんの携帯が。だから動作が重かったんじゃないですか?」携帯を操作しながら小出への苛立ちをあらわにし、真壁は歯ぎしりをする。「これ、どういうウィルスなんだよ。電話帳抜かれたか? おいおいウィルスチェイサー仕事してねえよ」

「えっ、何。まずいの?」小出も焦り始める。「これ、俺の携帯がウィルス送っちゃったのか」

「たぶん今もまだ送り続けてます。小出さんのアドレス帳に登録してある人に片っ端から空のメール送りつけて、それ見ると感染するんでしょうよ」

「そんな」小出は愕然とし、急いで電話機の電源ボタンを押した。「じゃあ、みんなに送っちゃったのか」

「そのボタンで切っても無駄ですよ。電源を完全に切る方法って端末ごとに違うんだから。小出さんの携帯、そうやってもまだウィルスメール送り続けてますよ」

「それ、どうすりゃいいんだ？　じゃあ、下手をするとみんな」

その言葉を言った小出も、聞いた真壁も、動きを止めた。二人はなんとなく悪寒《おかん》のようなものを覚え、同時に周囲を見回した。

二人にとっては見慣れた新宿の雑踏だった。だが、何かがいつもと違う。

小出は気付いた。携帯を出している人が多すぎる。歩きながら操作している若い女。その後ろの男。学生らしき青年。立ち止まり、人波を避けてビルの柱の前に立つ人もいつもより多い。その全員が携帯を操作している。

小出は呆然として呟いた。「まさか、みんな……」

ビルの柱に身を寄せて携帯を操作する人間の数が、見る間に増えてゆく。感染が広がっている。それも、恐るべき速度で。

十二月七日。皆がそろそろクリスマスの飾りつけに慣れたこの日、それは始まった。

小出浩史が新宿の雑踏を見回したその瞬間、日本中で一斉に感染が始まっていた。後に日本の情報技術史上、最悪のウィルス禍と呼ばれることになる「フレイム事件」の、発生の瞬間だった。

この災害を起こした携帯電話向けウィルスは、その最初の感染元に利用された会社の名前から「フレイム」と名付けられた。「フレイム」は正確には単一のウィルスではなく、性質の全く異なる三つのソフトウェアから構成された、いわばウィルス群であった。それぞれ「斥候《スカウター》」「工兵《ザッパー》」「攻撃者《アタッカー》」と名付けられた三つのソフトウェアは、設定された「ある目的」のために、数日間をかけて順に侵入してゆく。

最初の感染は十一月三十日の時点で起こっていた。〈ドラゴンハンドラー〉の偽運営サイトに仕掛けられた「斥候」が、侵入した端末のアプリの内容や、そのアップデートの頻度などから、ターゲットのセキュリティ意識を判定する。一定レベル以下だと判断した場合、「斥候」は次の「工兵」が侵入しやすいよう、裏口《バックドア》を設ける。それと同時に、端末内のチェックをするソフトウェアが自分を悪意あるアプリだと認識しないよう、偽の身分証明を登録する。「斥候」自体は隠密性に特化したトロイの木馬であり、必要に応じて端末の情報を送信する他は、次に来る「工兵」が動き出すその時まで、何もせずに潜伏している。

そしてこの日、「工兵」が動き出した。端末に侵入した「工兵」は「斥候」が盗んだアドレス帳のデータに基づき、登録されているアドレスのうち条件に合致するものすべてに、自らのコピーと「攻撃者」の入ったウィルスメールを一斉送信した。こうしてこの日、日本中で１１００万台を超える携帯電話が、「フレイム」の餌食になった。

既存のウィルス対策ソフトは、その時点で発見されているウィルスプログラムの特徴を分析し、それに似た構造を持つものをウィルスと認識する。したがって、既存のソフトウェアのまだ認知されていない脆弱性をついてくる新種のウィルスに対してはほとんど無力である。そして開発者《ベンダー》が脆弱性を認識し、修正パッチを配布したとしても、その時にはすでにウィルスは目的を遂げている。「ゼロデイアタック」と呼ばれる攻撃である。

そして十二月七日午後九時十八分。「攻撃者」が動き出した。

ゼロの夜が、始まった。

21

「設楽さん、いかがですか?」

「駄目です。シャットダウンしようがアドレス帳消そうが、お構いなしにウィルスメール送り続けてやがる」俺は自分の携帯を握りしめた。「くそったれ。あんなゲーム落とすんじゃなかった」

新宿駅の雑踏を見回すと、同じように携帯を見て困惑している顔がそこここに見られた。〈ドラゴンハンドラー〉を落としていてウィルスの発信者になってしまったやつ。そいつから貰ったメールを開いてしまい、感染者になったやつ。どちらも大差なかった。ひとたび感染すれば、その端末はその瞬間から発信者の側になる。

周囲の人間の中にもそろそろ、おかしいと気付き始めている者が出てきていた。送信した覚えのないメール。急に動作が重くなる携帯。だが、今更気付いても遅い。普通の人間は、アドレス帳に平均でどのくらいの件数を登録しているのだろうか。最初に〈ドラゴンハンドラー〉から感染した者が百万人いるとする。そのそれぞれに五十件ずつ登録があったとする。感染するのは登録されたもののうち「個人の携帯電話」でなければならないだろうし、送信者が百万人もいれば送られる相手もある程度は重複しているだろう。それに、これだけ一斉にメールを送れば、回線が詰まって送信がなかなかされなくなる。送られたメールを不審に思って開かなかった者も多いはずだ。だが、それらの要素をふまえてかなり楽観的に考えたとしても五人に一人、発信者一人あたり十件は感染しているだろう。だとすれば一千万。日本中の携帯電話が汚染されていると言ってい い。

「くそっ、駄目だ」俺はアドレス帳の削除を諦めた。「警部のはどうです」

「わたしのものは大丈夫です。メールも開いていませんし」自分の携帯が感染していないこともあってか、海月は落ち着いている。「HTML形式のメールですね。これは本文を読むだけでいくつかのダウンロードが行われたことになりますから、読むだけで感染します」

「くそっ、勉強不足でしたよ。そういうのがあるなんて」アドレス帳に登録している人間全員に、「俺からメールが来ても開くな」と送っておくべきだろうか？　だが、おそらくすでに、大抵の人間が他の誰かからメールを受け取ってしまっているだろう。

新宿の雑踏もざわつき始めていた。歩きながら携帯を見せあう人。立ち止まっている人。一つの携帯を集まって覗き込んでいる人たちも多い。停まっているタクシーの運転手も窓から身を乗り出し、何か臨時ニュースでもあったのか、という顔で人々を見ている。道端で携帯を見ている人間を見て、自分の携帯を出す者も多い。まもなく、日本人の大部分が事態に気付くだろう。

史上、例のない大量感染。日本中の携帯電話端末が使えなくなる。被害総額は一体、何百億円になるのだろう。これからどれだけの混乱がやってくるのか、想像もつかなかった。

だが、それはまだ、これから来る大災害の前座にすぎないのだ。感染したウィルスを使って他人の携帯を遠隔操作できるとしたら、犯人は今、日本中の携帯を意のままに操れることになる。

「警部、何を見てるんです?」海月はさっきから、携帯を必死で撫でて操作している。

「状況の確認です。感染範囲がどこまでなのか。感染後、何が起こっているのか」

「どうやってです」ニュースになるにはまだ早すぎる。海月の携帯を覗き込む。

「SNSです」海月は携帯の画面から目を離さなかった。「正確性はありませんしデマも流れます。ですが災害時、最も情報が早く、かつ通信が安定していたのはインターネットです」

「なるほど」俺も携帯を操作し、ブラウザを起動して海月が見ているのと同じSNSサイトに接続した。動作は重いが、まだつながる。「携帯」という単語に触れている書き込みを検索すると、すぐに何千という書き込みがヒットした。

黒沢　@blacksour99　（5分前）
携帯ウィルス、こちらにも来ました。最初のメール開けちゃったみんなごめん
（引用数）▽26

まきの　@makimakinon　（3分前）
やばい俺のもだ。動作重い。
＞携帯ウィルス
（引用数）▽0

黒猫　@kurobiyori0515　（2分前）
さっき友達から来たメール開けちゃった！　友達衆、黒猫からメール来ても見ないで！
＞携帯ウィルス
（引用数）▽2

モリノブ　@mitolover0121　（1分前）
これ携帯内部の個人情報どうなの？　すでにダダモレてるの？

（引用数）▷0

日本中の人間が今、書き込みをしている。

SNSは話し言葉そのままが多いため、書き込んだ者の混乱している心理がよく分かった。「感染した」という書き込みだけですでに千数百ある。そして、読んでいる間にも十件、二十件と増え続けている。だが、まだ感染したウィルスが何かを始めたという書き込みはなかった。それはこれから来るのだろう。

「警部……」

海月はまだ携帯を見ている。スクロールさせる指は止まり、何かを考えているようだった。新宿駅西口のロータリーでは、行き交う人々の多くが足を止め、携帯を見始めていた。低くざわめきが続く異様な雰囲気の中、ベビーカーに乗せられ、携帯を見ている親に無視された赤ん坊が泣いている。

俺も考えた。もう、それしかできることはなかった。名無しは日本中の携帯を操って、これから何をするつもりなのか。

その答えは次の瞬間にもたらされた。

俺の携帯が突然、勝手に発信を始めた。海月が弾かれたように反応し、横から画面を覗き込む。画面に表示されている発信先の数字を見て、俺はぎょっとした。

発信中　110

※

警視庁本部庁舎四階、通信指令センター。東京二十三区内の110番通報はすべてここにつながり、秒単位で対応がなされる。数十のデスクにそれぞれ三つずつのモニターが置かれ、座る係官たちは休みなく動いている。現場とは別の、もう一つの最前線である。正面の壁一面に大型のモニターがあり、都内全域のパトカーの現在位置や通報地点等がすべて表示され、ひと目で把握できるようになっている。室内にずらりと並ぶ受電台の半分程度が常時埋まり、一日四千八百件、平均すると十八秒に一件という数の110番通報を受理し、通話しながら同時に付近を走行中のパトカーに、交番に、警察署に指示を送っている。十二月七日午後九時二十分現在、緊急配備はなかったが、土曜の夜ということもあって人出は多く、喧嘩やひったくりの通報はちらほら続いていた。通信指令センターも110番通報の増加に対応するため、今は八割以上の受電台が埋まっている。そのうちのいくつかは、常に通話中の黄色いランプを灯らせていた。

最初の入電を受け取ったのは、最前列右端に座る松金《まつがね》巡査部長だった。

「110番警視庁です。事件ですか？　事故ですか？」

110番通報をする人間はだいたい動揺している。それを落ち着かせるためもあって、受ける側はいかにもただの「手続き」であるかのように、落ち着いた声で喋る。実際に、通信指令センターで受電台に座る係官は事件処理に慣れたベテランであり、松金もそうだった。

松金は相手の反応を待ったが、何やらごそごそという音がするだけで声らしきものは返ってこない。それでも経験豊富な彼は特に動揺せず、ありうる可能性を経験の中から検索していた。通報は携帯電話からだったが、電波が悪いという雰囲気ではない。ごそごそという音がかすかに聞こえるから、端末が何かにこすり合わせられているようだ。そしてこの端末は移動している。あまり例のないことだが、最近の携帯には緊急通報をすぐにできるようにするアプリもある。それの誤作動か何かで、通報者は自分が通報してしまっていることにすら気付いていないというケースが一番ありうる。だがもちろん、それよりずっと深刻なケースも考えられた。通報者が負傷したり拘束されたりしていて、言葉を発せないケースだ。

「もしもし。こちら110番警視庁です。事件ですか？　事故ですか？」最初の決まり文句を繰り返し、その後に少し大きな声で「どうしましたか？」と付け加える。やはり反応はなく、松金は本件を「無応答」に分類して通話を終了させた。間違い電話等のケースと、通報者が何らかの事情で会話ができなくなっている緊急のケースは、経験上、相手の背後の物音等ですぐに判断ができる。

だが、異変はその直後に始まった。

両隣と後ろの席についていた係官がほぼ同時に受電した。松金は左隣の同僚を見て、それが自分と同じような無言の通報に対応していることを知った。右隣も後ろのもそうだ。ということは、集団の悪戯だろうか？

だが、周囲をさっと見回した松金は気付いた。受電台のほぼすべてが通話中の黄色ランプを光らせている。さっきまでは違った。突然こうなったのだ。

異常事態を感じ、松金は通信指令センター後方、高い位置に据えられている指令官のデスクを振り返った。指令官たちがモニターを覗き込み、切迫した様子で何か言葉を交わしている。受電台の状況はすべて指令官が傍受できるから報告の必要はなかった。指令官はすでに異状を知っている。

再び自分のところに入電が回ってきた。今度の通報者は「すみません間違いです」と慌てた声で言い、一方的に電話を切った。だが、何だったのだ、と思う間に次の受信がある。また携帯電話だったが、今度は違う番号だ。

応答し、やはり答えがないことを確認しながら、松金は徐々に、事態の異常さを理解し始めた。これは悪戯などというレベルをはるかに超えた事態だ。すべての受電台が同時に埋められている。無数の通報、それも、すべて違う携帯電話からだ。

松金は首筋に鳥肌がたつのを自覚した。通常なら、受電台がすべて埋まってパンクする事態などまずない。これは何が原因だ。いつまで続くのだ。

部屋中で黄色のランプが点灯している。係官たちは状況が摑めぬまま、ただ目の前の無言電話の処理に忙殺されていた。

警視庁本部庁舎の通信指令センター、及び多摩地区を担当する多摩指令センターの機能が、一斉に停止した瞬間である。

※

「くそっ、またかかった」俺は画面をタップして携帯の通話を切った。だがそうした瞬間にはもう次の発信がされ、消したはずの「110」の数字が画面に現れている。止めようがない。

遠隔操作の目的はこれだったのだ。何度切られても110番通報を繰り返す。それも一人や二人ではない。一千万台の携帯が一斉に110番通報を始めたとしたら。

周囲が急に騒がしくなった。画面から顔を上げて周囲を見回すと、困惑顔で携帯を操作している人間がそこらじゅうにいた。それと同時に無数の電子音と着信メロディが聞こえ始めた。もしもし、という声が四方八方から聞こえてくる。

「これは……」

110番はすでに、呼び出し音が続くだけでつながらなくなっていた。そしてその間《かん》隙《げき》をぬうように、旭川《あさひかわ》にいる母の携帯から着信があった。

「もしもし？」

しかし、出ても何も反応がない。通話はすぐに切れ、かわりにまた110番への発信が始まる。一体どうなっているのだ。

見回した周囲では、今や六割以上の人間が携帯を出して見ていた。皆、この状況で歩きながら画面を見ることを避けるだけの判断力はあるようで、多くの人が歩みを止め、焦った手つきで画面を叩いている。背筋を伸ばして見渡すと、ロータリーの反対側も、歩道橋の上も、ずっと先まで同じように困惑している人たちで溢れかえっていた。三百六十五日二十四時間、決して止まることのなかった新宿駅前の人波が、動きを止めていた。

「設楽さん」使用不能になった俺の携帯のかわりに、海月がSNSを見せてきた。

針田もぐ太　@harimogu_2　(3分前)
弟の携帯が110番かけまくってる。笑えるけどこれ大丈夫なのか。
(引用数)▽7

兵長　@levikyun0316　(3分前)
携帯もう動かないのでPCから。私のは119番です。消防署の人ゴメンナサイ
(引用数)▽2

うまかもん　@seki_tasiro1007　（1分前）
私も119番のタイプです。友達にきいたら110番と半々くらいらしい。あと今、山梨の友達から情報。どうも山梨では110とか119じゃなくて、東京方面に手当たり次第電話かけまくるモードになってるらしいです。
（引用数）▷21

受験生りお　@rionigetai　（1分前）
なんか03で始まるどこかの会社にかけまくってるんですけど。え？　何？　東京の人は110番とかにかけまくってる状態なんですか？　それって非常に危険なのでは。
（引用数）▷10

「これは……」手元の携帯を見る。俺のものはまだ110番にかけ続けていた。

海月がスクロールさせるSNSを見て、ようやく状況が摑めてきた。おそらくGPS情報を参照しているのだろう。なぜかこのウィルスは、東京の端末とそれ以外の地域の端末で挙動を変えていた。東京の端末は110か119に。それ以外の端末に対しては少し遅れて発動し、東京の電話番号に手当たり次第に。周囲でもいくつか着信音が鳴っている。アドレス帳か何かに東京在住だという情報が入っていたら、携帯にもかかるようになっているのかもしれない。現に俺の携帯にも、旭川の母からかかってきていた。

だが、日本全国で一斉にこれが行われているとすると。

笑男　@warawaraman　（3分前）
119番つながらなくなりました。回線切られたとか？　さっきからずっとかけまくってるのでごめんなさい
（引用数）▽6

マシュマロ似　@sirohada2　（2分前）
東京在住ですが通話できなくなりました。回線パンクしたっぽい。早い。震災の時は30分くらいもったのになー
（引用数）▽14

にょろん　@nyoronyoronyoron　（2分前）
110番もつながらなくなりました。電話不通＋緊急通報不能ってやばくない？　みなさん交通事故とか犯罪に気をつけて！
（引用数）▽10

不幸猫　@blackcat_minato　（1分前）

港区の状況をお伝えします。現在、緊急通報が集中しすぎて110および119がつながらない状況のようです。また、東京方面に向かって発信が集中しているため、東京近辺の回線がパンクして携帯が不通になっています。固定電話もそろそろ通じなくなる模様です。みなさん充分に注意してください。

(引用数) ▷196

俺が気付くより先にＳＮＳが告げていた。現在、東京では１１０番通報も１１９番通報もできないのだ。そして他地域からの発信が集中して電話回線そのものがパンクしている。生きているのはネットだけのようだ。

今、東京では１１０番通報ができない。犯罪に遭っても警察が呼べないのだ。

「……設楽さん」海月が画面から顔を上げ、こちらを見た。顔色が白くなっていた。

「危険です。非常に」

「……はい」

周囲を見回す。新宿駅西口には京王や小田急といった大型のショッピングビルが立ち並び、それらに見下ろされて無数の人間がひしめいている。携帯を覗いている者は、大部分が「緊急通報ができず電話も使えない」という現在の状況を把握しているはずだった。今のところ混乱はない。だが、やはり不安げな表情で周囲を窺っている人が何人もいた。その中に、コートの前をかき合わせ、早足で改札に向かう女性の姿が見えた。

「すいません」

後ろから言われてどくと、二人連れの若い女性がそそくさとタクシーを止め、「早く」と言いながら乗り込んでいた。

――まずい。

最初のざわめきがやや静まり、かわりに、形のない不安が周囲を覆い始めているのが分かった。雑踏の空気が緊張し始めている。110番ができないということは、犯罪に遭っても誰も助けてくれないということ。今なら、犯罪を犯しても捕まらないということではないのか。

腫れものに触るような気持ちで祈っていた。どうか。どうか落ち着いてくれ。都内にはそこらじゅうに交番があるし、地域課の警察官が常時巡回している。実生活で110番をするような機会は、そう頻繁にあるわけではないのだ。110番通報ができなくなったとしても、普段の生活と何も変わらない。だから落ち着いてくれ。

だが、海月が俺の袖を引っぱった。「……設楽さん」

海月の携帯を覗いた俺は、思わず舌打ちした。危惧した通り、SNS上では「今、東京にいると危険だ」という書き込みが一斉にされ始め、不安を煽《あお》るメッセージが溢れていた。

山登り　@jundakikuo03　(6分前)

都内今ヤバい。１１０番不能で犯罪やり放題。都内にいるみんな逃げろ。特に若い女性。

(引用数) ▷233

うしろの高田　@takadaback　(４分前)

若い女の子逃げて！　レイプレイプレイプされる

(引用数) ▷17

Nevermore　@kunou299　(３分前)

みんな東京行こうぜ今ならやり放題ヒャッハーー！

(引用数) ▷0

「くそ。無責任に書きやがって」

俺たち同様に携帯を覗いている周囲の人々も、ほぼ同じ速度で情報を得ているようだった。ただ混乱していた数分前と違い、不安感に満ちた低いざわめきが周囲に渦巻いている。

だが、俺が毒づいた直後、恐れていた書き込みが現れた。

原ゴン　@haranaka1101　(3分前)
ＪＲ池袋駅周辺でひったくりが発生しています。１１０番できないからどうにもならない状況です。都内のみなさん池袋駅には近付かないで！
(引用数) ▽556

本当なのかデマなのか分からない。しかし、これはまずい。こうやって不安を煽れば大混乱になりかねない。それに、これを見た馬鹿が真似をしだす可能性もある。

だが、引用数を表す数字はどんどん増えていった。589……710……1019。

そしてそれからわずか数秒の間に、堰《せき》を切ったように同様の書き込みがされ始めた。

キレ柴犬　@kireshiva　(5分前)
こちら渋谷ハチ公前。ひったくりがあっちでもこっちでも起こってます。みんな渋谷ハチ公前来ないで！　他の入口もやばいっぽいです
(引用数) ▽1015

ほうき　@shimanager02　(4分前)
吉祥寺です。こっちもヤバい。駅構内の女子トイレから今悲鳴聞こえました。みなさん注意して！

（引用数）▽401

そーめんまん　@sohmenman69　（4分前）
吉祥寺レイプ俺も聞いた。ていうかあれ男子トイレからも聞こえてる？　とにかくやばい。

（引用数）▽29

マロン　@marocake　（2分前）
吉祥寺駅でレイプがあったという話はデマです。見た限りみんな落ち着いてます。騙されないで！

（引用数）▽77

ズゴッグ乗り　@yamasiro1223　（1分前）
上野駅前です。ひったくり発生。あとどさくさまぎれて痴漢もでてます。現場画像↓
画像を表示する

（引用数）▽89

正確な情報が得られず、ただ不安を煽《あお》るような書き込みだけが続いていた。新橋駅前でひったくりがあった。八重洲で窓ガラスを割っているやつがいる。吉祥寺駅のトイレで女性がレイプされている。書き込みを見ると今、どうやら都内各地で犯罪が発生しているようだ。

現在、警察はまともに動けない。110番が使えない以上、巡回の警察官が自分で現行犯を見つけてなんとかするしかないのだ。だが人口千三百万の都内を四万人の警視庁警察官ですべてカバーできるはずがない。都内全域ですでに何件起こったのだろうか。このまま東京中が混乱状態になるのだろうか。書き込みを読んでいる人間は皆、多かれ少なかれ混乱しているはずで、俺も同様だった。「ひったくりがありました」「民家に押し入っている人がいます」「レイプされている人がいます」——それらの書き込みと、「これはデマです」という書き込みが交錯して溢れ、真偽はもう判断のしようがない。だが確実に発生し続けている。今も。

俺は視線を上げた。表面上はいつもの、高層ビル群に切り取られた夜空だ。だが今、東京はどうなっているのだろう。ニュースはまだない。SNSでは情報が錯綜している。状況がまるで摑めなかった。だが、不安に煽られた人々が一斉に繁華街から離れようと動き始めたら、それだけで大混乱になる。

後ろで声がした。三人組の女性と、カップルの男が揉めている。「順番だろ」という男の声が聞こえてきた。タクシーの順番を取りあっているのだ。

「は？　割り込んでねえし」

「横見てんじゃねえよ」

「うるせえよ」

カップルの男と三人組の中で一番太った女が口論している。止めようかと思ったら、後方で何やらざわめきが起こっていた。振り返ると、どうやら誰かにぶつかられたらしい女性が服を払いながら立ち上がったところだった。その彼方から、パトカーのサイレンが走り過ぎていくのが聞こえる。入院して抜け出してきたので無線機がない。確認できないが、警察無線がやられていないとすれば、おそらく今頃は「至急」の言葉が東京中を飛び交っているはずだった。

人混みの中で怒鳴り声が聞こえた。内容は聞きとれなかった。喧嘩には発展しなかったようだ。

……まずい。ここでも空気がざわつき始めている。

もともと人の密度の極めて高い新宿駅西口では、まだ均衡《きんこう》が保たれていた。目に見えない、危ういバランスがぎりぎりで成立して、表面上まだ平穏を保っている。もしこのタイミングで、派手な何かが起こったら。

だがSNS内には、さらに悪い知らせが出現していた。

とらふぐ　@torafugu0919　(2分前)

こちら中野区新井三丁目××-××です。火災が発生しました。空き家と思われるア

パートから出火して、近所の住民が消火にあたっていますが、火の勢いが強くて手に負えません。今、一人消防署に自転車で向かいました。１１９番ができません。火の気に気をつけて！

（引用数）▽199

遠くでサイレンが鳴っている。パトカーではない。消防だ。

思わず中野方向の空を見た。高層ビルに囲まれたここからでは火そのものは見えない。だが、そちらの空の色が違っている気がする。

「警部」携帯を見ている海月のコートを引っぱる。「とにかく通常業務をしましょう。中野なら行けます」

だが、周囲を見回して舌打ちした。人の多い繁華街から逃げようというのだろう。タクシー乗り場にはすでに列ができている。

「警部、とにかく中野に」

「いいえ。設楽さん」海月は首を振り、言った。「東京はもう、そういう状況ではありません」

海月が突き出してきた携帯の画面を見て、俺は息を呑んだ。

しまーん　@simasimanoko1030　（5分前）

世田谷区です。梅丘二丁目××でも火災です。住民は避難しました。火が消せません。
(引用数)▷116

KONKO　@konkonburu55　(4分前)
新宿百人町でも火ついてる。消防車こないのでやばい
(引用数)▷38

ようちゃんパパ　@hodogayahisahiko02　(2分前)
荒川区です。こっちでも火災。こっちは消防車来たっぽいです。他、気をつけて。
(引用数)▷29

東京中で火災が発生している。品川。台場。西荻窪。不通になって危険なのは110番だけではない。119番がかけられなければ、火災発生から消火開始までが著しく遅れる。消防署に電話をすることすらできないとなると、近所の人間が直接、最寄りの消防署に駆け込むのを待つしかないのだ。だが、その間に火が燃え広がる。小火《ぼや》で済むはずのものがすべて大火事になってしまう。

名無しの計画がようやく理解できた。東四つ木の放火は、奴にとって三つの実験を一度に済ませるための手段だったのだ。発火装置と遠隔操作ウィルスと、そして通報から

消防車が何分で来て、どの程度の被害になるかという実験だ。だとすれば海月の言う通り、今から中野の現場に行ってもそれほど意味はない。野次馬の中に名無しの姿はないだろう。

「……くそっ、どうにもならないのか」

言葉でどんなに悔しがっても仕方がない。それは分かっていたが、つい口に出してしまう。手に持っている携帯はまだ110番をし続けていた。それが忌々しい。

「これ、なんとかならないのか？　……いや、電源か」

通常のスイッチオフではシャットダウンされるだけだが、携帯電話は、ユーザーが電源そのものを切ることができたはずだった。方法は機種ごとにばらばらでややこしいが、それはネットで調べられる。これで発信が終わるのではないか。

だが、海月は画面を見ながら、落ち着いて言った。「無理ですね。感染したウィルスが、電源オプションを開けないようにOSを改竄《かいざん》しているようです」

「……くそ」

昔の電話機なら電源ボタンを押し続けることで、問答無用で電源が切れたのだ。今は違う。OSを介して電源オプションを呼び出さなければならない。名無しはちゃんとそこも考えていたのだ。

このまま何もできないのか。東京の街に混乱が広がってゆくのを、ただ黙って見ていることしかできないのだろうか。

後ろの方で悲鳴があがった。振り返ると、南側の小田急百貨店方向の人波が割れているのが見えた。その中心を見ると、マスクをした男が人を押しのけて走っていた。

反射的にそちらに向けて駆け出していた。ニットキャップにマスク着用。黒のダウンジャケットとグレーのデニム。身長やや高めで体格がいい。年齢は二十代か十代。相手の外見を頭に刻みながら、男が明らかに自分のものでない、女性もののハンドバッグを持っているのを見た。

「止まれ！」

通行人を押しのけて男の正面に出て怒鳴る。男は横にいた老人を突き飛ばして向きを変えた。追いすがり、左腕が人にぶつかって痛むのをこらえて襟首を掴む。男が肘を振り回して抵抗したので襟首を思いきり引き、同時に後ろから腿を蹴った。引き手を引いてやるほど優しくはない。右手は思い切り下方向に振り、男の背中を地面に叩きつける。仰向けに倒れたその顔を思いきり踏みつけた。

「窃盗と公務執行妨害の現行犯で逮捕する。今、怪我してて片手なんだ。多少手荒なのは我慢してくれ」

左手なしでは押さえ込みもできない。相手の肩を膝で押さえ、右手で喉を摑んで押しつけた。人混みを歩くのが苦手な海月が、周囲の人垣をかきわけてようやく現れる。人にぶつかって眼鏡を落としたらしく、手に持っていた。

顔を踏まれた男を見下ろすと、男は呻きながら体をよじろうとしている。俺はもう一発ぶん殴りたい気分だった。くそったれ。今なら何やっても捕まらないとでも思ったのか。

頭上から、かしゃりという音が聞こえた。見ると、携帯でこちらを撮っている男がいた。

「ちょっと、撮影は許可していませんよ。画像消しなさい」

俺は怒鳴ったが、男は逃げるように携帯をしまって人垣の奥に消えてしまった。反対から再び、かしゃりという音がする。

俺は奥歯を噛んだ。これがSNSにでも上げられれば、また似たような事件を起こすやつが出てくる。だがもう撮られてしまった。気付かなかっただけで、すでに何枚も。一体何を考えているのだろう。派手な現場写真を上げて目立ちたいのだろうが、それがさらに犯罪を誘発するということが分からないのだろうか。

海月から渡された手錠を男にかける。無線連絡も海月がやってくれたようだが、今、ちらりと聞いた限りではやはり、無線も相当混乱していた。新宿駅周辺の交番にも人が殺到しているようで、至急、と言ったにもかかわらず、交番から地域課員が駆けつけるまでには三十分近くかかった。その間俺は男を押さえつけ、一度暴れようとしたので殴り、案内板にくくりつけ、現れた被害者の女性ともども、通行人に無断で写真を撮られながら待たなければならなかった。

だが、俺が地域課員に事情を説明する間、ずっと黙っていた海月が、ずっと横に来て囁いた。「設楽さん。行くべき場所が分かりました。ここはもうこちらの方に任せて、タクシーに乗りましょう」

「……何ですって？」

「状況を打開する可能性です。急ぎましょう」海月は持っていた眼鏡をケースにしまい、立ち上がった。「こうしている間にも、被害が広がっています」

わけがわからなかったが、とにかく海月の言葉に従い、地域課員に頭を下げ、強引に男を渡して海月の後に続いた。警察手帳を見せて強引に列に割り込んだ海月に招かれ、タクシーに乗り込んだ。現行犯逮捕したくせに現場に残らず報告もしない、というのがどうしても気にかかり、車が出てからもつい現場を振り返ってしまう。

「警部」

「もう、こうなってしまっては、電話回線を復旧する方法はありません」海月は携帯を操作している。「犯人を見つけ出し、マルウェアの作動を止めさせましょう」

車が加速し、すぐに急ブレーキがかかる。道が混んでいるようだ。

「犯人を、ってのは……」俺は前後にふらつきながら訊いた。「警部、分かったんですか」

「先程、越前《えちぜん》さんから無線で連絡を受けました。確実ではありませんけど」海月は無線機を出してみせる。「越前さんとの専用チャンネルを用意しておいて正解でした」

これには驚いた。確かに海月は特殊な立場にいるキャリアだが、それでもいち捜査員である。親戚だというから、プライベートな用件だという名目にしたのだろうか。しかし警察無線を使っているという。一体いつ用意したのか、おそらくは俺が入院している間に、今のような事態を予測していたのだろう。

海月は真上を指さした。「それで今、確認していただいたことがあります」

車の屋根のことではないのはすぐに分かった。車外からかすかに音が聞こえていることに気付き、ウィンドウを開けて身を乗り出す。車は停まっていた。駅前の混乱のせいか、いつもよりずっと混んでいる。

夜空を見上げると、ヘリコプターの爆音と、上空を横切る三色のライトが見えた。

車内に頭を戻す。「ヘリで何を?」

「火災現場の確認です。デマと実際の火災が入り混じっているので、実際に火災の起きた場所を確認していただきました。本来なら消防に飛ばしてもらうのですが、今は電話連絡ができませんから」いち捜査員の身分で警視庁のヘリを飛ばすというとんでもないことをしながら、海月はそれが当然という顔をしている。やはり俺とは育ちが違う。「実際に火災があったのは中野区新井三丁目、世田谷区梅丘二丁目、荒川区荒川二丁目、品川区豊町五丁目の四か所です。新宿でも火が出ましたが、これは犯人が現行犯逮捕されたようですので、模倣犯でしょう」

「……なるほど」

上空を飛ぶヘリコプターが味方、というのは、無力感に押さえつけられていた俺には心強かった。電話も119番もなくても、空から火災現場を確認すればいい。さらに海月の無線からは、警視庁の動きも聞こえてきた。機捜と各交番の保有するパトカー・白バイから自転車までが全車出動し、人通りの多い繁華街を中心に全力で警ら活動を開始したらしい。

まだ、誰も諦めていない。警察も消防も、工夫の限りを尽くして戦っている。

「了解です。俺たちも、やれることをやりましょう」

海月は頷き、コートの内側から拳銃を出した。「設楽さん、これを持っていてください」

「いつの間に」俺のものを持ち出せるはずはないから、海月のものだろう。

「拳銃携帯の指示がとっくに出ています。まして、わたしたちはこれから、名無しの襲撃を受ける可能性が大きいです」

「……了解です」

拳銃を受け取り、安全装置を確かめ、弾倉を確認する。当然のことだがちゃんと五発、フルに装弾されている。グリップと引金、撃鉄の感触を確かめ、運転手がぎょっとした顔でこちらを見たのですぐにしまった。

「警部」海月の横顔を見る。「……もしかして警部、名無しが今どこにいるか、見当がついているんですか？」

「いいえ」海月は首を振った。「ですが、放火現場が先程の四か所だというなら、ある仮説がたてられます。最初の現場は葛飾区東四つ木だったのですから」

俺は海月の言葉を反芻《はんすう》する。中野区新井、世田谷区梅丘、荒川区荒川、品川区はどこだったか。二十三区内の全域にまたがっている。いや、千代田区の皇居を中心に、同心円状に近い配置だ。何か共通点があるのだろうか。

だが、俺にはまるで分からなかった。仮説だとしてもありがたい。この広い東京から、たった一人の放火犯が今、どこにいるのかを特定できるというのだろうか。たったこれだけの情報から。

「急ぎですね」運転手はそう言うなりアクセルを踏み込み、俺はシートに押しつけられた。訝しげな顔はしていたが、緊急性は理解してくれたらしい。「交通違反はなんとかしてくださいよ。刑事さん」

「……ああ。分かった」

タクシーは前の車を強引に追い抜いてどんどん加速する。俺と海月は前部座席のヘッドレストを摑んで体を支えた。シートベルトだけでは転倒する。

運転手は急いでくれるようだ。犯人の居場所が分かるのだとしたら、これ以上事態が悪化する前になんとかできるのだろうか。

だが海月は、痛みをこらえているような顔で前を見ていた。

「……警部？」

「……もし、わたしの仮説が正しいのだとしたら」海月は言った。「……この事件を起こしたのは、わたしです」

22

こんな人混みにいたらやばそうだ、と言いながら真壁が帰ってしまった後も、小出はまだ、新宿駅付近の雑踏の中でぐずぐずしていた。携帯の動作が遅くなっているためテレビは見られなかったが、SNSやネットニュースなどで状況は把握していた。人の集まるところにいたら危ないはずだった。いや、110番ができないというなら、ひと目のない静かな場所の方がむしろ危険なのだろうか？　小出には判断ができない。

だが、いずれにしろ、新宿駅前に居続ける理由はないはずだった。タクシー乗り場には列ができていたが、バスや電車はいつもとそう変わらない。早く家に帰るべきだった。子供たちは家にいるはずで、妻とともに自分の帰宅を待っているだろう。異常な状況なのだ。電話も通じない。心配させているかもしれなかった。

それなのに、小出は動かなかった。今、東京は非常事態なのだ。自分は非常事態の真っ只中にいる。そのことを自覚してからずっと、心臓が早鐘《はやがね》を打っている。

小出は周囲の人混みを見回す。何かが起こるのではないか。ひったくりやレイプといったことが、自分の目の前で。吉祥寺とか池袋では起こっているという。それなら新宿でも起こるはずだった。それも、起こるとしたら東口か、西口のこのあたりである可能性が高いのではないか。もし起こったら、自分はどう動くか。格闘技はできない。だが、犯人のどこに組みつけば倒せるかは、何かで見て知っている。腰から下、両足を締めつけるように組みついて倒す。タックルぐらいなら、きっと自分でもできる。そう具体的に考えているうちに緊張はどんどん高まっていった。呼吸が苦しく、手が震える。

これは武者震いなのだ、と言い聞かせた。怖いのではない。高揚しているのだ。子供の頃からずっと思い描いていた。犯罪者をとっさに捕まえるヒーロー。周囲の人間たちは心構えなどできていないだろう。自分はできている。もし、目の前で何かが起こったなら。

やってやる。自分がさっと動いて犯人を捕まえるのだ。格闘技の試合はテレビで見ている。タックルで倒したら、とにかく上になればいいのだ。上になって殴る。犯人には怪我をさせてしまうだろうが、それは仕方がない。その時は来た警察官に謝ろう。

「少々やりすぎました。逮捕術には精通していなかったもので」

考えながら歩いていると、前の男がいきなり振り返った。何かと思ったが、小出よりむこうを見ていた。

視線の先を追って振り返ると、人波が左右に分かれていくのが見えた。ざわめきがこちらに向かってくる。

体格のいい若い男が走っていた。黒いダウンを着て、白い息を吐きながら前の人間を押しのけて進んでくる。何だあいつは、と思った。マスクとニットキャップで顔が見えないのも感じが悪かった。

だが小出は気付いた。男は明らかに自分のものでない、女性もののバッグを持っていた。

あれは……。

小出が息を呑む間に男は目の前に来て、動かない小出を押しのけて通り過ぎた。押されて転びそうになり、ばたばたとたたらを踏んでこらえる。悪夢の中にいるように脚がうまく動かなかった。

あれは、ひったくりではないのか。

小出が男の背中を見ながらようやくそう考えると、もう随分と先に行った男の足が急に止まった。背伸びをして見ると、男の前に腕を吊った青年が立ちはだかり、何かを怒鳴っていた。無視して押しのけようとした男は青年に襟首を掴まれ、鮮やかに倒された。青年は躊躇なく男の顔を踏み、男はなすすべもなく伸びた。

――窃盗と公務執行妨害の現行犯で逮捕する。今、怪我してて片手なんだ。多少手荒なのは我慢してくれ。

青年がそう言って男を押さえつけ、しばらくすると、周囲からどよめきが起こっていた。あの青年は刑事だったのだ。

……すごい。

小出は呆然としたまま、そちらに向かって歩き出した。刑事だ。犯罪者を捕らえる瞬間の。強い。鮮やかだった。すごい。

すぐ目の前でのことだった。小出は気付いた。あれこそ、子供の頃からなりたかったヒーローそのものだ。

それと同時に、猛烈な悔しさがこみ上げてきた。なぜ自分がああできなかったのか。あんな男、たいしたことはなかったのに。不意打ちで組みつけば、自分でも捕まえられたかもしれないのに。なぜ動けなかった。

一度そう考えると、頭の中が悔しさだけになった。刑事の青年は、遅れて出てきた可愛らしい少女から手錠を受け取っている。落としたのだろうか。あの子は妹か何か。いずれにしろ、人垣の中心で悪者を捕らえ、青年は周囲の一般人をざわめかせている。本当は、自分がああなるつもりだったのに。

人垣の後ろで腑抜けのように突っ立っている小出は、自分が魚のように口を開けた間抜けな顔をしていることも自覚していない。ただ頭の中で言い訳をし、激しい後悔を少しでもごまかそうとしているだけだった。急すぎたのだ。それに後ろから来た。自分だって動こうとはしていたのだ。状況の把握が遅れた。女性もののバッグを持って走っているだけでは犯罪者とは限らないではないか。間違いだったら申し訳ないし、それどころかこちらが犯罪者になりかねない。だからこのケースは仕方がないのだ。それに、自分がやらなくたって他の誰かが。

小出は開いていた口を閉じた。それこそが、最も考えたくない言い訳だった。それこそ事なかれ主義の、ずるい「一般人」の考え方ではないか。自分はそうではないつもりだったというのに。もし非常事態に直面したらその「他の誰か」になれるように、いつも考えていたのに。青年と少女が男を引っ立て、案内板にくくりつけた。周囲の人垣には、ぱらぱらと拍手をする者もいる。小出は遠巻きにして、それを黙って見ているだけだった。

子供の頃からよく夢想していた。もし道端で、不良にからまれている少女がいたら。もし銀行強盗が突然押し入ってきて、自分たちが人質にとられたら。乗っている飛行機がハイジャックされたら。自分の周囲で非常事態が起こったら、きっと自分が戦って……。

現実は、こうだった。周囲どころか、犯人が鼻先を通ったのに何もできなかった。いきなりだったから、などというのが言い訳にならないことも知っていた。非常事態はいきなり来るものなのだ。さっきのあれで何もできなかったのなら、もう一生無理だろう。子供たちにだって「いじめを見過ごすな」とか「悪いことは悪いと言え」とか、正義のことを何度か口にしていた。それが現実にはこれだ。さっきの間抜けで情けない姿を、家族に見られていなくてよかったと思う。自分は口だけだった。それがばれるところだった。

口だけの男。非常事態になったら普通の人間よりは、などと思っていた。現実はこんなものだった。さっきのあれでは普通以下だ。それに。

人混みから初老の女性が出てきて、青年たちに頭を下げている。

小出は気付いた。自分は、あの時のことを取り戻したがっている。もうだいぶ前になる。あの時のあの少女。連れ去られる途中に見えた。強姦される可能性が大きかった。なのに動かなかった。「自分がやらなくたって他の誰かが」と言い訳をし、何もしなかった。今この場で誰かを捕まえれば、あの時のことを取り戻せるかもしれないと思っていたのだ。自分はやはり「無関心な大衆」ではなかった、と。

だが、やっぱりできなかった。目の前だったのに。

小出はずっと、その場所を動かずに突っ立っていた。青年と少女は何か緊急の用件を抱えているようで、随分経ってからやってきた制服の警察官に男を預け、タクシーにさっと乗り込んでしまった。駅前の大通りは混んでいる上に、普段とは車の動きが違うようで、タクシーはなかなか動かなかった。ずっと停まっているので、小出はなんとなく、タクシーを追って歩いた。車内で少女が青年に拳銃を渡していたのが見えて、それには驚いた。やはり非常事態なのだ。あの二人はこれから、凶悪犯を捕まえにいくのだろうか？　強かったが、青年の方は怪我人だ。少女の方はスーツを着ていたが、中学生か何かではないのか。それなのに行くのだろうか。

速度を上げて去ってゆくタクシーを追って人の流れと反対向きに歩く小出は、妙に耳につく音を聞いた。ばん、という、車のドアが閉じられる音だ。音のした方向を見ると、中央分離帯の脇に一時停車していたミニバンが発進したところだった。

運転席の眼鏡の男と一瞬、目が合った気がした。自分が刑事の乗ったタクシーをふらふらと追いかけている恥ずかしいところを見られただろうか。そう感じて俯き加減になる。

しかし、妙なことに気付いた。眼鏡の男のミニバンは強引に発進し、刑事のタクシーを追い始めている。

……何だ、あの男は。

刑事の青年は拳銃を渡されていた。ということは、これから誰かと戦うのかもしれない。だとすれば、あの眼鏡の男が関係しているのではないか。あれはあの刑事の青年と、少女を尾行しているのではないか。あいつは何だ。何をするつもりなのだ。教えてやらないと、あの二人はまずいのではないか。

不意に車のエンジン音が聞こえ、振り返った。人波を避けて歩道の端ぎりぎりを歩いていた小出の後ろに、「空車」の赤ランプをつけたタクシーが迫ってきていた。

「あっ」

言いながら手を上げていた。タクシーは急停車し、小出にドアを開いた。

小出はガードレールの内側で、「あ……」と言ったまま立っていた。止めてしまった。

何をやっているのだろう。しかしすでに、運転手が苛立ちまぎれに小出を見ている。

「お客さん、乗らないの？」

「あ……」

道の先を見た。随分混んでいた。二人のタクシーは見えなかったが、眼鏡の男の車はまだ見えた。

「お客さん」

小出はガードレールをまたいで越えた。軽々とまたいだつもりなのに、いきなり脚を上げたせいか股関節が痛んだ。何をやっているのだろう。俺は、何を。だがあの二人が危険なのだ。このままでは。

小出は後部座席に転がり込んでいた。

「どちらです」

「あ、ええと」

どう言えばいいのか。運転手が眉をひそめる。

小出は前を指さしていた。「あの車。前のあそこのあれを」

運転手が前を見る。小出は唾を飲み込み、今度ははっきりと言った。

「前の車を追ってくれ！」

それは彼が子供の頃から憧れていた台詞そのものだったが、小出はまだ、そのことに気付いていない。

23

正方形なのだと思っていたが、どちらかというと正八角形の方が近いようである。超高層ビルの正確な形状というのは、地上からでは分かりにくい。

真下から見る「SUR VIDE 渋谷」は、窓の五分の一程度に明かりを残し、大地に突き立てられた巨大なビスの風情で藍色の夜空に伸びている。上の方はよく見えないが、航空障害灯の赤が黙って明滅しているあたりが屋上なのだろう。

以前来た時は偶然の後始末、とでもいうような用件だった。今度は、明確な目的があって来ている。

「しかし、楠野さんがいますかね」

電話がつながらない今の状況ではアポイントがとれないのだ。しかし、海月は迷わずに玄関の外扉を通り、内扉の自動ドアを開ける。「いると思います。ライトスタッフカンパニーのある四十六階には、明かりがついていましたから」

眼鏡をとっているのに、下からでよく分かったものだ。俺は遅れないよう大股になって玄関ホールに入る。天然石の床材が作る硬質な足音が、天井の高いホールに響く。オフィスフロアに入るエレベーターはカフェや展望台とは別のエレベーターホールにある。入るには受付を通らなければならないが、海月はこちらを見咎めた警備員と受付嬢に警察手帳を突きつけ、「ライトスタッフカンパニーに伺います」とだけ言って素通りした。

さすがに土曜のこの時間、オフィスにいる人間は少ないようだ。エレベーターは半分以上が一階に停まっており、上昇ボタンを押すと一斉に扉を開けた。眠っている動物を起こしてしまったような申し訳なさを感じながら乗り込む。ドアの正面はガラス張りであり、エレベーターが上昇を始めると、渋谷の夜景がぐんぐんと下に離れてゆく。眼下の道路をテールランプの赤がゆっくりと動いている。住宅地の白い灯をかき分けるようにして、幹線道路のオレンジが走っている。川のようだ、と思った。東京の夜景は美しい。だが実際にあの高さに降りてみれば、今の東京は電話が通じず、110番も119番もできないまま、いくつもの火災と犯罪が発生している混乱状態なのだ。

下の通りを、緊急走行中のパトカーが走り抜けたのが見えた。サイレンの音もかすかに聞こえてくる。急がなければならない。

ほとんど実感がないままエレベーターは四十六階に到着した。扉が開くとすぐ、正面に無人の受付デスクが見えた。その背後の壁には大きく、株式会社ライトスタッフカンパニーのロゴマークが描かれている。ワンフロア全体がこの会社のオフィスなのだ。

　エレベーターホールを囲んで回廊状になっている廊下はどこも、機械的な白い明かりで満たされていた。その無機質ぶりに、自分がなんとなく「画像の中」にいるような感覚を覚える。おそらくそれは、このフロアに人が一人もおらず、とすりとすりという俺たちの足音の他に物音が全くしないせいでもあるのだろう。オフィスは回廊の外側にぐるりと配置されており、回廊との仕切りは透明のガラスなので中が窺えた。明かりはついているが、従業員は残っていないようだ。電源の落とされたモニターとブックエンドに挟まれたファイル。観葉植物のあるデスク。何かのイベントに使うらしき巨大な段ボール箱が積まれたデスク。俺と海月は無人のオフィスを横目で見ながら長い回廊を歩く。

　四分の三ほど回ったところで、海月が無言でドアを開け放した。失礼しますぐらい言わないのかと思ったが、ドアから入って正面のデスクに、こちらに背を向ける形で人が座っていた。後ろ姿で分かった。仕事中はそうなのか髪を後ろでまとめているが、スーツを着た楠野さんである。

「……海月さんね。あと、何ていったっけ？　部下の人」楠野さんは振り返らずに言った。

「設楽です」俺はその後ろで背筋を伸ばす。「お仕事中すみません。こちらの海月が、捜査上どうしても楠野さんに会う必要があるとのことで」

「そう。……残ってるのは私だけだから、好きにしなさい」

楠野さんは背中を向けたまま答えた。六つの事務机が並べられた島の真ん中に彼女のデスクがあり、ディスプレイが三面も並んでいる。ディスプレイの向こう側、向かいあっている三つの机には何か大きな、黒い包みが置いてある。俺はディスプレイを見て、その一つが、俺たちの参照していたSNSサイトを表示しているのに気付いた。楠野さんも、下界が今、どうなっているかは把握しているらしい。

「葛飾区東四つ木、中野区新井、世田谷区梅丘、荒川区荒川、品川区豊町」隣の海月が、呪文を唱えるように言った。「それは分かりました。ですが」

「動機の話？」

「そうです」海月は答えた。「ブルックリンの三十八人のために、東京の千三百万人を巻き込む気なのでしょうか？」

「生き残って成長すれば、子猫は子猫でなくなるもの」楠野さんは、やはりこちらに背を向けたままだった。「それに人間には、恐怖より怒りが勝ることがある」

「しかし、それを上から見るというのは、とても皮肉なことに思えます」

「皮肉なのは、今のあなたの立場だと思うけど」

海月は苦そうな顔になって沈黙した。

俺はその隙に声を出した。「ちょっと、二人とも何を言ってるんですか」

楠野さんは俺の言葉を無視し、黙ったままだった。俺はそこで不審に思った。彼女の前に置いてあるあの包みは何だ？

海月は、楠野さんの背中に向けて言った。「……わたしには、法的責任はありません」

「何の責任もないでしょう」楠野さんが答えた。「被害者は被害者になったという事実をもって、いかなる責任も負わない。責任はすべて加害者と傍観者にある。当然よ」

「あの日の渋谷は、深夜のブルックリンよりずっと人が多かったんです。それでも皆を恨むのでしょうか？」

「ミルグラム効果が実証されたから、数百万人をガス室に送ったアイヒマンに責任がないとでも？」

「ちょっと、いいかげんにしてください」

ようやく声が出た。いきなり目の前で意味不明の会話をされ、体が固まっていた。

「ブルックリンだのアイヒマンだの、一体何の話ですか。ここは日本の渋谷でしょうが」

「動機の話ですよ」海月は楠野さんの背中を見たまま答えた。「せめて、それを明らかにするべきだと思いました」

「……海月さん、あなたは頭がいいのね。それに勘もいい」楠野さんの背中は絵画のように動かない。俺は一瞬、彼女が本当に口を動かして喋っているのかどうか、分からなくなった。

「それより、どうしてここに来ようと思ったのか。それを詳しく教えてくれない？」

「葛飾区東四つ木、中野区新井、世田谷区梅丘、荒川区荒川、品川区豊町」海月は例の呪文を繰り返した。「この五つには共通点があります。いずれも木造住宅が密集し、火災時の延焼が懸念されるということで、東京都都市整備局が計画した東京都木造住宅密集地域整備事業の、重点整備地域に指定されているんです」

確かに、「あのあたりはそうだ」と頷ける地名ばかりだった。俺も言った。「火をつけるには絶好の場所です。だとすると名無しは、その事業を参考にして犯行計画を？」

「はい」海月は頷いた。「『実験』であった東四つ木を除く四か所は、皇居を中心に同心円状に分布しています。これは木造住宅の密集地域がそのように分布しているからなのですが」

海月の呪文を頭の中で反芻する。確かに、いずれも皇居からほぼ一定距離にある。

「しかし、犯人が木造住宅密集地域整備事業を参照したなら、この分布は少し不自然なのです。四か所のうち、荒川区荒川二丁目だけが離れていると思いませんか？」

頭の中の地図をもう一度見直す。中野・世田谷・品川は山手線から見て西から南の方向。対して荒川区は北東だ。反対側になる。

「……確かに。なぜ荒川だけ」

「というより、なぜもっと近い、豊島区の池袋周辺や北区・板橋区を飛ばしたのかが問題なのです。豊島区にしろ、北区・板橋区にしろ、いずれも木造住宅密集地域整備事業の重点整備地域に入っています」

言われてみればそうだ。他が西から南の方角に固まっているのだから、あのあたりがごっそり空白なのは偏っている。

「それで気付いたんです。犯人は、超高層にいるのではないかと」

俺は思わず、オフィスの窓から外を見た。俺の位置からでは真下の方は見えなかったが、目を凝らすと、街の灯に混じり、オレンジ色の光が揺れているのが見えた。方角からしてあれは品川の現場だろうか。炎はかなり大きい。品川の現場があれだけ近くに見えるとなると、ここからなら中野の現場も見えるかもしれない。

そこまで考えて、はっとした。

海月は、楠野さんの背中を見たまま言った。「東四つ木の時、設楽さんが教えてくださったでしょう。放火犯は、燃えている現場を見たがる、と」

俺は、品川の炎に目を凝らしたまま愕然としていた。「まさか……」

「今夜は天気がいいんです。超高層の高層階からは、驚くほど遠くまでが見渡せます。東京タワーなど、すぐ近くですよ」

「それじゃ……」

「犯人は、すべての現場が見える超高層にいるんです。ですがそれなら、どうして豊島区や北区・板橋区を避けたのでしょうか？　超高層が密集する東京西部からは、そちらの方がはるかに近いのに」

俺は視線を動かした。このビルからでも、大きく目に入ったものがあった。赤い航空障害灯を点滅させた、他の高層ビルだ。

海月は俺をちらりと見て、頷いた。「そうです。犯人が豊島区や北区・板橋区……つまり北方向を避けたのは、そちらが見えないからです。新宿の超高層ビル群からなら、その地域はかなり近くに見えます。ですが、それより南側に位置する渋谷からだと、新宿の超高層が邪魔になって、北側の地域は見えないんです」

だとすると。

俺はオフィス内に視線を戻した。楠野さんは背を向けたまま、画面をスクロールさせている。その前に置いてある黒い大きな包みが気になった。あれは……。

デスクに駆け寄ろうとする俺の袖を海月が摑んだ。「ゆっくり動いてください」

なぜ、と問い返そうとしたが、海月は前を見たままだった。よく見ると、その横顔は緊張で汗ばんでいた。

俺はデスクを回り込み、ゆっくりと手を伸ばして包みのファスナーを開けた。

呻き声が聞こえた。中からは、腹部から大量に出血し、真っ赤になった重体の男が出てきた。思わず顔を上げる。楠野さんの顔は、ディスプレイに隠れて見えなかった。

「設楽さんが襲われた後、ウィルスにも感染したと分かって、確信したんです」海月は楠野さんの背中を見ていた。「つい数日前に〈ドラゴンハンドラー〉をダウンロードした設楽さんは、マルウェアをばら撒いたアップデート通知を受け取っていないはずなんです。なのに設楽さんの携帯は、他のプレイヤー同様に感染していました。犯人は、設楽さんに直接マルウェアを送ったんです。遠隔操作の事実に気付いたわたしたちが、いずれ脅威になるかもしれなかったから。そして、抜き出したGPS情報から、わたしたちがフレイムワークスにまで到達したことを知り、始末しようとした」

「まさか」海月を見る。海月は、楠野さんを見ている。

「技術と知識があり、渋谷近辺の超高層にいて、そしてここ数日の間に、設楽さんの携帯に何かを送った人間が犯人です」海月は、振り返らない楠野さんの後頭部に向けて言った。「設楽さんはあなたと会った時、あなたの携帯の番号を送られている。その時に感染させせましたね」

包みの中で男が呻いている。重体のようだった。早く動いて応急処置をしなければならないのに、驚愕で体が動かない。

「名無しはただの実行犯。名無しを使っていた依頼人はあなたです。楠野蓉子さん」海月は言った。「……いえ、神崎香里《かんざきかおり》さん」

受けた衝撃に邪魔され、海月の言葉を理解するのが一瞬遅れた。犯人は名無しではなく、この人だったのだ。楠野蓉子、は偽名なのだろうか。本名は、神崎香里。

目の前の男を見て一瞬、判断に迷った。まずこの男の応急処置をしなければならない。

だがそれより、神崎は名無しから銃器を譲り受けているかもしれない。

俺は懐から拳銃を抜き、モニター越しに神崎に突きつけた。「動くな!」

だが神崎は動揺するどころか、顔を上げもしなかった。「……いい判断ね」

「なっ……」

廊下の方で破裂音がして、俺は銃を握る手に衝撃を受けて後方にのけぞった。握っていた銃が後方に跳ね飛ばされ、右手が急に軽くなる。オフィスの透明ガラスが一枚、粉々に吹っ飛んだ。

後ろのデスクに腰をぶつけながら顔を上げると、ドアを開けて、拳銃をこちらに突きつけた男が入ってくるところだった。黒のコートとスーツ。地味な柄の灰色のネクタイ。眼鏡もマスクもしていないから、初めて素顔を見る。知らない男だった。だが、こいつが。

……間違いなかった。「名無し」だ。

「てめえ……」

名無しの銃口はこちらに向いている。だが少し動けば海月にも当たる軌道だった。神崎は少しも動かずにモニターを見ている。名無しを完全に信用しているその様子から、俺にもようやく事件の真相が理解できた。赤木組など最初から、名無しにとっては何の意味もなかったのだ。最初から、名無しは神崎の依頼を遂行するためだけに動いていた。捜査の目をくらますために伴を殺し、おそらくそのことによって敵対関係になった赤木組を潰し、ついでに武器を奪う。そして、今日のこの日。

ゆっくり視線を巡らせ、弾き飛ばされた銃がデスクの陰に落ちて見えなくなっていることを確かめながら、俺は考えた。神崎の目的は本当にそれだけなのだろうか。だとしたら、鎌田翔馬はなぜ殺されたのだろうか。目の前で呻いている袋入りのこの男は何者だ。神崎のターゲットは、何人いたのだろうか。

「志《し》津《づ》健吾《けんご》、草川《くさかわ》航《わたる》、茂木《もてぎ》流雄馬《るおま》」海月は初めて聞く名前を出した。「さらに、そこにいる武市大和《たけいちやまと》。……この四人はいずれも容疑者になっています。四年前、渋谷で発生した集団強姦致傷事件の」

神崎がモニターから顔を上げ、その目元が見えた。だが表情はない。

「集団強姦致傷事件の被害者である内村幸菜《うちむらゆきな》さんは、二年前、自殺しています。そして事件時、内村さんと同時に暴行を受け、財布を奪われた被害者の名前は神崎香里」海月は言った。「……楠野蓉子と名乗っている、あなたです」

※

子供の頃から気が強いと言われていたが、別にそれを意識していたわけではない。ただ、人間には三種類ある。道で見ず知らずの人間が「困っているらしき」時に声をかける人間と、そもそも困っている他人を助けるという考えがない人間、そして困っている「らしき」では状況が摑めないからと言って、迷った挙句に声をかけない人間である。神崎香里は声をかける人間だった。そして、それが災いした。

平日の夕方、五時頃だった。渋谷駅付近の路地で、私立の中学と思える制服を着た少女が、高校生か大学生くらいの男五人に囲まれていた。男たちは笑って「ねえねえ」と何かを誘っていたが、少女は明らかに怯《おび》えて縮こまっていた。少女は一人だった。最初から一人で来たのか、あるいは一緒に来た友達ははぐれたか、逃げたかしたのだろう。

少女は通り過ぎるだけで目を引くほどに整った顔立ちをしており、男たちがしつこく誘っているのはおそらくそのためだろうと思われた。

たまたま会社の用で渋谷に来ていた神崎が通りかかった時、男たちは少女の腕を摑み、強引にどこかに誘おうとしていた。少女はただ体を縮め、それが唯一の命綱だというように鞄を抱きしめている。人の多い路地だった。通行人の中には何事かと振り返る者も多かったし、角のところにいる女性の二人組は、恐る恐るその様子を見ながら「ねえ、あれヤバくない？」と囁きあっている。だが、それだけだった。

「ちょっとあなたたち」

神崎は迷わずに声をかけた。少女が拒否しているのも怖がっているのも明らかだったから、強引なナンパ、で済まされるレベルではなかった。「やめなさい。警察呼ぶよ」

「あ？」

男の一人が振り返った。鼻にピアスをし、首からじゃらりとチェーンを下げている。古典的なそうした装飾はファッションというよりむしろ、こうすれば周囲の人間が恐れる、と知ってやっているように見える。「消えろ。ババア」

他の四人も神崎を振り返り、消えろ、と目で要求していた。

「その子を放しなさい。補導されたい？」神崎は相手の年齢を見定めて言った。

男の一人がいきなり、横から神崎の足を蹴った。

神崎が顔をしかめると、鼻ピアスが黄色い歯をむき出し、一音一音、区切りながら言った。「き、え、ろ」

神崎が携帯を出すと、鼻ピアスはその手を摑んだ。横から別の一人が神崎を引き寄せ、壁際に押しつけると小さな動きで腹を殴った。他の男はちらりと周囲を見て、通行人の視線を遮る位置に移動した。

男たちは低い声で囁きあった。

「めんどくさくない？」

「連れてこうぜ」

よっと、と軽い声を出してもう一度神崎の腹を殴り、携帯とバッグを奪うと、男たちは呻いて体を折る神崎を無理矢理引っぱった。一人が少女の手首を摑み、強引に歩かせた。少女が嫌がるそぶりを見せると「殺すぞ」と一言だけ脅した。

五人の男に周囲を囲まれながら、神崎と少女は雑踏を歩かされた。男の一人はもう、奪った神崎のバッグを開けて中をあさっている。足を止めると蹴られ、耳を摑まれて捻られた。体を折ったまま歩かされながら神崎は周囲を見た。人がたくさんいる。誰かが助けてくれるはずだった。

だが、周囲の通行人は何もしなかった。誰一人声をかけてこず、神崎と目が合うと、目をそらして離れすらした。目をそらした通行人たちはなんとなくお互いを窺いあい、ほとんどの者が足を速め、そそくさと離れていった。ここにいると「面倒になりそう」だと、そういう表情をしていた。

ちょっと、待って。なぜ？

路上駐車してあったミニバンに押し込まれるまで、神崎は自分の置かれた状況が信じられなかった。これだけ通行人がいるのだ。いくら男たちが体で隠そうとしても、見えているのだ。誰かが助けてくれるはずだった。そうでなくとも、声をかけ、揉めごとになっている間に警察が来るはずだった。ここは渋谷なのだ。警察はすぐに来る。

だが、神崎と内村幸菜は助からなかった。閉店している近所のバーに連れ込まれ、内村幸菜が五人にかわるがわる強姦される間、神崎は暇つぶしに殴る蹴るの暴行を受け続けた。男たちが欲望の対象にする年齢より上だったため、強姦はされなかった。かわりに金を持っているとみられ、バッグの中の財布から現金を抜かれた。カード類はそのままだった。使えば足がつくということを知っていたのだろう。

二人は夜十時過ぎになってようやくバーから連れ出され、相模原《さがみはら》市の路上まで運ばれて放り出された。神崎は救急車と警察を呼ぼうとしたが、怯えきっている内村幸菜はそれを拒み、「家に帰りたい」と繰り返したので、まずはタクシーを呼ばなければならなかった。後日、神崎はとりあえず自分に対する強盗致傷で被害届を出した。だが事件のことを知られたくないという内村幸菜の両親と、強いショックを受けている内村幸菜本人は行動を起こせず、結局、捜査は進まなかった。バーの情報から、有力な参考人として、その周辺でつるんでいた、ある少年グループが浮上した。だが常に暴行を受け続けていた神崎は面割りに確信が持てず、結局、グループの五人は「容疑濃厚」という状態のままだった。

※

「……その二年後、内村幸菜さんは自殺していますね」

海月が言うと、神崎はまたモニターに視線を戻した。

「あの子は事件の時、映像を撮られていた。それをネット上にばら撒く、と脅されて、言いなりにさせられていた。警察の捜査が迫った時は大人しくなったけど、奴らは捜査から逃れられたと知るや、脅しを再開した。二年前、あの子から『会いたい』と言われた時は驚いたわ。私と会えば事件のことを思い出してしまうのに、なぜだろうと思った」

神崎は目を閉じた。

「実際は、それどころじゃなかった。あの子はその時、二年前の連中からまた呼び出され、好きなようにされていた。私にはそのことを話さなかったけど、私を呼び出したのはきっと、気付いてもらいたい気持ちがあったんでしょうね。……でも、私がそれに気付いたのは、あの子が死んでからだった」

「……携帯電話の通話履歴を、見たんですね」

「ええ。あの子の携帯には、呼び出していた男の番号が残っていた。そこから探れば、残りの四人の番号もすぐに分かった」

「なぜそれを警察に届けなかったのですか？」海月は背後から狙われていることを忘れたように、無表情で神崎を見ている。「決定的な証拠です。警察なら、そこから五人を有罪にできたはずです」

「集団強姦致傷じゃどんなにうまくいっても無期懲役にしかならない。それに、あの子が何をされていたかは、興味本位で書き立てられるに決まっているもの。ネットのニュース、見てごらんなさい。未成年の少女に対する性犯罪は目ざとく取り上げられる。なぜだか分かる？　みんな興味があるからよ」

「……だから、自分で捜した」海月は神崎の事情を了解している様子で、続きを言った。「マルウェアを撒いた最大の目的は、ターゲットを感染させてGPS情報を抜くため、ですね」

「思ったより簡単に見つかった。四人はもう、名無しが消した」神崎は簡単に言った。「そこの武市大和で最後よ」

俺は包みの中の武市を見た。おそらくこいつはこの後殺され、このまま包まれてどこかに埋めるか沈めるかされることになる。だが、そうさせるわけにはいかなかった。武市は重体だがまだ生きている。なんとか名無しを押さえ、武市が死ぬ前に無線で救急車を呼ばなければならない。

だが、海月の背後にやってきた名無しの銃口は、確実に俺と海月を捉えていた。一歩でも動けば、その時点ですぐ殺される。海月は最初から気付いていたのだ。このオフィスに入った時から、名無しはこちらに照準を合わせていた。

「……もう一つの標的が、傍観者たちですか」海月は神崎から視線を上げ、夜景の広がる窓の外を見た。俺は背を向けているが、窓の下の夜景の中では、今も犯罪が発生し続けているはずだった。「皆、自分と同じ目に遭えばいい、と」

「そうね」神崎は片手で画面をスクロールさせながら、ゆったりと椅子に体重をあずけた。「思い知ればいいんじゃない？　まわりに山ほど通行人がいるのに、誰も助けてくれないどころか、『面倒は嫌だ』という顔で逃げていく。それがどんな気分か」

海月は顔をしかめた。「……わたしのことが、きっかけですか」

「あなたは何も悪くない。さっき言った通りよ」神崎はそこで、初めて椅子をくるりと回し、俺に背を向けて海月を見上げた。「あなたが渋谷で遭った事件は、まるであの時のようだった。あなたは無事だったけど、その時、まわりの通行人は何をしていたと思う？　何もしていなかったのよ。警察に通報しようか迷っている人間すら、一人か二人だった」

海月が、この事件を起こしたのは自分、と言っていた意味がようやく分かった。俺たちがたまたま知り合っただけの「楠野さん」が犯人だというのは、あまりに偶然ができすぎていると思っていたのだ。

だが実際にはそれは、完全な偶然ではなかった。犯行の計画を進めていた神崎を最後に決意させたのは他でもない、海月が連れ去られそうになったこの間の事件だったのだ。神崎は見ていた。内村幸菜と同じように連れ去られる海月と、何もしない通行人たちを。

「あなたがしたことで、内村幸菜さんのような人が新たに生まれているかもしれないんですよ」海月の口調が強くなった。「今、この街で」

「そうなれば少しは問題にされるでしょう。二〇〇六年、滋賀電車内駅構内連続強姦事件の時もそうだった」

「そのために犠牲者を増やすんですか？　本末転倒ですよ」

俺は気付いた。海月は神崎に強く言いながら、コートの内側に向けて手を移動させていた。そしてそうしながら一度だけ、ちらりとこちらを見た。

視線が合ったのはたったの一瞬だった。しかし分かった。動け、と言っているのだ。

「それに、あなたがたはとても間が抜けています」海月はいきなり言った。「後ろの名無しさん。あなたもですよ」

そう言われれば、やはり反応せざるを得ない。いきなり声をかけられた名無しは無表情のままだったが、視線だけは明らかに海月に向かって動いた。神崎も手の動きを止め、海月の言葉を待っているようだった。

俺はその間に視線を動かし、武器になるものを探した。前のデスクの上にペン立てがあった。ボールペンと各種マジックペン、それに鋏《はさみ》。鋏は先が丸いものだったが、ペン立てはそう深くないものだ。これしかない、と決める。

「あなたがたは人違いをしています。他の四人は確かに事件に関与したのでしょう。ですが鎌田翔馬は、何の関係もないただの学生ですよ」

名無しがぴくりと反応した。

「わたしたちだって、鎌田翔馬に何か狙われる理由がないか、調べています。ですが、いくら調べても何も出てきませんでした」

海月の言葉は俺にとっても驚くようなものだった。しかし、ここで俺まで聴き入ってしまっては意味がないのだ。俺は集中力がデスクの上のペン立てに向くよう意識した。この位置なら、手を伸ばせばすぐに取れる。

「ですが一つ、興味深い事実が出ました。鎌田翔馬は昨年の大学入学と同時に、携帯電話を新機種に変えています。そしてそれと同時にキャリアを変え、電話番号を変更していました」海月がまた、こちらに視線を走らせた。「五人目のターゲットになるはずだった森尚樹《もりなおき》も同様に、地方の大学に入学すると同時に携帯電話の番号を変えています。おそらく東京での過去を切り離し、『新たなスタートを切る』つもりだったのでしょう。鎌田翔馬は、昨年空いたその番号で、たまたま新規に契約しただけです」

携帯電話の番号が事実上個人ＩＤと化している現代では、よほどの事情がない限り番号の変更はしない。鎌田翔馬が殺される理由が見つからなかったのも当然だった。こういう特殊な事情があったのだ。

そしてそれは、森尚樹の身勝手な考え方のせいでもある。皮肉だった。そのせいでこの二人は、無関係の人間を殺してしまったのだ。

「神崎さん。あなたは自分で自分を、冷静で頭脳明晰な人間だと思っているでしょう」海月はいつになく挑発的な言い方をした。実際に挑発しているのだろう。「名無しさんもですよ。プロが聞いて笑わせます。人違いで何の罪もない人間を殺しているようでは、お二人ともただの」

海月は目を細めた。「……能なし、ですね」

神崎が海月を振り返った。同時に、わずかだが名無しが神崎の方に、もの問いたげな視線を向けた。

「殺すな！」神崎が名無しに命じた。「五人目を確認する。この女が知っている」

銃口が海月の方を向いた。海月の視線がもう一度、俺を捉える。

俺はデスクに向かって踏み出し、ペン立てを取った。差されたペンや鋏がぐらつくのを確かめ、そのまま名無しに向かって投げつける。飛び出たペンが空中にばら撒かれ、散弾のように名無しの顔面に飛ぶ。それと同時に駆け出し、デスクを回り込んだ。名無しは左手で顔を守っている。同時に海月が動くのが見えた。コートの内側からボールペンを出し、神崎の肩を摑んで喉元に突きつける。

破裂音とともにその海月が吹っ飛んだ。名無しが撃ったのだ。それを見ながら俺は全速力で名無しに駆け寄った。格闘に持ち込める距離まで接近する。奴が二発目の照準をつける前に。海月が机にぶつかり崩れ落ちる。

名無しの銃口がこちらを向くのと、俺が右手でそれを払うのがほぼ同時だった。そのまま踏み込んで肘を振る。しかし当たるはずの肘が空を切った。のけぞった名無しの顔が起きると同時に視界が激しく揺れ、俺は膝をついていた。視界の外から飛んできた掌底が側頭部に当たったのだ。それを理解するとほぼ同時に顎の下から爪先が飛んできた。蹴り上げられ、今度は視界が縦に反転した。前を向いていたはずなのに、天井の照明器具が正面にある。顎の痛みを自覚するとほぼ同時に意識がすっと薄くなった。

……強え……。

隅の方にわずかに残った意識の断片で、俺はそう呟いていた。

24

左肩に耐えがたい熱さを感じて意識が戻った。グレーのカーペットの生地が目に入り、これは床だな、と思った。それから左肩に感じていたのが熱さではなく、激痛だと気付いた。夢の中にいるような感覚の中、泡を吐くような声でぽこぽこと呻き声をあげる。

そこから急速に意識がはっきりし、俺は自分が床に転がされていることに気付いた。左肩が痛い。おかしいと思ったら、両手が後ろに回され、デスクの脚にくくりつけられているのだ。左腕を吊っていた包帯は外されていて、しかも左肩が身体の下になっている。痛くて当然だった。呻いて体を縮め、伸ばし、とにかく起きなくては、ともがいた。

体を起こすと左肩の痛みが少し和らぎ、視界が広がった。椅子と、パンツスーツの脚があった。神崎がこちらに背中を向けたまま、今は両手を椅子の肘かけに預け、ただ画面を見ている。

「お目覚めね」神崎はやはり、振り返らないまま言った。

それを聞いて、海月のことが気になった。海月は生きているのか。どこにいる。そう考えた直後、後ろに回された手に温かいものが触れるのを感じた。首筋が何かでくすぐられる。左肩が痛いのをこらえて首を巡らせると、俺と背中合わせに海月が拘束されていた。首筋に当たったのは彼女の髪だ。

「警部。海月さん」

囁くと、海月はこちらを振り返り、無言で頷いてみせた。こめかみから頬をつたい、赤い血が流れた跡があったが、その目がまだ知性の光を失っていないのを見て取り、俺はとにかく安心した。おそらく、たいした怪我ではないのだ。弾丸がかすめたのだろう。

周囲を見回す。名無しの姿はなかった。

「……おい、神崎」反応がないので続ける。「武市はどうなった？」

「さあ。そろそろ死ぬんじゃない？」神崎は背中を向けたまま、興味がない、といった声で言った。「もうあまり意識がないけど、ゆっくり苦しむといい」

オフィスの中を見回す。柱の時計が目に入り、意識を失ってから二十分ほどが経っていると分かった。何か体が軽いと思ったら、俺と海月が身につけていた手錠と警棒、さらに無線機と携帯電話が取られ、ひとまとめになって隅のデスクに積まれていた。

拘束されている手首をなんとか外そうと力を入れると、左肩に激痛が走った。腕の根元がやられているため、左腕全体がほとんど使いものにならないのだ。右手だけが動き、俺の手首はくくっている紐の下で数ミリだけ、どうしようもなく往復した。俺と海月は両手首を結び合わせられ、その紐がデスクの脚に結びつけられているらしい。デスクの脚に結わえられている紐には若干、長さの余裕があったが、それでも動くのは二、三センチだけで、そもそも手首をきつく縛られているので、結び目がどこなのかを確かめることすらできなかった。

「……名無しはどこに行った」

「そこの武市を捨てる準備をしに。ここに置いといたら迷惑だしね」神崎は平然と答えた。「でも一人埋めればいいはずが三人になっちゃったから、道具が足りないのよ」

「逃げられると思うのか。ウィルスは解析中だ。あんたのことなんかすぐにばれるぞ」

「でも『楠野蓉子』には辿り着けない。その人間は、さっき消えたから」

身分を変え、飛ぶつもりらしい。その話しぶりでなんとなく分かった。神崎はこれまでも、まっとうな世界の人間ではなかったのだろう。そうでなければ名無しと知り合えるはずがない。表向きはライトスタッフカンパニーの善良な従業員だというふりをしながら、おそらくは詐欺師かクラッカーとして、ヤクザ相手に情報やウィルスを売って金を稼いでいた。だから名無しに高額の報酬を払えた。名無しが、赤木組を切ってもいいというほどの。

後ろで縛られていた手がとんとんとつつかれ、手首を引っぱられる感触があった。神崎に気付かれないようゆっくりと振り返ると、海月の手が妙な動きをしていた。手首のあたりを、デスクに付属しているサイドキャビネットの角に押し当てて動かしている。

俺は手首の力を抜き、海月が動かすのに任せた。だが、それでなんとかなるという気はしなかった。キャビネットの下側の尖った部分で紐を切ろうというのだろうが、手首をくくっているのは硬い繊維のロープであり、大きな鋏かナイフでもないことにはとても切ることなどできない。

それでも海月の目が「神崎と喋っていろ」と命じている。本当は何もしないで縛られている方が肩が痛くないのだが、そうもいかないようだった。俺は口を開いた。「あんた、ウィルスとか作って売ってたのか」

神崎は答えない。だが俺は質問を続けた。「名無しとはどうやって知り合った？　ヤクザとつきあいがなきゃ駄目だろうな。だとすれば、あんたヤクザ相手に商売してたのか」

海月がたてる音をごまかさなければならなかった。幸いなことに神崎は、こちらにあまり関心がない様子で画面を見ている。おそらくSNSやニュースサイトで、下の街で起こっていることを観賞しているのだろう。

座っている位置からでは夜景は見えなかったが、窓の外に広がる夜空は見えた。東京は今も混乱している。すでに消防はヘリを飛ばし、火災現場の確認に入ったはずだった。だが五か所以上の場所で火災が発生し、消防車が着くまでにかなり規模が大きくなっている。警察も総力をあげて警ら態勢をとっているはずだったが、それでカバーできるのは新宿や渋谷といった主要な繁華街だけだ。他の街では今も犯罪が発生し続けている。

この夜がいつまで続くのだろうか。ヘリだってそう何時間も飛んではいられない。

ごり、というかすかな音が聞こえた。振り返ると、海月の手首から血が流れていた。それで気付いた。海月がキャビネットにこすりつけ、切ろうとしていたのは紐ではない。自分の手首だったのだ。

……何をしているのだろう。まさか自殺のはずはない。

だが、海月は手首をぐいと動かし、今度はデスクの下の何かに当てた。デスクの足元には埃の積もった電源コードが伸びており、ソーセージのように長いマルチタップに無数の線が差さっている。海月はそこに、流れた血をしたたらせ始めた。

思わず、おい、と言いそうになった。コンセントが濡れればショートするかもしれない。

だが、すぐに分かった。海月はそれをやろうとしているのだ。埃の積もったコンセントが流し込まれた血液でショートすれば、火が出る。手首の紐を焼き切れるかもしれない。

……危ないことを考えやがる。

そんなことを実験した経験は俺にはない。そうなる可能性があるということが理屈で分かるだけで、うまくいくのかどうかも知らない。もしうまくいっても手首が焼ける。だが海月はそれでも試みている。自分の手首を切ってまで。

「神崎。あんたは勘違いをしている。警察はあんたを絶対に諦めないぞ」

俺は声を出した。後ろで手首が動かされ、肩が痛んだが、黙って呻いているだけでは海月に申し訳ないと思った。せめて喋って、ショートする時の音を少しでもごまかすべきだった。「警察は身内をやったやつを絶対に許さない。日本中、虱潰《しらみつぶ》しに捜すぞ。海外に飛ぼうとでも思っているのか？　間に合うと思うか。空港でお縄だ」

ぱり、という音が聞こえた気がした。今のは神崎に聞かれただろうか。

「顔《メン》が割れてりゃ指名手配だ。もう顔上げて表を歩けないぞ。日本国民全員があんたを捜す」

手首に熱いものが当たった。反射的に手を引いてしまいかけたが、がちりと強く引っぱられた。じりじりという痛みに顔をしかめる。

「それとも整形でもするか？　無駄だぞ。ヤクザの周囲は張るし、闇で整形手術をやってる人間なんて数えるほどしかいないんだ。警察が把握していないとでも思ってるのか」

「うるさいわ。少し黙りなさい」

「ああ。そうさせてもらうよ」手首の拘束が緩んだ。俺は左手を動かせなかったが、海月の方が、焼けた繊維をぶちりと引きちぎった。「……あんたを逮捕したらな」

自由になった手でデスクを摑み、立ち上がった。神崎は振り返り、目を見開いたが、もう逃がすつもりはなかった。俺は神崎に突進し、海月は無線機の積まれた隅のデスクに走った。

逃がすものか。

立ち上がる隙すら与えてやる気はなかった。だらりと垂れて痛む左腕を無理矢理無視し、俺は歯を食いしばって神崎の首筋に手を伸ばした。片腕で首を極《き》めるやり方は知っている。

だが、それはできなかった。俺は背後から脚に衝撃を加えられ、神崎の前に跪《ひざまず》いていた。左脚の腿に灼熱の痛みが走る。

「う……」呻き声が出た。

振り返ると、拳銃を構えた名無しが立っていた。いつの間にか、戻ってきていたのだ。

「か……」左脚が熱い。俺は右手をついて這いつくばるしかなかった。「帰りが、早いな。……随分と」

衝撃で聞こえなかったが、見ると海月は動きを止め、デスクの上には黒い破片が散らばっていた。あの一瞬で俺の左脚を撃つのに続けて、デスクの無線機を撃ち抜いたらしい。

「……この野郎」

距離は十メートルもないし的もそう小さくない。だが、速射でこんな真似をしろと言われても俺には無理だ。

「……うまいじゃないか。今時、西部劇の俳優でも目指してるのか？」

最後は呻き声が混じった。左脚がやばい。どくどくと血が流れ出ているのが感触で分かる。

　這いつくばる俺の頭上で、神崎の溜め息が聞こえた。

「……やれやれ、ね。随分頑張るのね」神崎は俺の手首を見て、納得したように頷いた。それから、隅の海月に向けて言った。「もう、あなたはそこで立っていなさい。私たちは朝になったら帰るから」

　こめかみから血を流した海月が、神崎と名無しを見比べている。

「別に、少しくらいなら動いてもいいのよ」神崎は、ふんと笑って顎をしゃくった。

「電話機だってそこにあるんだし、かけたければどこにでもかけなさい？」

　どうせ、かけてもつながらない。内線は違うのかもしれなかったが、内線番号が分からない。調べてかけようとしても、もちろん名無しはそんな悠長に待ってはくれないだろう。この距離なら、いつでも頭を撃ち抜ける。

　しかし海月はゆったりと動き、デスクの上の携帯を手に取った。名無しがすかさず狙いをつけてくるのを見て、溜め息をつく。「……返していただきますよ。これ」

「どうぞ。少なくとも明日までは、電話機としては使えないけど」

「そうでしょうか？」海月は挑発的に言う。

　しかし、この状況ではどうしようもないことは、俺も分かっていた。ネットがつながったとしても、SNSを通じて助けを求める間、名無しが待ってくれるはずがなかった。音声入力で操作できるほど喋らせてももらえないだろう。

「ここの端末一つで、日本全国、一千万台の端末が操作できる」神崎は誇らしげに、キーボードに手を置いた。「どんな手を使っても無駄よ。電源は切れないし、バッテリーが切れるまではまだ何時間もかかる。バッテリーパックをユーザーが取り外せる機種なんて、今は少数派よ」

だが、海月は携帯を持ったまま、神崎を見据えていた。

「本当にそう考えているのなら、あなたは甘く見ています」

神崎が眉をひそめる。

海月は言った。「……人間の合理性を」

神崎はそれを聞き、弾かれたように笑いだした。甲高くてよく通る、それまで聞いていたものとはまるで違う声だった。床に這いつくばったまま、俺はぞっとしていた。狂気というものを目の当たりにした気がした。

「人間の合理性？」神崎は笑っている。「もう都内で、どれだけ犯罪が発生したと思ってるの？　ただ110番ができず、電話がつながらない。そこにいくつか、『犯罪があった』というデマが流れただけ。それなのに、真似をする馬鹿が次々出ているのよ。今ならばれないだろうっていう考えでね。こんな連中の合理性？」

神崎は笑っている。しかし海月は落ち着いていた。ゆったりと動いて、神崎のデスクのディスプレイを指さした。「……その画面で確認してはいかがですか？　この状況は、もうすぐ終わります」

神崎は笑うのをやめ、それでも馬鹿にしたような顔のままディスプレイを見た。そして、動きを止めた。

顔を上げ、後ろからそのディスプレイを覗いた俺は、見た。今、日本中で何が起こっているのかを。

うふぢたに　@reifujitani0229　(48分前)
鹿児島在住の感染者です。電源切れないし、バッテリーも内蔵型でどうしようもないので、さっき携帯、叩き壊しました。オレ自身は別に東京に友達もいないし、行ったこともないんだけど、でも今、東京の人が困ってるって聞いたので。オレ一人がこんなことやったってしょうがないのは分かってるし、自己満足って気もするけど、感染した責任もあるし、やりました。東京に、一秒でも早く平和が戻りますように。
画像を表示する
(引用数)　▽170889

添付された画像には、バッテリーに穴を開けられた携帯電話が写っていた。
確かに、残った手はそれしかなかった。やったやつがいたのだ。鹿児島に。
神崎は画面をスクロールさせる。「うふぢたに」と名乗る鹿児島のその人に同調する書き込みが、驚くべき早さで増えていた。

水猫　@aquahanyaaaan　（34分前）
宮城県民です。私も今、携帯壊しました。釘とトンカチでなんとかなったよ！　みんな、携帯壊そう！
（引用数）▽2216

ラーメンライス　@setplice550yen　（25分前）
和歌山です。友達の家で、いっせーのでやりました。ごめんな携帯！　今までありがとう！　でも悪いけどなんか爽快だった！
画像を表示する
（引用数）▽1011

guns85　@berejend2012　（12分前）
香川です。俺も今、ハンマーでやった！　東京頑張れ！
（引用数）▽716

「……馬鹿馬鹿しい」神崎は笑った。「こんなものが何になるの？　何万人かが端末を壊したところで、何の影響もない。ただの自己満足よ」

「そう。自己満足なんです」海月は頷いた。「心地良いんです。だから広まる。……忘れたんですか？　東日本大震災の時、節電を呼びかける書き込みは六十万件を超しました。そして結果的に電力需要が予想を下回り、輪番停電は予想より早期に終わりました」

「プラグを抜くだけとはわけが違うのよ。自分の携帯電話を壊すなんて面倒なこと、普通の人間は絶対にやらない」

「そう。わけが違うんです」海月はやはり頷いた。「プラグを抜いて節電するのは、参加した人間にとってある程度の不利益となります。ですが今回は違います。どうせ使えなくなっていい携帯電話を壊すだけで、ヒーローになれるのですから」

神崎は画面に視線を戻した。最初の「うふぢたに」の書き込みの引用数はすでに膨大なものになっていたが、その勢いはまだ収まることなく、爆発的な増え方をみせていた。180393……182150……190064。「自分も壊した」「みんなも壊そう」という書き込みも、見る間に増えてゆく。それと同時に、バッテリーが取り外せる端末の型番のリストと、それぞれの取り外し方を伝える書き込みもどんどん広まってゆく。

左脚からの出血が止まらない。意識が怪しくなってくる。左肩が痛む。だが、俺はそれらの苦痛を半ば忘れて、画面に見入っていた。211147……218066……223135……239874。そしてそれに呼応して、新たに「電話機の楽な壊し方」や「機種ごとのバッテリーの位置」を伝える書き込みがなされ、それらもまた、すさまじい速度で引用されていく。ディスプレイの中で、驚くべき光景が展開されていた。今、日本中が動いている。俺はそれを見ている。

「感染した携帯は約一千万。つまり、日本人口の十分の一以下なんです。少数派なんですよ」海月は言った。「そして今、明らかに、携帯電話を壊す、という英雄的行動が流行し始めています。ただ流行に乗るだけで英雄になれるという時、動かない人間はどれだけいるでしょうか？　動かない人間に対し、周囲の人間はどういう目を向けるでしょうか？」

　そうだ。周囲の人間は無言の圧力をかける。「みんな壊しているぞ。お前はなぜ壊さないのか」――感染者はあくまで十分の一以下。立場の弱い少数派なのだ。

　海月が人間の「理性」ではなく「合理性」と言っていた理由が分かった。どう考えても、今は携帯を壊す方が得なのだ。

「どんな醜い動機でもいいんです。他人が助かるならそれは善であり、美しいんです」

　海月は神崎をまっすぐに見ていた。確信しているようだった。

「神崎さん。あなたは理解していません。人間の美しさも、醜さも」

　俺は考えていた。今、この流れに乗って自分の携帯電話を壊した人間は美しいのだろうか、と。とりわけ都民でない場合、他人のために行動を起こしたのは美しい。だが流行に乗って英雄気取りになっているとしたら醜い。しかし正義感の流行だというなら、それは醜いとは言いきれない気がする。他人にも「乗れ」という圧力をかけたなら醜いが、それでこちらは助かるのだからやはり美しいと思いたい。よく分からない。結局、人間は美しくて醜いのだ。

そして画面に、新たな書き込みが現れた。

やさい　@vegita03　(4分前)
大手キャリアの社長がついに動きました！　先程、社長の個人IDで以下の書き込み。
>@tadashim　現在、日本全体で美しい行為が拡がっている。当社ではこれを応援したいと思います。近日中に、電話機を自主的に破壊した顧客に対し、破壊した端末を店舗に持参することで、新機種への乗り換えを大幅値下げすることをお約束いたします。
(引用数)▽29937

なるほど、と思った。国内の販売台数が頭打ちになり、苦しんでいるキャリア各社にとっては、大量の人間が端末を買い換えるであろう今は願ってもない商機なのだ。「大幅値下げ」がどの程度のものなのかは分からない。だがどうせ、大部分のユーザーは、ウィルスに感染してしまった電話機を買い換えにくる。値下げの波に乗り遅れれば顧客を奪われるし、乗れば賞賛を得て企業イメージが上がる。

この動きには間違いなく各社が追随する。そしてこの動きは、「どうせ携帯を買い換えるしかない」ユーザーたちの動きを決定的に加速させるだろう。

俺はいつの間にか笑っていた。神崎香里は確かに甘く見ていたのだ。「人間の合理性」を。

※

町田市内の一戸建て。その二階で、一人の少年が鑿《のみ》と金槌を振るい、携帯電話に大穴を開けた。その物音を不審に思い、部屋をノックして「どうしたの」と訊いた母親に、少年は誇らしげに答えた。

「携帯、壊した！」

函館市内のガレージ。防寒着をきちんと身につけた兄弟が、工具箱から出してきたハンマーを振るった。

「兄ちゃん、次、俺の！」

「よっしゃ、出せ！　やるぞっ！」

広島市内の路上。誰かが用意した、何かの薬品で満たされた巨大な洗い桶を、十数人の男女が囲んでいた。

「それでは、さよならの時間となりました。せーのっ！」

一人が音頭をとり、十数人が一斉に、洗い桶に電話機を投げ込んだ。

富山市内の家の中。年老いた男性が、鑿と金槌で穴を開けた電話機を持ち上げ、傍らの妻に訊いた。

「これでいいのかい」

「いいんじゃないかしら」

「東京が早く平和になるといいが」

「そうよねえ」


その日、日本中の人間が携帯電話を壊した。ある者はお祭り騒ぎに興奮して。ある者は使い慣れた電話機に感謝しながら。ある者は、東京に出た子供の無事を祈りながら。

そして「フレイム」が活動を始めてからわずか二時間八分後。発信していた携帯電話端末の数は劇的に減少を始め、その結果、東京都全域の電話回線は復旧を果たした。

25

海月は名無しの銃口にぴしりと狙われたままで、一歩たりとも動けない状態だった。少しでも動けば殺される。それは俺も同様だったが、こちらはそれどころではなかった。左肩の痛みも忘れるくらいに左脚が痛み、出血が止まらない。右手に力が入らなくなってきていた。

だが、神崎香里もまた、呆然として画面を見ていた。

「……そんな、馬鹿な」

画面には、SNS上のメッセージが表示されていた。「東京の回線が復活しました」という報告と、電話機を壊してくれた人々に対する感謝の言葉。

まりー　@mari_hirota0518　(6分前)
電話回線、さっき復活したみたいですね。よかった。110番と119番はまだのようですが、こちらもじきに復活するのでは。それまでのつなぎとして、各警察署と消防署の電話番号を管轄ごとにまとめておきますね。110番119番のかわりにこちらにかければ、無線ですぐ駆けつけてくれます。もうちょっとです。頑張って！

警察→http://www.xxx/xxx
消防→http://www.xxx/xxx
（引用数）▷5041

長田俊之　@nagatatosiyuki0919　（4分前）
分かっている限りで火災・犯罪に関するデマをまとめました。未確認のものも多いですが、こうしてまとめてみると、実際に発生していた火災や犯罪はかなり少ない模様。震災の時も略奪とかなかったし、日本人なめんなってとこでしょうか。
http://www.xxx/xxx
（引用数）▷1996

電話回線が復旧した、という情報が最初にＳＮＳに流れてから十数分。俺は痛みに俯いたり顔を上げたりを繰り返しながら、東京が平静を取り戻してゆく様子を見ていた。事件や火災の発生を伝える新たな書き込みはなくなっている。状況は逆転しつつあった。

「こんな……」

神崎が呟いた。よく見ると、彼女は小さく震えていた。「……どうして。私の時は、何もしなかったくせに……！」

「あなたの負けです」海月は彼女をなだめるように、抑えた声で言った。「もう、やめにしましょう」

神崎は沈黙していた。黙ったままデスクを叩き、握った拳を震わせていた。

俺はなるべく目立たないように息を殺して待った。この状況では待つことしかできなかった。左肩と左脚の痛みで、呻き声をあげないようにするだけで精一杯なのだ。この体ではもう、神崎を人質にとる作戦もとれない。それに、少しでも動いたら海月が殺される。

だが、神崎は言った。

「……ええ。もう、いいわ」

俺は神崎を見上げた。

「もう、いい。こんなものでしょう。二時間ちょっとしかもたなかったのは予想外だったけど、今回はここまでにしましょう」

左脚と左肩の痛みが強くなった気がした。今回は、だと？

「もともとこっちはついでみたいなものだったし、本題がまだ残ってる。そこの武市はこのまま置いておけば死ぬけど……」神崎は椅子から立ち上がった。「森尚樹、だっけ？　どうせその名前は嘘でしょうけど、とにかく一人、残ってるのよね。そいつを捜して、今回は終わり」

神崎の表情から動揺が消えていた。気付いてしまったらしい。電話回線が復旧したからといって、神崎自身が終わりというわけではないのだ。身分を捨て、潜伏して、またやればいい。

そしてそのためには、俺たちが邪魔になる。

神崎は言った。「殺しなさい」

もうどうしようもなかった。俺は右手と右脚に力を入れて体を起こした。海月が撃たれるより前に、せめてこちらに攻撃を向けさせるしかない。一秒で頭に穴が開くだろうが――。

だが、廊下側のガラスがいきなり弾け飛んだ。

名無しが身を低くし、開け放たれたドアの脇に張りつく。銃声があった。外からだ。

――警察だ！　武器を捨てて壁に両手をつけ！

聞き覚えのある声だった。あれは、たしか。

「……小田桐」

割れたガラス越しに廊下が見えた。基本通り両手できっちりと拳銃を構え、名無しに狙いをつけたままこちらに歩いてくる眼鏡の男は、他でもない小田桐だった。

「小田桐！」なぜ奴がここにいるのか分からない。だが助かった。

「設楽、まだ生きてるか？」小田桐は怒鳴りながらもう一発撃った。「どうなってやがる。そいつが名無しなのか？」

言われてはっとした。名無しの位置を目で追う。ドアの陰に隠れていた。

「気をつけろ、そこから撃ってくるぞ！」

それを聞くと同時に銃声が響いた。名無しより先に小田桐が撃っていた。廊下には身を隠す場所がないと判断したのだろう。小田桐は連射しながらドアに向かって突進した。名無しがドアの脇から飛び出し、小田桐に躍りかかる。

俺は叫びながら右脚で床を蹴り、立ち上がった。傍らのデスクを摑み、無理矢理体を前に持っていく。小田桐に組みついた名無しはこちらに背中を向けていた。飛びついて摑むだけでもいい。小田桐となら、二対一にさえなれば。

しかし、俺は襟首を引っぱられるのを感じ、次の瞬間、右足を払われて背中から床に落下していた。視界が揺れる中、丸い照明のついた天井と、こちらを見下ろす神崎香里の顔が見えた。

「あなたは、おとなしくしていなさい」

神崎は落ち着いて言い、ジャケットのポケットから小型のオートマチックを出した。

この野郎、やっぱりそんなもの持っていやがったのか。

神崎自身も動けたのだ。それにこいつは怪我一つしていない。名無しが武装しているのなら、一緒にいる神崎自身も武器を持っている可能性が大きい。そこを考えるべきだったのだ。

神崎は部屋の奥に向かって連続して発砲した。射線の先で、とっさに電話をとって救援を呼んでいた海月がしゃがみこむ。

「余計なことをしない」神崎はしゃがみこんだ海月の足元に一発、銃弾を撃ち込んだ。

「電話機を捨てなさい」

俺は廊下を見た。くぐもった悲鳴が聞こえ、名無しに膝蹴りを入れられた小田桐が崩れ落ち、人形のように力を失ってうつ伏せに倒れたところだった。すでに手から拳銃は落ち、廊下に転がっている。

起き上がろうとして、神崎に左腕を蹴られた。左肩に衝撃が伝わり、激痛で頭の中が白濁する。

倒れた位置から廊下が視界に入った。名無しが銃を持って立っている。倒れて動かない小田桐の頭部に照準がつけられ、引金が引かれるところだった。

※

自分はなぜこんなことをしているのだろう。タクシーの後部座席で、必要もないのにシートをぐっと握りながら、小出はそのことを何度も考えていた。刑事ドラマそのままに「前の車を追ってくれ」などと言ってしまったことが、今になって恥ずかしくなり始めた。だがタクシーは言われた通りにミニバンを追っている。乗った馬が勝手に走り出して止め方が分からないという悪夢も、いつか見た気がする。小出は泣きそうな気分でシートに座っていた。

どこの道も、いつもより交通量が多かった。電話が通じず110番も119番もできない。もしここで交通事故に遭っても、相手が逃げてしまえばそれまでという状況だった。運転手はそう言い、「無理はできませんよ」と断ってきた。それに頷くのが精一杯だった。

今、前のミニバンは玉川通りをしばらく進んだあたりで停車している。小出のタクシーは路上駐車のワゴンを挟んでその後ろに停まっている。普段と違う車の流れに翻弄《ほんろう》され、青年と少女を乗せたタクシーを見失ったらしく、ミニバンは渋谷に向かう途中でスピードを落とし、時々停車をしながら街をぐるぐる回った。渋る運転手を金は払うからと言ってなだめ、小出は必死でその跡をつけた。散々走った挙句、ミニバンは前にも通った玉川通りで停車した。

運転していた眼鏡の男は携帯電話で何か話しながら車外に出て、周囲を確認している。少し前にカーラジオから、「電話回線が復旧した模様です」という臨時ニュースが流れていた。

運転手は困ったような顔で小出をちらりと見た。停まってしまったが一体いつまでついていけばいいのか、と問いたいのだろう。小出が「ここでいいです」と言いかけた時、前のミニバンがまた動き出した。すでにタクシーを見失ってからかなり時間が経っていたが、今度のミニバンの動きには迷いがなかった。さっきの電話で、あの二人の行き先を知ったのだろうか?

ミニバンは玉川通りを少し走り、すぐに停まった。眼鏡の男はハザードをつけたままの車を降りると、歩道橋を渡っていってしまう。小出は「ここで。ありがとう」と言って一万円札を二枚渡し、小走りで追いかけた。男の足は速く、小出の方は歩道橋を上るともう息が切れてしまう。もう諦めよう、と思った。車ならまだしも、徒歩になってしまったら追いかけることなどできない。ここまで来ただけで充分、やることはやったではないか。

しかし歩道橋の上から、眼鏡の男がビルに入っていくのが見えた。小出の知っているビルだった。「SUR VIDE 渋谷」。金のある会社が入る超高層だ。以前、仕事で渋谷には頻繁に来ていた。三十二階に入っている「株式会社シンワサポート」には、若いのを連れて二回か三回、訪れたこともある。

ここで何かがあるのか。

足が勝手に動いていた。まさか、あの会社が関係あるのか。受付を見ると、眼鏡の男はすでにエレベーターホールに消えていた。小出は名刺入れを出し、「シンワサポートの中森《なかもり》さんに用だから」とだけそそくさと言った。その間も横目でエレベーターホールの方を見ていた。眼鏡の男が行ってしまう。まさか本当にあの会社なのか。だとすれば、自分がここにいるのは何かの導きとしか思えない。

だが、男の乗ったエレベーターは四十六階で停まった。行ったことのないフロアだった。五十三階に喫茶店があったが、四十六階はオフィスフロアのはずだった。何という名前の会社が入っていたかは思い出せない。小出は扉を開けた隣のエレベーターに乗り込み、四十六階のボタンを押した。明らかに関係者でないはずの眼鏡の男がすんなりと受付を通れたことに関しては、意識に上らなかった。

四十六階で扉が開き、小出はグレーのカーペットが敷かれた廊下に出た。正面に大きく「ライトスタッフカンパニー」のロゴがあり、ソフトウェア会社か何かだな、とぼんやり考えた。ガラス張りのオフィスが廊下の突き当たりまで続いていて、角を曲がったその先もまだ続いているようだった。あるいは永遠に続いているのかもしれなかった。ひと気がなく静かなのに、なぜか明かりがすべてついているこの回廊に、小出は現実感を失っていた。自分が何をしにこんなところを歩いているのかも、すでに忘れていた。

その小出の耳を、突然の銃声が襲った。すぐ前の角、その先から、爆発したような激しい音と、ガラスの割れる音が同時に聞こえた。

小出は「ひっ」と短く、吐息とも声ともつかないようなものを漏らした。音には聞き覚えがあった。ゲームや映画で聞いたことがある音だと気付き、まさか、と思った時、小出はようやく、刑事の青年が拳銃を持っていたことを思い出した。

銃声。ハンドガン。銃撃戦。まさか。

何かの冗談だと思った。ジョークとかお芝居ではないかと思った。しかし気付いていた。今の東京は非常事態なのだ。普段と違うことが起こる。

とにかく状況を確認しようと思った。小出は壁にくっつき、廊下の角からそっと覗いた。

眼鏡の男の背中が見えた。両腕をいっぱいに伸ばし、奥に向かって確かに拳銃を構えていた。

「警察だ！　武器を捨てて壁に両手をつけ！」

眼鏡の男が、奥に向けて怒鳴っていた。

あれは刑事だったのか。小出は軽く驚いていた。本当ならもっと驚くはずだった。眼鏡の男の正体などではなく、目の前で銃が撃たれている状況に驚くのが普通だった。だが小出はどうしても、充分に驚くことができなかった。ウィルスの蔓延《まんえん》。電話回線のパンク。目の前で起こった犯罪と逮捕劇。そしてこの廊下。現実感がない。頭が麻痺してしまい、驚き方が分からない。

「設楽、まだ生きてるか？」眼鏡の刑事が叫び、今度は小出の見ている前で撃った。

「どうなってやがる。そいつが名無しなのか？」

設楽、と言った。そういえばタクシー乗り場で、少女の方が青年を「したらさん」と呼んでいた気がする。では、あの眼鏡の刑事は二人の味方だったのだ。だとすると敵は。

しかし小出はそこで思考を中断された。銃声がたて続けに響いて、小出は空気が漏れたようなかすれた悲鳴をあげて角に隠れた。撃っている。弾が飛んでくる。死ぬ。

自分はどうしてこんな目に遭っているのかと、小出は痺れる頭で考えた。どう考えても、自分がここにいるのは場違いだった。刑事が銃撃戦をしている。目の前で。銃声が怒号と、どたどたという足音に変わった。反射的にまた覗いてしまい、小出は、眼鏡の刑事が黒いコートの男と戦っているのを見た。それはまさに戦いだった。フィクションの戦争とか、子供の頃に見たヒーローたちがしていた、「戦い」という名のエンターテインメントではなく、まさに戦いとしか言いようのないものだった。二人ともコートを羽織っていたが、その下はスーツに革靴だった。その恰好で組みつき、殴り、壁に押しつけあっていた。生まれて初めて目の当たりにした本物の「戦い」は凄惨で、恰好が悪く、恐ろしいものだった。摑みかかられてジャケットの襟が伸び、刑事の眼鏡がずれていた。髪をばさばさに乱し、革靴のまま足を振り上げ蹴っていた。わけのわからない怒号が飛んでいた。

その恐ろしさに、小出は動けなかった。子供の頃から頭の中で想像していた、凶悪犯との戦い。現実はこれだった。とんでもないことだった。自分があれに、指一本でも関わることなど思いもよらなかった。

眼鏡の刑事が壁に叩きつけられた。さっきから明らかに敵の方が彼より強く、防戦一方になっていた。設楽というらしい青年は出てこなかった。なぜ助けにこないのだ、と思ったが、そういえば彼は怪我をしていた。それに、さっきかすかに聞こえた声は、弱っている人間のものだった。きっともう、やられてしまったのだ。

眼鏡の刑事が太股《ふともも》を蹴られて呻いた。小出も思わず顔をしかめた。刑事の方はもう銃を落としていたが、敵の男はまだ持っていた。このままでは負ける。誰か助けてやらないのか。だが男は全く容赦をしなかった。足を蹴り、喉を打ち、腹に膝蹴りを入れた。刑事の方が呻いてむせているのに、また蹴った。もうやめろ、といくら思っても、男はやめなかった。

やめろ。やめてくれ。死んでしまう。

思わず叫ぼうとして、声が全く出ないことに気付いた。ひゅうひゅうと酸味のある呼気が漏れるだけだった。全身が震えていた。殺されてしまう。目の前で。

だが小出の体はぎくぎくと震えるだけだった。かろうじて呼吸ができるだけで、声が出ない。足が動かない。手は、壁の角を摑んでいるだけで精一杯だった。小出は思い出していた。こういう悪夢も、何度か見たことがある。力一杯叫ぼうとしても声が出ない。体が、比重の重い粘液の中にいるように動かない。

何発目かの膝蹴りが入り、刑事が床に崩れ落ちた。誰も彼を助けなかった。うつ伏せに倒れたその頭に、男が銃を向けた。

動けないまま、情けなさで目に涙がにじんできた。子供の頃からヒーローになりたいと思っていた。もし目の前で何かが起これば自分が、と思っていた。それなのに、さっきだってそうだった。目の前なのに動けなかった。また動けないのか。

小出は気付いていた。自分はもしかしたら、これまでの失敗を取り戻す機会があるかもしれないと期待していたのだ。さっきは、現実のひったくりが目の前に現れたのに動くことすらできなかった。あれからずっと、心の中では必死で言い訳をしていた。本当の自分はそうでない、と。あの時はたまたま反応が遅れただけなのだ、と。その言い訳に根拠が欲しかった。眼鏡の男についていって、あの二人のために何か、ほんの些細《ささい》なことでもいい。何かができたなら、その言い訳は真実になるはずだった。もしかしたらその機会があるかもしれないと期待していたから、ここまでふらふらと来てしまったのだ。

そのはずなのに。現実はやっぱりこうだった。

惨めだった。お前はここまで弱いのだ、臆病なのだと突きつけられ、何も反論できなかった。そのくせ、子供たちには行動を起こす勇気が、正義感が大事だなどと恰好をつけて言っていた。では言っている自分は何をしたのか。ゲームの中で新入りを助けてヒーロー気取りになって、目の前で何かが起こりさえすれば俺だって、と嘯《うそぶ》くだけ。口だけ。何も言わない方がよっぽどましだ。みっともない。

自分を罵った。クズ。臆病者。口だけ男。恥ずかしい妄想をしやがって。できる限り強烈になるように罵った。腰抜け。役立たず。卑怯者。死ね。死んじまえ。

涙で視界が歪み、嗚咽《おえつ》が漏れた。小出はそこで思った。声が出る。

「や……」

確かに、声が出ていた。戦えば殺される。自分はクズだ。死んじまえばいい!

「――やめろおぉぉぉぉっ！」

小出浩史は泣きながら絶叫した。

※

それが聞こえてから一秒ほど、時間が止まった。俺も、銃を持つ神崎も、撃とうしていた名無しですら、瞬間的に凍結させられたように動きを止めた。

聞こえるはずのない方向から声が聞こえた。廊下のむこうだ。男の声だった。やめろ、と絶叫していた。

最初に動いたのは名無しだった。名無しは小田桐が動かないことを確かめ、声のした方向に銃を向けた。撃ちはしなかった。俺の位置からでは、そこに誰かいたのか、それとも誰の姿も見えなかったのか、判断ができなかった。

だが、同じ声が続いた。

――やめろ！　警察だ！　お……おまえは、包囲されている！

応援でないことはすぐに分かった。こんなところに来るはずがないのだし、それに、いくら銃撃戦を前にしたとはいえ、あんなに緊張して声が裏返る警察官はいない。交番に出たての新人ならいざしらず、あれは中年の声だ。

だとすれば、民間の誰かが助けにきてくれたのだろうか？　それなら、その人は通報してくれるだろうか。

名無しは壁に体を寄せ、銃口を角の方に向けたまま移動し始めた。

助かった。俺も小田桐も。信じられない。一体、あの声はどこの誰のものだ。

だが俺は焦った。このままでは、助けてくれたその人がやられる。

名無しが俺の視界から消えた時、後ろから海月の声がした。

「武器を捨てなさい！　捨てないと依頼人を射殺します！」

俺は部屋の奥の海月を振り返った。神崎も同時に振り返っていた。海月は神崎の方に歩いていくところで、武器など持っていない。

神崎が廊下に向けて叫んだ。「嘘だ！　騙されるな！」

その隙に俺は右腕を伸ばし、神崎の足首を摑んで思い切り引いた。神崎がバランスを崩して床に手をつく。駆け寄ってきた海月が、床に落ちていた鋏を拾って神崎に投げつけた。神崎の悲鳴が聞こえ、手から銃が落ちる。俺は神崎を転ばせようとして、ジャケットの背中を摑んで引き寄せた。同時に海月が、神崎の手から落ちた銃を拾った。

駆け戻ってきた名無しが俺に狙いをつけるのと、起き上がろうと手をついた神崎に海月が狙いをつけるのが、ほぼ同時だった。

名無しは入口のところに立ったまま、動きを止めた。海月は神崎に飛びかかられないよう、両手で銃を突き出したまま下がった。滅茶苦茶な構え方だし、あいつの握力では一発撃っただけで銃を落としそうな気がする。だがそれでも、あれほど近くで構えていればさすがに当たるだろう。

「武器を捨ててください」

「こっちの台詞ね」

海月と神崎は同じ台詞をぶつけあい、それを最後に、オフィスを沈黙が覆った。

肩の痛みが蘇《よみがえ》ってくる中、俺はうつ伏せに倒れたまま、廊下の方に視線をやった。小田桐は殺されてはいなかったが、完全に気を失っていた。そして名無しの銃口がこちらを向いている。ご丁寧に、頭蓋骨の真ん中をぶち抜くコースで狙っている。

俺はなんとか形勢を判断しようとした。この状況は有利なのか不利なのか、それとも五分五分なのか。

客観的には五分五分のはずだった。海月が動けば名無しが俺を撃つ。名無しが動けば海月が神崎を撃つ。しかし、仮に名無しが俺を撃ったとして、海月が神崎を撃つかどうかは分からなかった。犯人を射殺してしまうわけにはいかない。それに、そもそも当たるかどうかも分からない。名無しが俺を撃つと同時に、今は膝をついている神崎が海月に飛びかかったらどうなるか。海月は自分で反撃できるのだろうか。一方で、立場の違いもあった。名無しが人質にとっている俺は、海月からすれば、絶対に護らなくてはならない存在ではないはずだった。対して神崎は名無しの依頼人だ。だがそれも、名無しが神崎を切り捨てることにすれば同じことだった。

それなら、このまま膠着状態が続いた場合はどうなる。

それも判断がつかなかった。このまま時間が経てば、小田桐が目を覚ますかもしれない。だがそれが状況打開の鍵になるかどうかは分からない。こちら側が一人増えたところで俺が人質にとられている状況には変わりがないのだし、そもそも仮に小田桐が目を覚ましたとしても、あれだけやられたのだ。まともには動けないだろう。加えて、こちらは海月の体力に問題があった。たいして怪我はしていないようだが、長時間、銃を構え続けるということに関しては、海月と名無しでは勝負にならなかった。そして、名無しに多少隙ができたとしても俺は何もできないが、神崎のさっきの動きからすれば、海月がわずかでも隙を見せればすぐにやられる。

それならどうすればいいのか。俺は考え続けようとした。しかし、徐々に思考が鈍くなってきた。

「諦めてください。あなたがたの負けです」海月は言った。「先程、応援を呼びました。まもなくこちらに来ます」

だが、神崎は動じなかった。「来たところで何もできない」

「二人や三人ではありませんよ」

「何人でも同じよ。警察官ごときが名無しを押さえられるとでも思う?」

神崎には余裕があるようだった。声が落ち着いている。「長引いてまずいのは、あなたの方でしょう?」

神崎が俺を振り返った。俺は唇を噛んだ。気付かれたことにまずいと思ったからだけではない。そうしていないと、意識が朦朧《もうろう》としてくるのだ。

左脚にはすでに、さっきから感覚がなかった。だが、撃たれた腿からまだ出血が続いているのは感じていた。ただ痛いだけの方がまだましだった。このまま出血が続けば、まず最初に俺が死ぬ。

「そのまま銃を構え続けて、設楽君が死ぬのを見守るつもり？」

「その前に応援が来ます」

「来るでしょうね。このフロアまでは」神崎は廊下の方を見た。「でも、ここには絶対に辿り着けない。名無しの腕を甘く見ない方がいい。エレベーターから来ようが、非常階段から来ようが、この廊下に来た時点で、前から順番に死んでいくだけよ」

だが、海月は動じなかった。

「エレベーター？　非常階段？」海月は言った。「……そんなところからは、来ませんよ」

名無しの表情がわずかに動き、視線が前を向いた。爆音が聞こえ、俺は首を巡らせて窓の外を見た。

海月が背にしている窓の外。その夜空に、「警視庁」の文字をつけたヘリコプターが降下してきて、俺たちと同じ高さで停止した。爆音が響き、ヘリのドアが開くと、サブマシンガンを構えたＳＩＴ隊員たちが並んでいた。その後ろに、眼鏡をかけた白髪の男が見えた。信じられないことだが、あれは越前憲正《えちぜんのりまさ》刑事部長、本人だ。

名無しがドアの外に跳んだ。海月は体を引いた。それとほぼ同時に、SIT隊員のH&K《ヘッケラーコッホ》MP5が一斉に火を噴いた。オフィスの窓ガラスが粉々に吹っ飛び、俺は頭を抱えて顔を伏せた。ガラスの仕切りが粉々になり、柱が火花を飛ばし、蝶番《ちょうつがい》を破壊されたドアが吹っ飛んだ。神崎は床に伏せていた。照準は上の方に向けられていたが、弾け飛んだ様々な破片や跳ね返った銃弾が背中に降ってきていた。

破壊と轟音の雨がやみ、周囲の焦げくささが鼻についた。名無しの足音が動き出し、遠ざかっていった。

外を見ると、窓ガラスはすべてなくなっていた。爆音の中、SIT隊員の後ろで、越前刑事部長が拡声器を構えるのが見えた。

——海月君、それと何だっけ、神部《かんべ》君。無事かね？

俺は寝たまま挙手の礼で答えた。名前は違うが、無事ではある。

神崎が呻きながら立ち上がり、信じられない、という顔でヘリを見た。海月は確かに救援を呼んだが、いきなりフル装備のSITが、しかもヘリに乗って空から来るとは思っていなかった。本来は特殊犯捜査一係か二係の係長、あるいは管理官が現場指揮をとるはずのところ、刑事部長が自らヘリに同乗までしているということになると、どうも相当なゴリ押しをしたらしい。

どかどかと複数の足音が近づいてきて、廊下から、やはり防弾ベストをがっちりと着込んで機関拳銃を持ったSIT隊員が現れた。名無しの姿が廊下にないことを確認し、彼らは神崎を左右から挟んだ。「マル被A、確保」

無線機から越前刑事部長の声が漏れる。

——了解。マル被Bは階下に逃走。一階、両出口封鎖。各階利用者の避難誘導急げ。

海月は銃を隊員に渡すと、駆け寄ってきて俺の傍らに膝をついた。「設楽さん」

「大丈夫、です」本当はそうでもないが、さっきの轟音で目が覚めた。「……驚きましたよ。まさか、ヘリと刑事部長を呼ぶなんて」

「あとは、みなさんに任せましょう」海月は俺の手を握り、窓の外を振り返った。ヘリはすでに上昇して消えていた。「……確保できると、いいのですが」

26

大木にたとえるにはあまりに数学的にまっすぐな超高層。巨大なその姿を見上げながら高宮は、こいつはもう警察の仕事じゃないなと思って溜め息をついた。形式的には「銃器所持の被疑者を確保する」ということになっているが、ビルの周囲をパトカーと捜査車両が囲み、完全武装のSIT隊員がうろうろしているこの場は、どうみても対テロ戦争の雰囲気だ。

――二班から本部。重体の捜査員一名、同じく重体の民間人一名、及び他三名をヘリに収容。医療機関に搬送します。二班は屋上を確保後、一班に合流します。どうぞ。

――本部から二班。了解した。マル被の武装は不明。注意されたし。

無線の音声で、設楽がどうやら助かりそうだということは分かった。隣の麻生もパトカーのボンネットに手をつき、大きく息を吐いた。「……なんでこう何度も死にかけるの。あの男は」

「あんたの連絡がなきゃ、死んでただろうな」高宮は麻生の肩を叩いた。「あとでいい酒おごってもらえ」

「そうしますよ。……まったく、あのお姫様が現れてから災難ばっかり」麻生は顔を上げ、後ろに停まっているパトカーの無線機で喋っている川萩係長に訊いた。「係長、機動隊はどうなってます？」

「駄目だ。連中、まだぐずぐずしてやがる」川萩係長は不満顔で答えた。「繁華街の警備に駆り出されたすぐ後だ。指示がこんがらがって動きが遅い。まったく、警備部ってとこはどうしてこう小回りがきかんのだ。タンカーか奴らは」

そういう台詞は無線機のマイクを塞いでから言うものだろう、と、高宮は肩をすくめた。装備や人数からいえば、警視庁の保有する最大の戦力は機動隊であり、ＳＡＴだ。あれが来てくれさえすれば、最後は力押しでどうにでもなる。だが大人数を動かさなければならない警備部は、状況がころころ変わる時にはどうしても対応が遅れる。しかも今回は途中まで、上野牛丼屋銃撃事件と松が谷暴力団事務所襲撃事件、さらに警察官宅襲撃事件という三件の事件の「武装した被疑者の確保」という名目で動いていたのが、いきなりこんな状況になったのだ。ＳＩＴがあれほど早く動けたのはあれが刑事部所属である上、越前刑事部長が上野の特捜本部を指揮していたからで、ただの幸運なのだ。警備部がすぐに来てくれることまでは期待できない。今ここにいる高宮たちだけで、あの化け物をなんとかしなくてはならない。

電話回線復旧直後、海月たちの「後をついていっていた」という小田桐から二係の麻生に電話が入った。設楽と海月が大急ぎで玉川通りを渋谷方面に向かったが、行き先に心当たりはないか、ということだった。麻生は可能性の一つとして、以前世話になった楠野蓉子がいる「SUR VIDE 渋谷」を挙げたのだが、どうも、それが大当たりしたらしい。四十六階に着いた小田桐からは「発砲の痕跡がある」という報告があったのを最後に連絡が途切れていたが、直後、現場にいた海月警部から電話で「応援求む」の一報が入った。越前刑事部長と参事官、さらに進藤捜査一課長のほとんど怒声というべき指示が飛び交い、機動捜査隊と特捜本部員、さらに東四つ木の事件を調べていた立石署の捜査本部員が集められた。近隣の交番・警察署にも応援を求めはしたようだが、こちらは街の警備でパンクしている。これだけ集まれただけでも恵まれていると言うしかない。

無線で会話をしていた川萩係長が、ビルを見上げたり拳銃のチェックをしたりしている周囲の捜査員たちに怒鳴った。「六班、全員位置につけ」

全員が一斉に拳銃を抜き、表口玄関の車寄せに移動する。高宮と麻生も拳銃を保持して続いた。

警視庁史上、捜査対象者個人としてはおそらく最強の相手であろう「名無し」が、このビルのどこかにいる。

現在、先陣を切っているのは二つの班に分かれたＳＩＴである。ヘリで屋上に降りた班と、非常階段を駆け上がらなければならない哀れな班が、四十六階から移動を始めている名無しを上と下から挟み撃ちにしている。エレベーターはすべて停められていたが、刑事部長は名無しが昇降機内のワイヤーを伝って逃げる可能性を考え、エレベーターホールにも数名を配置しているようだ。高宮たち捜査一課はその外、表裏双方の玄関を守る最後の防壁となっている。裏口に回った五班の現場指揮は組対の荒籾係長。表のこちらは川萩係長だ。

「お前ら。一つだけ言っておくが」高宮の後ろに来た川萩係長は、拳銃を抜いて怒鳴った。「やばそうだと思ったら躊躇せずぶっ殺せ。責任は俺がとる」

うおおう、というどよめきが広がった。警察官にあるまじき発言であり、本来ならこれだけで処分の対象になりかねないのだが、それを平気で言うこういう人間が、現在の状況では必要だった。組対の荒籾係長も似たような性格だ。刑事部長が現場指揮に、そういう人間を選んで置いたのだろう。

「中にまだ、数十人規模で従業員が残っていますね」麻生が言う。「人質にとられたら厄介です」

川萩係長は答えた。「そうなりゃ、かえってありがたい。催涙弾ぶち込みゃ済むからな」

麻生は肩をすくめた。確かにそうなのだ。じきに機動隊が来てくれるであろうこの状況では、人質をとられて膠着状態になるより、ちょろちょろと動き回られる方がよほど厄介だ。

だが、そうだとするなら、名無しもそのことに気付いているかもしれない。嫌な予感がうなじのあたりに張りついている。高宮からすれば、またあんなのとやりあうのは遠慮申し上げたいのだが。

——二班から本部。四十階制圧完了。三十九階に移ります。

SITからは間断なく無線通信が入っている。さすがに手慣れたもので、ワンフロアがかなり広いはずのこのビルで、彼らは迅速に制圧範囲を広げていた。しかし、名無しがどのフロアにいるのか分からない以上、それをワンフロアずつ、五十回以上繰り返さなければならないのだ。非常階段で下から上がっていく一班もまだ八階だった。

最初にぶつかる班は災難だなと思った。上からか、下からか。激しい戦闘になるだろう。全員ヘルメットと防弾ベストは装備しているはずだが、怪我人くらいは出る。

だが高宮は、頭上でガラスが割れるのを聞いた。

隣の麻生はその瞬間にもう動いていた。車寄せを出て、ポーチの屋根の上を見上げる。ちょうど真上だった。窓ガラスが割れ、ポーチの屋根にばらばらと落ちてきていた。

——銃撃か？

だがおかしい。あれは十階かそこらだ。まだSITはそこまで到達していない。

そう思った瞬間、白っぽい何かが窓辺に現れた。目を凝らすと、布団のような大きな布をぐるぐる巻きにしたものを抱えた人間だった。火災時に使う救助袋か何かを丸めたものだろうか？

麻生が駆け寄ってきた。「高宮さん、今のは――」

「上だ。十階あたり……」

言う間にそいつが飛んだ。あっと思う間に落下し、三、四階分の高さを下降すると、その体がぴたりと止まった。今度は下からでも見えるようになった。やはり、ビル内のどこかに固定した救助袋をロープ代わりにし、数階分ずつまとめて下降しているのだ。

「名無しだ！」高宮は叫んだ。「野郎、窓から下りてきやがった！」

高宮が叫んでいる間に男は手を動かし、再び二、三階分下降した。もう、すぐ上だ。高宮が銃を抜いた瞬間、男は間髪容れずにもう一度下降した。どん、という低い音が響いて足元が揺れる。

玄関のガラスドアに張りついていた同僚たちが、拳銃を構えて駆け戻ってくる。高宮は無線機に怒鳴った。「こちら一階表玄関！　マル被が飛び降りた！　ポーチの屋根の上だ！」

車寄せの屋根の上というのはほとんどの場合、地上からは死角になる。周囲の捜査員がなんとか状況を確認しようと後ろに下がった。見回した高宮は気付いた。包囲の環が広がっている。

隣で破裂音が聞こえた。見ると、麻生が屋根の上に向けて発砲していた。

「おい」

止めようとして気付いた。彼女の判断が正しい。見えないままでもいいのだ。とにかく下から弾幕を張って、一班が来るまで屋根の上に釘づけにしておかなければならない。高宮も銃を構えた。

だが遅かった。だん、という足音が強く響き、屋根の上からコートをはためかせて名無しが飛んだ。アスファルトに両手両足で着地し、そのまま何事もなかったかのように走り出す。その先には三、四人の捜査員しかいない。

「止まれ!」

高宮は怒鳴って銃を向けた。撃てない。射線に捜査員も入っている。麻生が駆け出した。

名無しはすでに手前の男を蹴り倒し、左から飛びかかった別の男の延髄に肘を落としていた。後ろから襲いかかった麻生の飛び蹴りをかわし、反撃に備えてガードを上げた彼女の襟を取って投げ飛ばす。麻生がアスファルトに叩きつけられる音がはっきりと聞こえ、高宮は顔をしかめた。

もう、仲間に当たることを心配している場合ではなかった。「伏せろ!」と怒鳴りながら、高宮は右肩を狙って発砲しようとした。だが、麻生を投げるとほぼ同時に銃を抜いた名無しの方が早かった。肩口を撃たれた高宮は衝撃で吹っ飛び、空を向いた銃口が空しく火を噴く。名無しはその間に右から来たもう一人を蹴り飛ばし、駆け出していた。尻餅をついた高宮はすぐ起き上がったが、名無しまでの距離は遠すぎた。駄目だ。逃げられる。

その瞬間、タイヤのこすれる音が甲高く響いた。見ると、川萩係長の運転するパトカーが後輪を滑らせ、名無しの方にバンパーを向けていた。

運転席で川萩が吠えていた。名無しは身を翻してポーチの中に逃げたが、川萩のパトカーは構わずに突っ込んだ。けたたましい音とともに地面が揺れ、表玄関のガラスが一斉に弾け飛んだ。

ガラスの落ちる音がやみ、パトカーの後輪からうっすらと煙が立ちのぼって消えた。

高宮は肩を押さえて立ち上がった。エアバッグの膨らんだハンドルに突っ伏していた川萩がのっそりと起き上がり、額から一筋、血を流しながら降りてきた。シートベルトをする余裕はなかったのだろう。では、名無しはどうなったのか。

ガラスがひどい有様で散乱する玄関のあたりから、ゆらりと揺れる人影が出てきた。

高宮はてっきり跳ね飛ばされたものと思っていたが、名無しは直撃を避けていたようだった。だが、その足取りはおぼつかなかった。猫背になり、左腕を右手で押さえている。

大股で歩み寄った川萩が、ぜいぜいと息を切らしながらその前に立ちはだかった。

「……警察、なめてんじゃねえぞ」

川萩は図体に似合わない俊敏さで名無しの襟を掴み、背負って投げた。名無しの脚が伸び、その体が綺麗に空中で逆さまになった。

あっと思う間もなかった。投げられたはずの名無しはそのまま体を宙返りさせ、両足で着地した。投げをかわされた直後に肘を入れられていた川萩が膝をついた。名無しはなおしがみつこうとする川萩の手を手刀で叩き落とし、身を翻して玄関に戻った。予想外の動きに捜査員たちが戸惑う間もなかった。川萩が乗り込んで玄関に突っ込んだパトカーはフロントガラスが割れてエアバッグも膨らんでいるが、まだエンジンもかかっている。名無しは迷いなくそれに乗り込み、バックで捜査員たちを蹴散らすと、タイヤを鳴らして敷地の外に消えた。

——マル被はPCを奪い、玉川通りを三軒茶屋方面に逃走。

どうせ緊急配備は間に合わないし、今は人手がない。仮に網に引っかかったとしても、相手があれでは、数名の警察官だけではどうしようもない。

名無しは姿を消した。捜査員が無線に怒鳴る声が、その後に空しく響いた。

事件は終息した。無論、警視庁にとっては、まだ終わってなどいない。被疑者の一人である名無しが逃げたままだからだ。だが、上野牛丼屋銃撃事件と警察官宅襲撃事件、さらに日本中を騒がせた「フレイム事件」の主犯格である神崎香里は逮捕された。ほとんどの国民にとっての関心事は「フレイム事件」であり、七人の死者を出したにもかかわらず、暴力団事務所襲撃事件はその後、あまり報道されなかった。警視庁はまだ戦っている。たとえ相手がヤクザで、事件時は戦闘状態だったとしても、殺人は殺人だ。それに、SITを動員し二つの捜査本部と機捜から五十人以上の人員が出ていながら、名無しはその囲みを破って逃走した。警察にとっては敗北である。

だが警視庁が、自分たちの面に大きな黒星を塗りつけて消えた名無しを許すはずがなかった。名無しの人相書きは最重要・大至急で全国都道府県警察に回され、以後、この男は第一級の指名手配犯になる。

ライトスタッフカンパニーのオフィス内で保護された武市大和は搬送後約二十四時間、意識不明の状態が続いたが、意識を取り戻したのち、四年前の集団強姦致傷事件と、その後に繰り返された強姦に関して追及を受けることになった。四年前は十八歳だったが、検察官送致がなされ、まず間違いなく無期懲役になるだろうという見方が有力だった。

志津健吾、草川航、茂木流雄馬の三名は、逮捕された神崎香里の証言に基づき、都内各所で死体となって発見された。事件は大量殺人事件となり、大衆の関心は、自分たちも関わった「フレイム事件」の背後にあった神崎香里に集中した。これは本来、名無しを取り逃がしたことで追及を受けることになるはずの警視庁と越前刑事部長にとって都合のいいことであるのは確かで、あるいは彼らが、何らかの形でマスコミを誘導した可能性もあった。武市大和は銃弾によって脊髄に損傷を受けており、回復後も車椅子が必要になるだろうとみられていたが、それで世間の批判がやむことはなく、武市と、彼が自供した「見つからなかった五人目」である井本亮司《いもとりようじ》は、余罪の存在とあいまって厳しく追及された。

彼ら二人に対する世間の攻撃は苛烈を極め、一時は身の安全が危ぶまれるとして、武市が病院を移される事態になった。一方、犯人である神崎香里には同情的な意見が集まり、一部では、暴力的な加害者に真っ向から復讐した女性として英雄視する向きすらあった。

無論、それは事実ではない。彼女の「復讐」により一時的に火災・犯罪が急増した都内では、ひったくり等の窃盗・強盗が十件、傷害が二十二件、強制わいせつも二件発生していた。合計五件発生した火災はどれも避難が早かったため人的被害こそ出なかったが、火元とその周囲何棟かずつがそれぞれ焼失しており、財産的被害は甚大なものになった。

神崎香里が復讐しようとした一般大衆は、それらの被害を無視していた。感染者が大量に出ても、端末の買い替えラッシュが終息し、キャリア各社がキャンペーンを終えると、何事もなかったかのように、世間の関心は次の話題へ移っていった。

結局、神崎香里の復讐は失敗したのだ。彼女の動機が明らかにされる過程で「傍観者心理」という言葉が一時的に認知され、一九六四年、ブルックリンのアパートで、三十八人もの目撃者がいながら誰も警察に通報しなかったという「キティ・ジェノヴィーズ事件」も、わずかながら知名度を上げた。だが、そういったことに関心を示したのは一部の層だけだった。内村幸菜の名前こそ出なかったものの、マスコミはこの事件をほぼ「残酷な集団強姦」と「被害者女性の復讐劇」という方向でのみ取り上げ、傍観者たちが問題にされることはなかった。問題にすれば自分たちも悪いことになってしまう——武市と井本に対する世間の攻撃は、大衆がその責任から逃れようとするがゆえに、余計に苛烈になったのかもしれなかった。

だが、そのことを検証する者はいない。大衆はあくまで大衆のままで、傍観者だった。

27

「クリスマスですね」

「クリスマスですねえ」

誰がやったのか知らないが、署内食堂の壁に、クリスマスリースが飾られている。それを見た俺と海月は、全く同時に同じことを言った。

「……まあ、俺たちはクリスマスも仕事ですが」

「でも、街が華やぐと、わたしも楽しい気分になれます」

他に突出した個性が多すぎて忘れていたが、この底抜けの前向きさも海月の特徴の一つだった。見習わなければな、と思う。

俺と海月の間で天ぷらうどんの丼が二つ、なんとなく間の抜けた様子で湯気をたてている。

「食いますか」

「はい。いただきましょう」海月は箸を取り、俺に言った。「設楽さんはここのところ、少し動きが緩慢な気がしますよ？　きっと鉄分が足りないのです。しっかり食べてください」

「そうですか」最近の記憶を探る。確かにそういう気がしないでもない。

飯が両手で食えるようになったことは、松葉杖で歩けるようになったことの次にありがたかった。骨に派手な損傷がなかったのがよかったらしく、左肩の方はほぼ完治していて、今ではコートにもちゃんと両腕を通せた。左脚の方も経過は良好で、まだ松葉杖が手放せないとはいえ、一日また一日と、体重をかけられる割合が増えてきていた。頑丈に産んでくれた両親には感謝している。クリスマスプレゼントということで何か贈った方がいいだろうか。

一方で最近、少々、頭の中が間延びするような感覚があるのは自覚していた。何しろ、この間の事件の時は死ぬ寸前まで血液を失ったのだ。まだ回復しきってはいないのかもしれないと思えば納得はいく。というより、それで納得したかった。搬送された時、失血状態の俺に対して緊急輸血用の血液をくれたのは、目の前にいる海月警部なのである。俺と彼女の血液型が一致したという事実は血液型占いが好きな人の前では決して口に出してはならないことだが、どうもあれ以来、思考がみょーんと伸びるような感覚が時折ある。それが不気味で、気になって仕方がないのである。

眼鏡をかけたまま熱いうどんを食べようとし、レンズを曇らせておたおたし、外せばいいのにレンズを拭って食べようとしてまた曇らせている海月を見て何とも言えない気持ちになっていた俺は、後ろからばしんと肩を叩かれて箸を落とした。

「よう。歩けるようになったら早速デートか。いいな」小田桐である。

俺は箸を持ち直した。「スーツ着て署内食堂でうどんデートか。悪くないな」

小田桐は壁の時計を見た。「お前ら、この時間にメシか。お互いご苦労だな」

確かに、そういえばもう午後三時半を回っている。道理で、周囲に誰もいないわけだ。

「……お前、なんでいつも俺の行く先に現れるんだ」

「お前らが狛江《こまえ》署にいるって聞いたから、狛江署で評判だっていう生安の三角《み》律子《すみりつこ》巡査を拝みにきたんだ」

「それ俺は関係ないじゃないか」

小田桐は海月と挨拶を交わしあうと俺の隣にずばん、と肉うどんの盆を置き、勝手に隣に座った。「狛江署には何の用だ?」

「継続だよ。夏に不審火があったのがまだ未解決だ」椅子をずらして場所を空けてやる。

「もう出るところだ。これから桜田門に使い走り」

「ふうん。じゃ、ちゃんと普通の仕事もしてるんだな。殺し屋と戦うだけじゃなくて」

「お前もやっただろうが」

むしろこいつの方が、俺よりずっと長々とやりあっていたのだ。その結果いくつかの打撲傷をこしらえたようだったが、もう元気になっている。

「ま、そうなんだが」小田桐は眼鏡を置いた。「名無しの名前が分かった」

小田桐を見る。視界の隅で海月も、曇ってどうしようもない眼鏡を外してそちらを見たのが分かった。

「お前は会ったことがないかもしれないが」小田桐は言った。「昔、組対にいた天津《あまつ》信《しん》哉《や》という男だ。歳は三十七。中肉中背で特徴のない顔つき。手配書の通りだな」

警察官ではないか、という疑念は、なんとなく俺の中にあった。高宮さんからも、監察が動いている、という話を聞いている。やはりそうだったのだ。

だが、天津という名前は知らなかった。「昔ってことは、やめたのか」

「七年前にな。娘が一人いたんだが、どうも西青梅の犯人《ホシ》にやられたんじゃないかっていう噂だ」

西青梅幼女殺害事件の犯人はまだ捕まっていない。そしてこの犯人には、他にもかなりの余罪があるものとみられている。当時、担当していたのは高宮さんと古森《ふるもり》六係長などであり、彼らはまだ、それを追う公式チームに入っていると聞く。

「七年前の事件がきっかけで？」

「どういうきっかけかは、知らんがな」小田桐は箸を取った。「だがどうも、奴は十何人かいる容疑者の中で誰が真犯人《ホンボシ》なのか、知っているらしい。湯江《ゆえ》孝太郎《こうたろう》って男、当時も捜査線上に上がったんだがな。湯江家が面倒な家なんで、捜査の手が緩かったんだとさ」

「湯江？」思わず箸が止まる。「この間の宇宙神瞠会《うちゆうじんどうかい》事件、終わった後に団体を継いだのが確か、湯江だったな。いい家柄なのか」

「かなりな。宇宙神瞠会の後継者になったラファエル湯江は孝太郎の親父だ。息子は熱心じゃなかったようだが、親父の方はあのカルトにも、かなりつぎ込んでいたらしいな」

そういえば、上野の事件の時は高宮さんと、なぜか公安の三浦が一緒にいた。いくら知り合いだからといって公安部の人間がほいほいと捜査一課の事件に出てくるはずがなく、なぜ一緒だったのかずっと謎だったのだが、どうやら分かってきた。

「じゃ、公安は最初から名無しを……天津を張ってたのか」

「そこまでじゃない。だがここ一、二年の間に、宇宙神瞠会の周辺で行方をくらますやつが出ている。天津がやったんじゃないかっていう話だ」

つまり、天津が警察を辞め、「名無し」になったのは、宇宙神瞠会と西青梅幼女殺害事件がらみということになる。

「じゃあ、湯江孝太郎の身柄はどうなんだ。公安は保護したのか？」

「公安はそうするつもりだったらしいが」小田桐はうどんを箸で摘まんだまま言う。「どうも親父が警察《おれたち》より先にそれを嗅ぎつけたらしくてな。孝太郎はどっかに隠れちまってる」

だとすれば、今は名無しと警察、両方が湯江孝太郎を捜しているということになる。

「……嫌だな。また、どこかの部署がぶつかったりするかもしれない」

「ああ。……意外と、お前かもな」

「嫌なことを言うな。最近ついていないんだ。本当にそうなったら困る」テーブルに立てかけた松葉杖を見る。

「まあ、正解だな。お前はもうどっぷり関わってる。『名無し』から見たら、お前は邪魔者だ。今後はせいぜい、夜道に気をつけろよ」小田桐は顔を上げて海月を見た。「あんたもな」

海月は頷いたが、小田桐をじっと見た。「……それを、お伝えしてくださるつもりでいらしたのですか？」

「ん、いえ」小田桐は首をぐるりと回した。「ま、あとは俺の仕事でしてね」

「監察のですか」

「はい」

海月が平然と言い、小田桐がすんなりと頷いたので、俺は危うく聞き逃すところだった。

「おい。小田桐お前」

「あのなあ」小田桐の方が俺を遮った。「お前、鈍すぎなんだよ。せっかく人が分かりやすく怪しげにうろついてやってるのに。少しは警戒しろ」

「えっ。おい、じゃあお前」

「言うのはここまでにさせてくれ。一応まだ任務継続中だ」小田桐はそう言い、もう何も言わん、と断るかのように肉うどんを食べ始めた。

監察。つまり、小田桐が俺と海月の周囲をうろついていたのは、監視するためだったのだ。第五強行犯捜査所属というのは表向きのカムフラージュか、それとも全くの嘘か。「設楽さん、全く気付く様子がなかったでしょう」海月が呆れ顔で俺を見ている。「小田桐さん、困っていましたよ」

「うっ。いや……」

俺も確かに、おかしいとは思っていた。小田桐はやたらと俺たちの周囲に現れた。それに捜査一課所属のはずなのに、見慣れないオートマチックを持っていた。病室であれを出したのは、自分の立場をさりげなく俺に伝え、監視対象になっているから気をつけろ、と促すつもりだったのだ。

確かに俺と海月はこれまで、戦力外扱いされているのをいいことに、やばいやり方もやってきている。その中には、ばれれば懲戒ではないか、というものもある。

だが無論、監察がわざわざ出てきた理由は俺たちではないだろう。俺たちの背後に越前刑事部長がいることは、すでにかなりの者が気付いている。刑事部長は現在、警察の体質を変えるべくいくつかの計画を進めていて、俺たちの存在はそのうちの一つをスムーズに進めるための布石になっている。だとすれば、それを歓迎しない、あるいは単に越前刑事部長を引きずり下ろしたい人間が、俺たちを監視させることは充分にありえた。

俺たちの人事に関するゴリ押しをしているのは刑事部長だからだ。小田桐が普通の監察業務としてだけではなく、そのような役割を負わされている可能性は大きかった。

俺は無言で、小田桐と並んでうどんをすすった。小田桐の背後に越前刑事部長を潰したがっている誰かがいるとすれば、監視役の本命は小田桐ではないのだ。こいつが本命の監視役の囮《おとり》か何かなのか、あるいは俺たちの味方が、警告のつもりでこいつを送ってくれたのか、そのあたりのことは分からない。だが、いずれにしろ今後は注意が必要だった。俺たちがコケれば刑事部長まで巻き込みかねない。

汁を吸って柔らかくなった舞茸の天ぷらをかじりつつ、向かいの海月を見る。海月の方は無邪気にうどんを堪能しているようにしか見えず、この状況をものともしていないのか、それともただのんびりしているのか、よく分からなかった。

天ぷらの下に隠れていた鳴門を嚙みながら考えた。名無しといい、監視といい、今後は少し面倒になりそうだ。

桜田門の警視庁本部庁舎にはさすがにクリスマスの飾りはない。警察にとってのこの時季はクリスマスというより、「年末で犯罪が増えるためざわつく時季」に過ぎないのである。用事を終えて一階ロビーに降りると、いつも通りに早足でこつこつ歩くスーツの人間たちが行き交っていた。急いで狛江署に戻る必要もないので海月とともにのんびりしたペースで歩いているのだが、そうすると余計に気付かされる。警察官は忙しい。

海月のことを知っているのか、彼女を見るなり直立不動で敬礼をした警備に会釈して玄関を出ると、空気が冷たく乾燥していた。面倒なので腕にかけていたコートを羽織り、前を合わせる。すると、玄関前にある数段の階段を下りていく男性が目に入った。スーツ姿ではあるが明らかに警察官ではなく、しかし見送ってきたらしき男の敬礼にお辞儀を返しているその男性に、見覚えがあった。すっかり慣れた松葉杖を全速力で振って追いかける。

「小出さん」

声をかけると、コートと鞄を守るように抱えて小さくなっていたその男性はこちらを見た。やはり、この間の事件の時の小出さんだった。事件時はまともに顔を見ていなかったが、搬送後、事情聴取の折に顔を合わせ、礼を言う機会があった。

小出さんの方も俺を覚えていたようで、どうも、と頭を下げた。門のところについている警備が、怪訝な顔で俺たちを見た。

「お久しぶりです。こちらにご用事で」

「ええ。……まあ」

「先日は、大変お世話になりました」

海月が丁寧にお辞儀をするので、小出さんはどぎまぎしながら頭を下げる。「あ、ええ。どうも……こちらこそ」

「お陰様で小田桐も元気に復帰しています。ありがとうございました」俺も頭を下げた。

この人が現場までわざわざついてきてくれた上、とっさに機転をきかせてくれなければ、俺たちは全員死んでいただろう。

それで気付いた。「ああ、ひょっとして今日は、表彰で？」

警察官三名の命を救った上に重大事件の解決に寄与している。警視総監から正式に感謝状が贈られたはずだった。

「ええ。まあ……そうなんですが」

しかし、もっと晴れがましい顔をしていていいはずの小出さんは、困ったように頷いただけだった。持っている鞄を説明的に見て、それから、申し訳なさそうな様子で呟く。

「実際はそんな……立派なものじゃないんですがね」

俺にはその態度が意外だった。照れくさいとしても、もう少し堂々としていてよさそうなものだ。「いえいえ。俺たち三人、あなたが来てくださらなければ死んでいたかもしれないのですから」

「いえね、そんな立派なものじゃないんですよ、私は」

小出さんははっきりとそう言い、俺が聞く態勢になると、警備がいるのを気にしてか、門を出ると、少し移動して植木の陰に行った。

海月が先に尋ねた。「小出さん、あなたがあの場にいたのは……」

「ええ。まあ。それは功名心といいますか」

小出さんはむしろ申し訳なさそうに答えた。しかし、それだけが理由で小さくなっているのではなさそうだった。

「……ニュースなど見ましてね。その、事件の背景を知って……どうにも、申し訳なく思っているわけでして」

申し訳なく、とはどういうことだろう。この人に落ち度はないはずだ。

だが、小出さんは言った。

「……私は四年前、渋谷の集団強姦事件の現場に居合わせていたんです」

思わず、海月と顔を見合わせた。

「報道があるまで気付かなかったのですが」小出さんは視線を下に向けた。「確かに、間違いありませんでした。中学生ぐらいの女の子と、スーツの女性が、不良に囲まれて……歩かされているところでした」

小出さんは当時のことを思い出したようで、顔をしかめた。はっきりと記憶に残っているようだ。

「私は近くでそれを見ていました。おかしいとは思いました。知り合いという感じではないし、無理矢理なようだし」小出さんは息を吐いた。「……本当なら、止めに入らなきゃいけないとこだったんです。でなくとも、１１０番をするぐらいのことは……。なのに、私は何もしなかった。誰かがしただろう、と思っていたんです」

傍観者効果。周囲に他の人間が多ければ多いほど、助けを求める人間が誰にも助けてもらえない確率は上がってゆく。実験では、通行人が五人以上いる場合は、一人の時と比べ、誰かに手を貸してもらえる確率は三分の一程度まで減ってしまうらしい。海月が神崎と話していた意味不明の会話も、要するにこれのことだった。

「あれ以来、いろいろ自分に言い訳をしていました。たいしたことじゃないだろうとか、急いでいたからとか、自分より近くで見ていた人もいたとか。……でも、ずっと気になっていたんです。それで……」

だから、俺たちのことは助けようと思った。そういうことらしい。

「いえ、しかし」俺は言った。「それなら、恥じるようなものじゃないでしょう。今度は我々を助けてくれたわけですから」

「わたしも、そう思います」海月も言った。「小出浩史さん。わたしたちは、あなたのような勇気ある方の存在を、とても頼もしく思っています」

海月は小出さんを見て微笑んだ。俺も大きく頷いてみせた。

俯いていた小出さんは、目のあたりをさっと拭った。

「……ありがとう、ございます」

頭を下げながら地下鉄桜田門駅の階段を下りていく小出さんの背中を見ながら、俺は考えていた。もし、神崎香里がこのことを知っていたら。四年前の現場に、小出さんのような人もいたことを知っていたら、今回の事件は起こらなかったのかもしれない。

風が冷たく、乾いていた。

「設楽さん」隣の海月が言った。「そこの階段、大変でしょう。タクシーをつかまえますから」

「ああ……ありがとうございます」

海月は交差点の方に歩いていく。俺も松葉杖をついて続いた。事件以後、海月はわりとこうして気を遣ってくれている。

広い桜田門交差点の向こう側には、皇居の石垣と庭園が広がっている。大都会らしからぬ緑の多さではあるが、皇居の見えるこうした景色こそまさに東京、とも言える。都心だとかえってこうして、まとまった緑があるのだ。そこを、腕を組んだ男女が楽しそうに話しながら歩いていた。男の手には小さな袋が提げられている。プレゼントだろうか。ケーキか何かだろうか。

……クリスマスなんだよな。世間は。

無論、クリスマスだって働く大人は働いている。だが、もし警察官にならなければ。なったとしても、こんな立場にいなければ、殴られて気を失ったり、銃口をつきつけられて死にかけたり、松葉杖で苦労したりするようなことはだいぶ少なかったのかもしれない。海月の背中を見ながら、ふとそう思った。

が、海月が歩道を行ったり来たりしながら全くタクシーを止められていないことに気付き、俺は隣に行った。

「警部。何やってんですか」皇居周辺は極めてタクシーが多いというのに、もう何台も素通りされている。

「すみません。その、わたし、タクシーを止めるのが苦手なようでして」

「そのへんでぱたぱた手を挙げてたって無理ですよ」非常時にはさっと止めたりするのに、なぜ普段はこんなにとろいのか。「見ててください。タクシーってのは体で止めるんです」

車道に出て、狙いを定めた車に体ごと向けて手を挙げる。タクシーはすぐにハザードをつけてこちらに来た。

海月が拍手する。「設楽さん、お上手ですね」

「警部が下手なんです」あるいは海月では小さすぎて視認性に欠けるか。「はい。乗ってください」

タクシーのドアが開く。海月を後部座席に押しやりつつ、俺は考えていた。

まあ、この生活だってそう悪くはない。

あとがき

お読みいただきましてまことにありがとうございました。似鳥鶏《にたどりけい》です。梅雨明けもしないうちから「猛暑日」なる新種の天災が大喜びで襲ってくるおっかない今年ですが、皆様いかがお過ごしでしょうか。昔は「夏日」で「ああ暑いなあ」と思い「真夏日」で「今日はひどく暑いぞ」という感覚であったのに、現在の真夏日は時代劇で主人公が悪徳商人に向かって「その方の悪行、すでに露見しておる」と指摘した後になぜかどこからともなくわらわらと湧いてくる斬られ役の浪人どもと同程度の存在感しかありません。夏日にいたっては「ああ、そんな奴もいたなあ」という、二千円札みたいなものに近い立ち位置になってしまっています。二千円札はあれでよかったのでしょうか。あれを新しく刷り始めるためにいったいどれだけの税金がかかったのでしょうか。誰か責任をとったのでしょうか。発券当時の騒ぎを覚えていない人や外国の人は、聞いたこともない券面額のお札をいきなり渡され、しかもそれが自動販売機などに入らなかったりした日には「偽札を渡された！」と思ってしまうのではないでしょうか。しかし二千円札自身にしても、最初の数ヶ月間こそ物珍しさで注目されたのに、今では使いにくいため「えー二千円札かよ」と言われてしまうわけで、なんだか可哀想《かわいそう》です。二千円札自身は何も悪くないのに、あれではグレてしまうのではないでしょうか。もっともそんなことを言ったら、少なくとも昭和三十年くらいからずっと現役でやってきた大ベテランなのに、今ではどこの自動販売機に入れても「これ十円玉じゃないよ」と言われて突っ返されてしまう旧十円硬貨（ギザ十《じゅう》）の方がよっぽど切ないと思います。警察に四十年奉職して研鑽《けんさん》を重ね、ノンキャリアから某県警の副本部長まで上りつめた伝説の人なのに、退職してしばらくしたらもう顔を忘れられてしまい、用事があって県警本部に行ったら立番の警察官に「ちょっとちょっと、あんた誰ですか」と不審者扱いされてしまった長岡重《ながおかしげ》正《まさ》元警視長のような気分なのではないかと思うと涙がにじんできますが、このエピソードには長岡氏が声をかけてきた立番に対して丁寧に頭を下げて用件を話し、そうしているうちにちょうど出てきた現警備部長がびっくりして「な、長岡さん！」と直立不動になり敬礼し、相手が誰なのかを理解した二人の立番は青ざめたという続きがある上、長岡氏は過去の威光を振りかざして偉ぶるような方ではなく、二人の立番を怒鳴りつけた警備部長を自らなだめて「きちんと仕事をしているじゃないですか」と目じりに皺《しわ》を寄せて微笑んでいたそうなので、そんなに切ないわけでもないのかもしれません。何より長岡氏は私がさっきブリ大根を煮ながら考えた架空の人物で、前述のエピソードも実在しない出まかせですから。

さて、今回の原稿には「スマホ」という表記が登場いたしますが、これは実は「Vの音の表記（「ブ」と「ヴ」をどこまで区別するか？）」や「若い女性の一人称（「うち」「うちら」は年配の人には通じない）」と同レベルのもの書き泣かせで、どう書いてよいのかいつも悩むところなのです。「スマートフォン」の略なのだから「スマフォ」じゃないのか、という話ではありません。平べったくてスタイリッシュで微妙に持ちにくいあのタイプの携帯電話端末を「スマホ」と呼ぶ習慣は四、五年後にはなくなってしまう可能性があるのに、今現在そう言われているからといって「スマホ」と書いてしまってよいのだろうか、というところが問題なのです。

そもそも、「スマートフォン」という単語は普通の携帯電話よりスマート（高機能）であるという意味で「スマートフォン」なのです。現在スマホと呼ばれているその端末は、ぜんぶスマホになってしまったら特にスマートなわけではなくただの「携帯」です。*ちなみにこの「携帯」という単語も実はもの書き泣かせでして、「携帯」は略称だから「携帯電話」と表記するか、あるいは略称であることに鑑《かんが》みて「ケータイ」と書くか、といったように悩むことも多いです。

しかし、固定電話が減り携帯電話が増えていったのに、「携帯電話」から「携帯」が省略されて「電話」と呼ぶようにならずに、「電話」の方が省略されて「携帯」と呼ぶようになっていったというのは、ちょっと面白いことです。これは最初の頃あくまで

「携帯する電話機」として扱われることが予定されていたのに、いつの間にかメールとかネット接続といった機能の方がメインになっていたため「携帯電話」が「電話」でなくなっていったことによるものだと思われますが、そこから考えると「スマートフォン」の「電話《フォン》」の部分がきちんと略されずに「スマホ」で済まされている事実は、スマートフォンが「多機能電話機」でなく「電話機能付き多機能端末」だと認識されている現状が、近い将来、公然のものになる前ぶれなのではないかと思えます。

しかし、未来予想というのはえてしてあんまり当たらないものです。携帯電話がここまで急速に普及し、また小型化されることは誰にも予想ができませんでした。だから普及期以前に「近未来」を描いた作品の登場人物はみんな巨大な端末を携帯していたり、TV電話で話したりしています。タッチパネルやアイコン式OSの普及も予想ができず、作品世界では何世紀になってもみんなカタカタと（しばしば何も書かれていない平らな）キーボードを打っています。二十世紀に予想されたような「二十一世紀」はどこにも来ていません。車は相変わらず車輪で地べたを走っていますし大半のロボットは友達ではなくお掃除係にとどまっています。ピチピチで銀色な服を着た人とか、細い円筒型

＊「携帯電話」の略だから「ケーデン」ではないか、という意見もある。しかし千葉のJR稲毛海岸駅前にある大型商業施設も正式名称が「マリンピア」なのに地元住民には「マリピン」と呼ばれており、これだって略し方は不正確である。だからおかしくはないのである。

タワーの上の方に円盤型のものがついている建物も見かけません。人はみんな昔とそれほど変わらない形の洋服を着て、四角いビルの間を歩いています。ただし耳にはイヤホンをして携帯の画面に向かって俯《うつむ》いたまま歩いています。自転車に乗りながらスマホを操作するやつもいて非常に危ないです。これはいかんのではないでしょうか。車が地べたを走っているのは特に飛ぶ必要なんかないためなので別にいい*のですが、私たちは二十一世紀に暮らしているのです。みんなもっと銀色でピチピチの服を着るべきではないでしょうか。ロボットの友達を作るべきではないでしょうか。ベルトコンベヤーみたいなのに流されて出勤するべきではないでしょうか。でもよく考えてみたら、二十世紀に予想した「二十一世紀」というのは、銀色のピチピチ以外にもう一つあったわけです。そのもう一つというのはつまり、水質《すいしつ》汚濁《おだく》で海には入れず、マスクなしでは外を歩けず、処理しきれないゴミの山が家の裏で悪臭を放っている世界です。しかし現実の二十一世紀では国内河川の水質はむしろ改善されていますし、都市部の大気の状態も排ガス規制や環境技術によってだいぶマシになりました。少なくとも日本は「二十世紀のあのころ予想した（暗い方の）未来」にもなっていないのです。アジア諸国にはゴミの山が大量出現し原発事故でリアル『ブレードランナー』状態にはなりましたが、核戦争で世界が滅んでいるというわけでもありません。銀色のピチピチはまあ諦めるしかないようですが。そういうふうによく考えてみれば、二十世紀の日本人にとっての未来であるところの現代は、そんなに悪くはないのかもしれません。そして長々と書いてきたこの話は、

「スマホ」という言い方がいつまで通用するのか、という当初の問題を一ピコメートルたりとも解決していません。

ちなみに一ピコメートルは一メートルの一兆分の一ですが、「ピコ」や「ナノ（十億分の一）」がちっちゃくて可愛い感じがするのに「デシ（十分の一）」は何やらデシッとしていて逆に大きくなったような錯覚をしてしまうのはなんとかならんのでしょうか。「一グラム」より「一デシグラム」の方が明らかに重そうなので困ります。「デシ一グラム」ならまだ納得がいくのですが、どうにも都合の悪いことです。また大きな方に目を向けてみても、「キロ」の上が「メガ」で、さらにその上が「ギガ」なのは「キロ、メガ！　ギガァッ！」という感じで理解しやすいのですがその上の「テラ」がちょっとお人よしすぎる気がします。そのさらに上なんか「ペタ」ですよ。どんどん貧弱になっていく＊＊のはどういうことなのでしょうか。白帯の少年↓黒帯のお兄さん↓三段のおっさん↓師範代、まではどんどんごつくなっていっても、その上の「達人と誉れ高い師範」レベルになるとむしろ小さくてニコニコしたおじいちゃんになる、といったような演出を意識してのことなのでしょうか。しかしその演出はちょっと狙いすぎではありませんか。現に「メガ盛り」や「ギガ盛り」メニューはあっても、「テラ盛り」や「ペタ盛り」は

＊　そもそも、「未来の車は浮いている」という固定観念はどこから来たのだろうか。

＊＊　その上のさらに上が「ヨタ」であり、これがいちばん弱そうである。

ないはずです。なんか逆に少なく見えるのです。ちなみに赤ちゃんの時ちっちゃくて可愛いからといって子供に「なのちゃん」とか「ぴこちゃん」とつけてしまうと、その子が将来KONISHIKIみたいになった時にギャップで酷いことになるのでやめた方がいいかと思います。子供の名前は「大きくなった時」「おばはんになった時」「じいさんになった時」「格闘家になった時」「ヴィジュアル系バンドのキーボードになった時」「公職選挙法違反で逮捕された時」等、あらゆる状況を想定しておかしくないものをつけておいた方がいいはずなのです。そんな万能な名前があるのかどうかは分かりませんが。

　まあ、登場人物の名前をつけるのが大変で毎回ぴーぴー泣いている私にとやかく言う資格があるのかどうかははなはだ疑問です。本シリーズの海月千《うみづきち》波《なみ》は「なるべく刑事っぽくない名前」ということでつけられたのですが、「海月」という姓はそもそも芸名以外に聞いたことがなく、出版したら読者の皆様から「そんな名字ねえよ」というつっこみとともに生肉を投げつけられる危険があるものでした。それにもかかわらず彼女が文《ふみ》月《づき》千波でも梅崎《うめざき》千波でもなく海月千波になったのは、別に私が生肉を食べたかったからでもなければ「生肉を投げつけられる」という状況に興奮する変態だったため本当は投げつけてもらいたがっていたというわけでもありません。もともと本シリーズに登場する刑事は何か動物のイメージで作れないかと考えていたところ、出てきた案が

・「ねこ刑事」――わりと自分勝手な上に昼間は寝ている
・「たぬき刑事」――悪食で何でも食べつつ人をさらりと化かす
といった今ひとつ面白くなさそうなものばかりで、さりとて少し変わった動物をモチーフにすると今度は
・「ぞう刑事」――記憶力抜群だが巨漢なため現場の床を踏み抜く
・「コブラ刑事」――熱感知で犯人を追いかけ、アゴを外しながら噛みつき毒液を流し込む
という感じに人間として問題があるやつばかりになってしまうのでした。だからといって大人しめの動物を選ぶと今度は
・「ペンギン刑事」――犯人を追いかける時はうつぶせになってお腹で滑るが、曲がれない
・「フジツボ刑事」――何もしない
・「なまこ刑事」――ぬるぬるしている上に何もしない
と、あまりに使えないやつばかりになってしまうというわけで、結局、それらのダメ刑事たちをすべてシミュレーションしてみた結果、一番無難そうな「海月《クラゲ》刑事」になっ

たのです。要するに消去法なのですが、読者の皆様が優しかったのか食品が高騰していたのか、はたまた海月さんという方が思ったよりたくさんいらっしゃったのか、現在のところ生肉とか生春巻を投げつけられずに済んでいます。

さて、私の頭の中は校了前の編集部のようにとっちらかっているため、このまま思いついたことを思いつくままに書いていると千葉県警捜査三課第二盗犯捜査四係の「仏のサダさん」こと定岡幸一郎《さだおかこういちろう》警部補だの前福岡県警暴力団対策部長「鋼《はがね》の古賀《こが》」こと古賀道雄《みちお》警視正だのといった架空の人物が次々湧いてきて収拾がつかなくなりますので、このあたりで自重、ということにいたします。最後になりましたが、そのままではただのdocxファイルにすぎないこの原稿を「本」という商品にするにあたり、ご尽力をいただきました皆様に厚くお礼申しあげます。プロデュースからあれやこれやの折衝、情報収集、一部文章校正に至るまでお世話になりました担当編集Nさん、情報提供をして下さった坂川充《さかがわみつる》様、千葉県警のN巡査部長、ありがとうございました。また、作中に挿入されているソースコードにつきましては、『たのしいバイナリの歩き方』（技術評論社）等の著者である愛甲健二《あいこうけんじ》氏にご協力をいただきました。IT音痴の私にとっては騎兵隊のような方でした（たとえが古いですが）。ありがとうございました。さらに、いつもイメージぴったりの海月・設楽を描いて下さる烏羽雨《からすばあめ》先生、それら素材を目を引く本に仕上げて下さる（しかもお仕事が速い！）ブックデザイナー坂野公一《さかのこういち》様、毎回ありがとうございます。今回もよろしくお願いいたします。校正担当者様、丁寧な修正をありがとうございます。製本・印刷業者様、見本ができるのを楽しみにしております。

見本到着はそれまでの仕事に対してご褒美をもらったような嬉しさがある反面、「売れるのか？」という不安が高笑いしながら覆いかぶさってくる瞬間でもあります。河出書房新社営業部の皆様、運送会社様、取次各社様、そして全国書店の皆様、いつもありがとうございます。へろへろになりながら仕上げたこの本を、どうかよろしくお願いいたします。

そして本書を手に取って下さいました読者の皆様、改めてありがとうございました。どうか本書が、皆様に幸福な時間をお届けできますよう。

二〇一四年九月　　　　　似鳥鶏

＊　私はMicrosoft Wordで原稿を書いています。（©Microsoft corpolation）

文庫版あとがき

お読みいただきましてまことにありがとうございました。蒸し暑くて文庫本のカバーが反り返り、道端の雑草が数日で気持ち悪いぐらい伸び、ちょっと油断した隙に戸棚にしまっていた人参が溶けて甘い香りを発し始める*梅雨真っ只中ですが皆様いかがお過ごしでしょうか。いつも同じ時候の挨拶である上に刊行時には季節がずれてしまっているじゃないかという話ですが（このあとがきを書いているのは七月初旬です）、時候の挨拶というのは大事です。読む側にとってではなく書く側にとって大事なのです。なぜなら「最初の一文」というのはとてもハードルが高いからです。文章に限らず、0を1にする作業というのは1を2にする作業や2を3にする作業よりはるかに大変で、それらの作業とは別種の勇気と勢いと精神力が必要になるのです。逆に言えば最初の1さえあればあとは比較的楽です。ひとに話しかけるのはすごくハードルが高くても、一旦会話が始まってしまえばそれほど苦労なく続きます。初めての海外旅行ではビクビクでも、二度目にはもう「その国のエキスパート」のような顔をして初旅行の人にあれこれ教えたくなります。文章だって最初の一文さえ書いてしまえばこういうふうにだらだら続けられるわけです。だからまずは当たり障りのない時候の挨拶を書き、そこで出てきたワードから別の話題に発展させて「〜と言えば」という具合に文章を続けるわけです。「続ける」と言えば、私は部屋着として、高校の部活動で使っていたハーフパンツをまだ穿き続けています。「高校の体操服」を未だに部屋着にし続けている方はわりといると思いますが、「高校の体操服」ってどうしてあんなに頑丈なのでしょうか。それこそ高校時代は二、三日に一回のヘビーローテーションでバリバリの「一軍」でしたし、その後も夏場の部屋着という一番消耗するポジションで、小説家に喩《たと》えるとさしずめ「売れっ子のライトノベル作家」みたいな感じの働き方をもう二十年も続けているのに、一向に引退の気配がありません。「売れっ子のライトノベル作家」を二十年も続けている人間なんてもはやお化けレベルですよ。お化けと言っても冷たい手で通行人の顔を撫でて驚かせるのが趣味の「妖怪顔撫で」とか風呂場の天井に舌を伸ばしてこびりついた垢を舐めるのが趣味の「妖怪垢舐め」とかそういったチンケな変態のことではなく、「立ち上がると頭は星に届き、両手を広げると東と西に届く」ギリシャ神話の巨人テュポンとか大地そのものを支える牡牛クジャタをさらにその下で支えるアラビアの巨獣バハム

＊　どうも発酵してお酒になっていたらしい。

ートとかそういうレベルのお化けです。

*それにしても両手を広げると東と西に届くだのアラビア半島を背負っているだの、外国の人は言うことがスケール大きいなあ、と思ったのですが、日本にも「日本列島より大きくて、ちょっと身じろぎしただけで地震になる大鯰」の伝承がありました。実物の日本列島は上に乗っている人たちがイメージしているより大きく、中にスイスとオランダとオーストリアとクロアチアとギリシャを全部入れた上に数人の力士を詰め込んでもまだ若干の余裕があるのですが、そう考えると大鯰、なかなかすごいです。

地球儀やGoogle Earthで世界を見ると、それまでのイメージとだいぶ違った地球の実態が見えてきて面白い、ということがよくあります。我々の認識はメルカトル図法に騙されている部分が多々ありまして、**たとえば実際にはオーストラリアはグリーンランドの三・五倍の面積があります。メルカトル図法だとやたら大きく見えているグリーンランドは実際には「サウジアラビアと同じくらい」の面積です。ニューギニア島には日本列島が二つ入り、マダガスカル島も日本列島を一・五個入れて力士を数人詰め込んでもまだ余裕があり、アフリカ大陸は北アメリカ大陸よりだいぶ大きくてヨーロッパの三倍くらいの面積があります。オーストラリアと黒海と四国は三兄弟のようによく似ていますし、南を上にして見るとユーラシア大陸と北アメリカ大陸はベーリング海峡を挟んでチューしようとしていますし（ユーラシア大陸の方が積極的）、問題のグリーンランドが実は「東西より南北にうにょおんと長い島」であることが分かってイメージが変わ

ります し、 イタリアがブーツに似ていることは有名ですがインドネシアのスラウェシ島も腰紐がだらんと伸びたハーフパンツに見えます。

それにしてもこの「高校の体操服のハーフパンツ」は一体いつまで現役なのでしょうか。普通これだけの期間着て洗濯すればどこかがほつれ、伸び、穴が開いて使えなくなるはずなのに、こいつは新品とまではいかないにしろほとんど綻びがないままです。確かに学校指定の体操服などは一般の量販店で買う服に比べると「なんでこんなに」というほど高価なことが多く、その点については私の親もぶーたれていたのですが、今にしてみると高いのは別に学校側の癒着でもどんぶり勘定でもなく、普通に「いいものだから」ということになりそうです。しかしあまりに頑丈なので逆に怖くなってきます。このハーフパンツ、いつまで残るのでしょうか。十年後まで残る気がしますし二十年後でもいける気がします。私が年老いて死に、遺品として子々孫々まで受け継がれ、九十年代の服装を知る貴重な資料とかいう立ち位置になってもまだ残るのでしょうか。そうなると逆に保存環境がよくなるでしょうからいつまでも残ってしまう気がします。いずれは「二十世紀人が来ていた服（実物）」みたいな感じで博物館に展示されるのでしょ

＊　某ゲームのせいで翼の生えたドラゴンだと思っている人が多い。「ちょ、やめて。俺あんなかっこよくないし」と、バハムート氏も困惑しているのではないか。

＊＊　ひどい言いがかりである。メルカトル図法からすれば「騙すだなんてひどい。できる限り正確に表そうと頑張ってるのに」といったところだろう。

うか。嫌すぎます。自分の私的な日用品（使用済み）が展示され不特定多数に対する見世物になる、というのは辛いです。博物館などではよく古代の人が使っていた食器とか服の一部とかがライトを当てられて展示されていますが、あれは持ち主が見たら「やめてよもう捨ててよあんなもの」と言うと思うのです。それどころかエジプトで出土したミイラの方みたいに本人が展示されてしまう可能性もあるわけです。「二十一世紀の小説家のミイラ」。いや私は俗物なので即身仏になる予定はないのですが。

しかし、物質としての性質で言うなら明らかに蛋白質やカルシウムでできている私本人より化学繊維でできているハーフパンツの方が永く残り得るわけです。持ち主が死んでも残り続ける体操服のハーフパンツ。時代とともに様々な持ち主に譲り渡され時には盗まれ、穿いた者は必ず破滅して自殺に追いやられる呪いのハーフパンツ。商人の手によって人から人へ、国境を越えて何世紀にもわたり世界を旅してきたハーフパンツ。日本で体操服として作られたそれは商人の手で中国の金持ちに渡り、金持ちの旅行中に盗賊に盗まれシンガポールからタイまで移動し、タイの市場で売られているものを旅行中のロシア人が買って本国に穿いて帰り息子にプレゼントしたものの息子は留学先のドイツでタクシーの座席に置き忘れ、それを見つけた運ちゃんは「これはいい」とそのままガメてしまい、カメルーンにいる祖父の友人を訪ねる時に穿いていって友人の孫にプレゼントし、その孫がバスケ留学でアメリカに渡り、日本の高校のバスケ部で使われていたハーフパンツはめでたくＮＢＡ選手にプライベートで穿かれることになり、アメリカのどのブランドとも違うそれはその出自も相まって話題になり、世界中でコピー商品が作られて売られるようになり、その一部を日本の高校が体操服として採用するのでした。南アメリカと中東方面が出てこないのが残念でなりません。

さて、本書の制作にあたってはハーフパンツよりはるかにお世話になった方がたくさんおります。この場をお借りしましてお礼を述べさせていただきたく存じます。河出書房新社の担当N様、全面的にありがとうございました。校正担当者様、ブックデザイナー坂野様、装画の烏羽雨先生、いつもありがとうございます。今回はどんな本になるのか楽しみです。印刷・製本業者様、河出書房新社営業部の皆様に取次及び全国書店の皆様、いつもお世話になっております。前作からさらに派手になった戦力外捜査官シリーズ第三巻、よろしくお願いいたします。

そして何より読者の皆様。またお会いできて大変嬉しゅうございます。なんと来月に四巻も出ます！　もしそちらでもまたお会いできるなら、著者としてこれに勝る幸福はございません。

二〇一七年七月

似鳥鶏

Twitter https://twitter.com/nitadorikei

Blog「無窓鶏舎」http://nitadorikei.blog90.fc2.com/

解説

瀧井朝世

似鳥鶏がこの十年の間に発表した作品を並べると、バリエーションの豊かさに驚かされる。これら全部、同じ著者が書いたの？　と言いたくなってしまう。

二〇〇六年に「理由《わけ》あって冬に出る」で第十六回鮎川哲也賞に佳作入選し、翌年同作品が文庫（創元推理文庫）で刊行されて小説家デビューした著者。同作に始まる〈市立高校シリーズ〉は、高校を舞台としたコミカルな青春ミステリだ。二〇一二年に刊行された『午後からはワニ日和』（文春文庫）に始まる〈楓ヶ丘動物園シリーズ〉は、動物園を舞台とした本格ミステリ。同じ年に発表した『戦力外捜査官　姫デカ・海月千波』に始まるこの〈戦力外捜査官シリーズ〉はアクションも盛り込まれた警察小説。二〇一五年に刊行された『シャーロック・ホームズの不均衡』（講談社タイガ）から始まるシリーズは、名探偵の遺伝子群を持つ者が国際的な組織に追われる世界でのミステリ。みな、設定もテイストも異なるのだ。さらにはノン・シリーズを見てみると、喫茶店を営む兄弟が事件を解決する『パティシエの秘密推理　お召し上がりは容疑者から』（幻冬舎文庫）、自分と瓜二つの顔の男に濡れ衣を着させられた主人公の逃亡劇を描く『迫りくる自分』（光文社文庫）、異なる異能を発揮するという奇病と向き合う医師と患者たちを描く『きみのために青く光る』（単行本時の『青藍病治療マニュアル』を改題　角川文庫）、学校教育の問題に切り込む『二〇一教室』（河出書房新社）、実際の名画も登場する青春アートミステリ『彼女の色に届くまで』（KADOKAWA）——こちらも実にさまざまな切り口の作品が並んでいる。頼もしい限りの発想力、想像力、そして物語の構築力の持ち主である。

本作『ゼロの日に叫ぶ　戦力外捜査官』はシリーズ第三弾。警視庁捜査一課の火災犯捜査二係所属の設楽巡査と海月警部の凸凹コンビが、放火事件の捜査中にヘマをして捜査本部から外される。つまり、〝戦力外〟通告をされてしまうのだが、そこから独自に調べを進めるうちに新事実に突き当たる……という内容。今回は冒頭に凄惨な暴行シーンがあり、被害者たちのその後も随所に挿入されていくので、それが設楽たちが追う事件とどう関わり合ってくるか、というのも読みどころ。

それにしても、意外といってもいいほど本格的な警察小説である。が、異色であることは間違いない。警察内の階級や各課における役割分担や公安の存在など、組織の内実が分かりやすく話に盛り込まれているものの、組織小説にありがちな内部での派閥争いなどの対立構図を浮き立たせたりはしない。むしろ、それぞれの立場や思惑を描きながらも、協力関係もきちんと描いている点が魅力でもある。そして何よりものポイントは、主人公の設楽と海月が、組織内にいながらも〝戦力外〟に置かれる点。組織というものの動きと、正義感を胸に自分の判断で行動する、個の人間の動きとの両方を味わうことができるのだ。しかも独善的なスタンドプレイでないところが好感度大。また、一度は用なしとされた、権力のない人間たちが、大きな事件を解決に導く姿は実に痛快だ。しかも、屈強な青年と小柄で天然、でも推理力と教養がずば抜けているお嬢様警部、というユニークな凸凹コンビもインパクト大、彼らの掛け合いも絶妙。

このシリーズにはお決まりパターンがいくつもある。まず、設楽&海月コンビが話の早々に何かしら失敗をして戦力外通告をされてしまうこと。また、捜査一課の殺人犯捜査六係所属の高宮が殺人事件を追っていくパートが同時進行し、やがてそれが設楽たちの追う放火事件と関わってくるという展開。細かなところでいえば一般人の前で設楽が海月の肩書を隠そうとすることや、海月のたとえ話がまわりくどくていつも途中で遮られるところ、設楽がつねに怪我を重ね、だいたい最後には満身創痍になっているところも、気の毒ながらニヤリとしてしまう。個人的には、ここぞという時に彼らの上司である川萩さんが豪快な突撃を見せるお約束の流れも大好きだ。もちろん、他の作品でも見られる、著者自身による笑ってしまうほど懇切丁寧な傍注や、饒舌《じょうぜつ》を極めるあとがきも楽しい。

そして、このシリーズにおいて毎回驚かされるパターンは、後半になって予想外のスケールの大きさを見せることだ。しかも一作目は日比谷公園がクライマックスだったのが二作目では東京全域が危機に直面し、この三作目では東京を中心として日本全国においてある緊急事態が発生と、範囲も広がっている。今作においては終盤の高層ビルからの救出場面などは、あまりに豪快すぎて噴き出してしまった。前半のコミカルなノリからは想像もつかないほどの大迫力シーンが待ち受けている。

心に留めておきたいのは、どれも大勢の一般市民が巻き込まれる展開になっていることである。単に物語の衝撃度を高めるために規模を大きくしているわけではないのだ。一般市民たちがどう行動するかもきちんと描かれているところに、私は毎回、密かに胸を熱くしている。前作でも緊急事態が発生してからの医者や主婦たちの行動が細やかに描かれていたが、今作でも、パニックが起きた時の人々の行動とその変化が、町中の状態からSNS上の書き込みに至るまで、実にリアリスティックに描写されている。災難に巻き込まれていく一般市民たちを〝群衆〟としてとらえながらも、一人一人の顔が見えてくるような描き方をしているところが非常に秀逸だ。いくつかのシチュエーションにおいて、同じような立場におかれたら自分はどう振る舞うかと、ふと考えてみた読者も多かったのではないか。自分の行動が大きな不幸を招くかもしれないし、自分の小さな決断が、誰かを救うこともあるのだと、身につまされやしなかっただろうか。

人々の行動を見て、設楽は思う。

〈他人のために行動を起こしたのは美しい。だが流行に乗って英雄気取りになっているとしたら醜い。しかし正義感の流行だというなら、それは醜いとは言いきれない気がする。他人にも「乗れ」という圧力をかけたなら醜いが、それでこちらは助かるのだからやはり美しいと思いたい。よく分からない。結局、人間は美しくて醜いのだ。〉

人々の行動を安易に英雄的行為として祭り上げたりしない。それは設楽の、つまりは著者の誠実さではないだろうか。思えば『一〇一教室』などには、教育現場における同調圧力や体罰に対する強烈な批判がこめられていた。著者自身が、この社会における正義や倫理に対してつねに真摯に考えているということがよく分かる作品だった。その真っ直ぐな姿勢が、こうしたユーモアたっぷりのエンターテインメント作品の中にも溶け込んでいる。だからこそ、読み手は安心してこの著者の作品を読めるのだ。

ところでこのシリーズ、第一巻から続く西青梅署で起きた未解決事件の謎の糸口が少しずつ集まってきているのも気になるところである。しかも第二弾『神様の値段　戦力外捜査官』で登場した宗教団体の関係者や、今作の事件に関する重要人物もどうやら関わってくるのだから、謎が謎を呼ぶ作りになっている。一巻完結のストーリーだけでなく、全体に通底する大きな流れを仕込み、少しずつ明らかにさせていくとはさすが巧みな構成力の持ち主。すでに刊行されている第四弾『世界が終わる街　戦力外捜査官』では、またしても東京の街に大災難が降りかかり、そして……。さらにスケールアップした危機が彼らを待ち受けている。ライトな読み心地のミステリと見せかけて実は企みに満ちた、一筋縄ではいかないこのシリーズ、今後どんな驚きを味わわせてくれるのか、期待は最大限に膨らんでいる。

（たきい・あさよ＝ライター）

似鳥鶏著作リスト

〈創元推理文庫〉
『理由あって冬に出る』（二〇〇七年）
『さよならの次にくる〈卒業式編〉』（二〇〇九年）
『さよならの次にくる〈新学期編〉』（二〇〇九年）
『まもなく電車が出現します』（二〇一一年）
『いわゆる天使の文化祭』（二〇一一年）
『昨日まで不思議の校舎』（二〇一三年）
『家庭用事件』（二〇一六年）
〈文春文庫〉
『午後からはワニ日和』（二〇一二年）
『ダチョウは軽車両に該当します』（二〇一三年）
『迷いアルパカ拾いました』（二〇一四年）
『モモンガの件はおまかせを』（二〇一七年）
〈幻冬舎文庫〉
『パティシエの秘密推理　お召し上がりは容疑者から』（二〇一三年）
〈河出文庫〉
『戦力外捜査官　姫デカ・海月千波』（二〇一三年）
『神様の値段　戦力外捜査官』（二〇一五年）
『ゼロの日に叫ぶ　戦力外捜査官』（二〇一七年）

〈河出書房新社〉
『世界が終わる街　戦力外捜査官4』（二〇一五年）
『一〇一教室』（二〇一六年）
〈光文社文庫〉
『迫りくる自分』（二〇一六年）
〈光文社〉
『レジまでの推理　本屋さんの名探偵』（二〇一六年）
『100億人のヨリコさん』（二〇一七年）
〈角川文庫〉
『きみのために青く光る』（二〇一七年）
〈ＫＡＤＯＫＡＷＡ〉
『彼女の色に届くまで』（二〇一七年）
〈講談社タイガ〉
『シャーロック・ホームズの不均衡』（二〇一五年）
『シャーロック・ホームズの十字架』（二〇一六年）

本書は、二〇一四年一〇月に小社より単行本として刊行されました。

ゼロの日《ひ》に叫《さけ》ぶ
戦力外捜査官《せんりょくがいそうさかん》

二〇一七年 九 月一〇日 初版印刷
二〇一七年 九 月二〇日 初版発行

著　者　似鳥鶏《にたどりけい》
発行者　小野寺優
発行所　株式会社河出書房新社
〒一五一-〇〇五一
東京都渋谷区千駄ヶ谷二-三二-二
電話〇三-三四〇四-八六一一（編集）
〇三-三四〇四-一二〇一（営業）
http://www.kawade.co.jp/

ロゴ・表紙デザイン　粟津潔
本文フォーマット　佐々木暁
本文組版　KAWADE DTP WORKS
印刷・製本　中央精版印刷株式会社

Printed in Japan　ISBN978-4-309-41560-4

戦力外捜査官　姫デカ・海月千波

似鳥鶏　41248-1

警視庁捜査一課、配属たった２日で戦力外通告⁉　連続放火、女子大学院生殺人、消えた大量の毒ガス兵器……推理だけは超一流のドジっ娘メガネ美少女警部とお守役の設楽刑事の凸凹コンビが難事件に挑む！

神様の値段

似鳥鶏　41353-2

捜査一課の凸凹コンビがふたたび登場！　新興宗教団体がたくらむ“ハルマゲドン”。妹を人質にとられた設楽と海月は、仕組まれ最悪のテロを防ぐことができるか⁉　連ドラ化された人気シリーズ第二弾！

推理小説

秦建日子　40776-0

出版社に届いた「推理小説・上巻」という原稿。そこには殺人事件の詳細と予告、そして「事件を防ぎたければ、続きを入札せよ」という前代未聞の要求が……ＦＮＳ系連続ドラマ「アンフェア」原作！

アンフェアな月

秦建日子　40904-7

赤ん坊が誘拐された。錯乱状態の母親、奇妙な誘拐犯、迷走する捜査。そんな中、山から掘り出されたものは？　ベストセラー『推理小説』（ドラマ「アンフェア」原作）に続く刑事・雪平夏見シリーズ第二弾！

殺してもいい命

秦建日子　41095-1

胸にアイスピックを突き立てられた男の口には、「殺人ビジネス、始めます」というチラシが突っ込まれていた。殺された男の名は……刑事・雪平夏見シリーズ第三弾、最も哀切な事件が幕を開ける！

ダーティ・ママ！

秦建日子　41117-0

シングルマザーで、子連れで、刑事ですが、何か？　——育児のグチをブチまけながら、ベビーカーをぶっ飛ばし、かつてない凸凹刑事コンビ（＋一人）が難事件に体当たり！　日本テレビ系連続ドラマ原作。

著訳者名の後の数字はISBNコードです。頭に「978-4-309」を付け、お近くの書店にてご注文下さい。